RUTH RENDELL

Der Fremde im Haus

Ruth Rendell

Der Fremde
im Haus

Kriminalroman

Deutsch von
Karin Dufner

blanvalet

Die Originalausgabe erschien 2015 unter dem Titel
»Dark Corners« bei Hutchinson, London.

Sollte diese Publikation Links auf Webseiten Dritter enthalten, so übernehmen wir für deren Inhalte keine Haftung, da wir uns diese nicht zu eigen machen, sondern lediglich auf deren Stand zum Zeitpunkt der Erstveröffentlichung verweisen.

Verlagsgruppe Random House FSC® N001967

1. Auflage
Copyright der Originalausgabe © 2015 by
Kingsmarkham Enterprises Ltd
Copyright der deutschsprachigen Ausgabe © 2019
by Blanvalet in der Verlagsgruppe Random House GmbH,
Neumarkter Str. 28, 81673 München
Redaktion: Dr. Rainer Schöttle
Umschlaggestaltung: www.buerosued.de
Umschlagabbildung: © Maria Petkova/Trevillion Images
KW · Herstellung: sam
Satz: GGP Media GmbH, Pößneck
Druck und Bindung: GGP Media GmbH, Pößneck
Printed in Germany
ISBN 978-3-7645-0584-4

www.blanvalet.de

Interview mit Ruth Rendell

»Was fasziniert Sie an Psychopathen? ...«

»Tja«, antwortet Rendell in ihrem kultivierten Akzent, »ich fühle Empathie mit Menschen, die von grauenhaften Impulsen angetrieben werden. Der Drang zu töten ist ganz sicher eine schreckliche Last. Ich versuche – erfolgreich, wie ich glaube –, in meinen Lesern Mitgefühl für meine Psychopathen zu wecken, denn ich empfinde es.«

Sunday Telegraph Magazine, 10. April 2005

1

Seit vielen Jahren schon sammelte Wilfred Martin Proben von Medikamenten aus der alternativen Medizin, homöopathische Mittel und Kräuterpillen. Die meisten davon nahm er nie selbst ein, ja, er probierte sie nicht einmal aus, weil er ihnen nicht traute, sondern bewahrte sie einfach in einem Badezimmerschränkchen in einem Haus in Falcon Mews im Londoner Stadtteil Maida Vale auf. Nach seinem Tod fielen sie – wie das Haus und die gesamte Einrichtung – an seinen Sohn Carl.

Carls Mutter riet ihm, das ganze Zeug wegzuwerfen. Die Sachen seien Müll, bestenfalls harmlos, wenn nicht gar gefährlich. Außerdem nähmen all die Fläschchen, Gläschen und Säckchen nur Platz weg. Doch Carl entsorgte nichts davon, weil es ihm zu lästig war. Er war mit anderen Dingen beschäftigt. Hätte er geahnt, dass diese Medikamente, vor allem ein bestimmtes Präparat, sein Leben verändern, auf den Kopf stellen und letztlich ruinieren würden, er hätte den gesamten Kram in eine Plastiktüte gekippt und diese im großen Müllcontainer am Ende der Straße versenkt.

Carl hatte das ehemalige Haus der Familie in Falcon Mews am Anfang des Jahres übernommen, da seine Mutter nach der Scheidung seiner Eltern nach Camden gezogen war. Eine Weile verschwendete er keinen Gedanken an den Inhalt seines Badezimmerschränkchens, denn bei ihm drehte sich alles um seine Freundin Nicola, seinen soeben erschienenen Roman mit dem Titel *An der Schwelle des Todes* und um die Vermietung der obersten Etage seines Hauses. Er hatte keine Verwendung für die beiden Zimmer plus Küche und Bad, die Mieteinnahmen jedoch bitter nötig. Obwohl begeistert von der Veröffentlichung seines Erstlingswerks, war er mit dreiundzwanzig nicht mehr so naiv zu glauben, allein von der Schriftstellerei leben zu können. Die Mieten in Londons Stadtmitte hatten inzwischen astronomische Höhen erreicht, weshalb Falcon Mews, eine halbmondförmige Seitenstraße, die die Sutherland Avenue mit der Castellain Road in Maida Vale verband, eine Top-Adresse und darum sehr begehrt war. Also schaltete er eine Anzeige im *Paddington Express*, in der er verfügbaren Wohnraum anbot, und schon am nächsten Morgen wollten zwanzig Interessenten bei ihm vorsprechen. Warum er sich für Dermot McKinnon, den ersten Bewerber, entschied, konnte er nie so recht sagen. Vermutlich lag es daran, dass er keine Lust hatte, Dutzende von Leuten ins Verhör zu nehmen, ein Entschluss, den er noch bitter bereuen sollte.

Allerdings nicht zu Anfang. Dermots einziger offensichtlicher Nachteil schien sein Aussehen zu sein – die schiefen gelben Zähne zum Beispiel und dass er extrem mager und rundschultrig war. Doch man lehnt einen Mieter schließlich nicht wegen seines wenig ansprechenden Äußeren ab, dachte Carl. Außerdem konnte der Mann zweifellos die Miete bezahlen. Dermot arbeitete in der

Sutherland-Tierklinik eine Straße weiter und konnte ein Empfehlungsschreiben der dortigen Cheftierärztin vorweisen. Carl bat ihn, jede Monatsmiete am Ende des Vormonats zu entrichten, und vielleicht war sein erster Fehler die Bitte, den Betrag nicht per Banküberweisung zu bezahlen, sondern ihn in Form von Bargeld oder eines Schecks in einem Umschlag vor seiner Tür zu hinterlegen. Carl war zwar klar, dass diese Vorgehensweise heutzutage recht ungewöhnlich war, doch er wollte den Eingang der Miete buchstäblich erleben können, indem er die Scheine in den Händen hielt. Dermot erhob keine Einwände.

Carl hatte, ermutigt von seiner Agentin Susanna Griggs, die meinte, er solle sich endlich an die Arbeit machen, mit seinem zweiten Roman begonnen. Allerdings rechnete er nicht mit einem Vorschuss, ehe das Werk nicht fertig war und Susanna und seine Lektorin es gelesen und angenommen hatten. Für eine Taschenbuchausgabe von *An der Schwelle des Todes* hatte er keine Honorarzahlung zu erwarten, da niemand damit rechnete, dass es in dieser Form aufgelegt werden würde. Dennoch empfand sich Carl – sowohl ein publizierter Autor mit guten Aussichten als auch Vermieter, der Mieteinnahmen hatte – als ziemlich wohlhabend.

Um seine Wohnung zu erreichen, musste Dermot das Haus durch Carls Vordertür betreten und zwei Stockwerke hinaufsteigen. Doch er machte keinen Lärm und lebte sehr zurückgezogen. Carl hatte bereits festgestellt, dass sein Mieter gern mit festen Redewendungen um sich warf. Und eine Zeit lang schien alles wirklich zu klappen wie am Schnürchen. Die Miete wurde pünktlich am Monatsletzten in Zwanzigpfundscheinen in einem Umschlag bezahlt.

Die Häuser in Falcon Mews waren alle ziemlich klein, sehr unterschiedlich in der Bauweise und in langen, einander gegenüberliegenden Reihen angeordnet. Die Straße war kopfsteingepflastert mit Ausnahme der beiden Enden, die an der Sutherland Avenue mündeten und wo die Anwohner ihre Autos parken konnten. Das Haus, das Carl geerbt hatte, war ockergelb gestrichen und verfügte über weiße Fensterrahmen und weiße Blumenkästen. Hinten gab es einen kleinen, ziemlich verwilderten Garten, in dessen hinterster Ecke ein Holzschuppen voller defekter Gartengeräte stand, unter anderem auch ein nicht mehr funktionstüchtiger Rasenmäher.

Was die alternativen Medikamente betraf, nahm Carl einmal eine kleine Dosis einer Substanz namens Benzoesäure, als er erkältet war. Angeblich unterdrückte das Zeug Husten mit Auswurf, wirkte allerdings nicht. Abgesehen davon würdigte er den Schrank, wo die Fläschchen und Gläschen wohnten, keines Blickes.

Jeden Morgen um zwanzig vor neun machte sich Dermot McKinnon auf den Weg in die Sutherland-Tierklinik und kehrte um halb sechs in seine Wohnung zurück. Sonntags ging er in die heilige Messe. Wenn Dermot es ihm nicht erzählt hätte, hätte Carl nie gedacht, dass er regelmäßig die Kirchen in der näheren Umgebung, zum Beispiel St. Saviours in der Warwick Avenue oder St. Mary's in Paddington Green, besuchte.

Eines Sonntagmorgens begegneten sie sich auf der Straße. »Bin unterwegs zur Morgenmesse«, sagte Dermot.

»Wirklich?«

»Ich gehe jeden Sonntag hin«, erwiderte Dermot und fügte hinzu: »Je besser der Tag, umso besser die Tat.«

Carl war mit seiner guten Freundin Stacey Warren zum Kaffeetrinken verabredet. Die beiden hatten sich in der Schule kennengelernt und sich danach an derselben Universität eingeschrieben, wo Carl Philosophie und Stacey Schauspiel studiert hatte. Noch während ihres Studiums waren Staceys Eltern bei einem Verkehrsunfall ums Leben gekommen. Stacey hatte eine beträchtliche Summe Geld geerbt, genug, um sich eine Wohnung in Primrose Hill zu kaufen. Sie wollte Schauspielerin werden und hatte dank ihrer schlanken Figur und ihres schönen Gesichts eine Rolle in einer Fernseh-Sitcom mit dem Titel *Station Road* ergattert. Ihr Gesicht war dem Publikum über Nacht ein Begriff geworden, während es mit der schlanken Figur schon nach wenigen Monaten vorbei gewesen war.

»Ich habe über sechs Kilo zugenommen«, sagte sie über den Tisch ihres Stammlokals Café Rouge hinweg zu Carl. »Was soll ich nur machen?« Die anderen Gäste warfen ihr nicht sehr diskrete Blicke zu. »Die wissen alle, wer ich bin. Sie glauben, ich werde fett. Was soll nur aus mir werden?«

Carl, der sehr dünn war, hatte keine Ahnung, wie viel er wog, und es war ihm auch egal. »Wahrscheinlich wäre eine Diät angebracht.«

»David und ich haben uns getrennt. Es fällt mir sehr schwer, das zu verkraften. Soll ich mich jetzt auch noch zu Tode hungern?«

»Ich kenne mich mit Diäten überhaupt nicht aus, Stacey. Man muss sich doch nicht gleich tothungern, oder?«

»Ich würde lieber eine dieser Wunderdiätpillen nehmen, für die sie im Internet Werbung machen. Kennst du dich damit aus?«

»Warum sollte ich?«, erwiderte Carl. »Ist nicht so mein Ding.«

Die Kellnerin brachte das Stück Karottenkuchen und die beiden Schokoladenplätzchen, die Stacey bestellt hatte. Carl schwieg.

»Ich habe nicht gefrühstückt«, sagte sie.

Carl nickte nur.

Auf dem Nachhauseweg dachte er noch immer über Stacey und ihr Problem nach. Er kam an der Buchhandlung vorbei, die seinem Freund Will Finsford gehörte. Es war die einzige inhabergeführte Buchhandlung im Umkreis von vielen Kilometern, und Will hatte ihm gebeichtet, er läge vor Sorge, dass er werde zumachen müssen, nachts wach. Vor allem, seit der Bioladen am Ende der Straße nicht nur Konkurs angemeldet, sondern sogar Besuch vom Gerichtsvollzieher erhalten habe.

Carl sah, dass er die Auslage von Bestsellern im Schaufenster umsortierte, und trat ein.

»Hast du irgendwelche Bücher zum Thema Abnehmen da, Will?«

Will musterte ihn von Kopf bis Fuß. »Du siehst doch jetzt schon aus, als hättest du die Schwindsucht.«

»Nicht für mich. Für eine Bekannte von mir.«

»Hoffentlich nicht für die wunderschöne Nicola«, erwiderte Will.

»Nein, für jemand anderen. Für eine Freundin, die fett geworden ist. Dieses Wort darf man eigentlich nicht mehr benutzen, oder?«

»Bei mir ist dein Geheimnis sicher. Schau mal die Regale in der Gesundheitsabteilung durch.«

Carl konnte nichts entdecken, was er für brauchbar hielt. »Komm doch mal abends vorbei«, schlug er vor. »Bring Corinne mit. Die wunderschöne Nicola würde euch so gern wieder mal sehen. Wir rufen euch an.«

Will sagte zu und beschäftigte sich wieder mit seiner Schaufensterdekoration.

Als Carl weiterging, wurde ihm klar, dass er eigentlich gar kein Buch wollte. Stacey hatte von Pillen gesprochen. Er fragte sich, ob sich in der Tabletten- und Tinkturensammlung seines Vaters, wie er sie inzwischen nannte, womöglich Schlankheitsmittel befanden. Da Wilfred Martin immer schlank gewesen war, hatte er so etwas sicherlich nicht selbst eingenommen. Doch einige Medikamente hatten ja angeblich eine zusätzliche Wirkung. Reinere Haut zum Beispiel oder eine bessere Verdauung.

Carl hatte seinen Vater als ziemlich wortkarg und verschroben wahrgenommen. Obwohl er seinen Tod bedauerte, hatten sie nie viel gemeinsam gehabt. Er fand es schade, dass sein Vater das Erscheinen von *Auf der Schwelle des Todes* nicht mehr erlebt hatte. Allerdings hatte er Carl das Haus und das damit zu erzielende Einkommen hinterlassen. War das sein Weg gewesen, der

Berufswahl seines Sohnes seinen Segen zu geben? Carl hoffte das sehr.

Als er nach Hause kam, war alles still, doch das war immer so, ganz gleich, ob sich Dermot zu Hause aufhielt oder nicht. Er war ein pflegeleichter Mieter. Carl ging nach oben und bemerkte, dass die Badezimmertür offen stand. Dermot hatte in seiner Wohnung in der obersten Etage ein eigenes Bad, also keinen Grund, dieses hier zu benutzen. Wahrscheinlich hatte er selbst vergessen, die Tür zuzumachen, dachte Carl, als er ins Bad trat und die Tür hinter sich schloss.

Wilfreds Pillen und Tinkturen befanden sich in einem in fünf Fächer unterteilten Schränkchen links vom Waschbecken. Carl benutzte nur das oberste; er brauchte nicht viel Platz, da seine Zahnbürste, die Zahnpasta und der Deoroller auf dem Regal über dem Waschbecken lagen. Er musterte die Sammlung von Fläschchen, Röhrchen, Döschen, Päckchen, Tuben, Behältern und Blisterfolien und fragte sich, warum er den ganzen Kram bloß behalten hatte. Sicher nicht aus sentimentalen Gründen. Er hatte seinen Vater zwar geliebt, aber nie auf solche Weise für ihn empfunden. Ganz im Gegenteil, er betrachtete die Pillen und Tinkturen zum Großteil als Quacksalberei und überflüssigen Quatsch. Als er willkürlich ein paar Döschen herausholte, stellte er fest, dass die Tabletten angeblich Herzprobleme heilten und Herzversagen vorbeugten. Und dennoch hatte sein Vater zwei Herzinfarkte erlitten und war nach dem zweiten gestorben.

Nein, hier war nichts, was eine Gewichtsabnahme förderte, sagte sich Carl. Am besten warf er alles weg und machte reinen Tisch. Aber was mochte in dem großen wiederverschließbaren Plastikbeutel im zweiten Fach von oben sein? Gelbe Kapseln, von denen viele mit DNP beschriftet waren. *Die narrensichere Methode, eine Gewichtszunahme zu verhindern*, versprach das Etikett. Hinter dem Beutel mit den Kapseln befand sich ein Karton voller Tütchen, die ebenfalls DNP enthielten, allerdings in wasserlöslicher Pulverform.

Als er nach dem Plastikbeutel griff, bemerkte er, dass das Etikett zu einer vorsichtigen Anwendung riet und davor warnte, die empfohlene Dosis zu überschreiten. Das übliche Kleingedruckte also, das sogar auf Paracetamolpackungen stand. Er ließ den Beutel an seinem Platz und begab sich nach unten, um DNP online zu recherchieren. Doch noch ehe er den Computer erreichte, läutete es an der Tür, und ihm fiel ein, dass Nicola – die wunderschöne, kluge, reizende Nicola – heute den Tag und die Nacht mit ihm verbringen wollte. Während er aufmachen ging, nahm er sich vor, ihr einen Schlüssel zu geben. Er wollte, dass sie eine dauerhaftere Rolle in seinem Leben spielte. Dank Nicola, des neuen Romans und des zuverlässigen Mieters war das Leben schön.

Für den Moment waren die Schlankheitspillen vergessen.

2

Zunächst schien der Beruf eines Vermieters keine großen Anforderungen zu stellen. Dermot zahlte nahezu ohne Schwierigkeiten zum vereinbarten Termin seine Miete. Das hieß, er tat es die ersten beiden Monate lang. Der 31. März war ein Montag. Um halb neun saß Carl wie üblich beim Frühstück, als er Dermots Schritte auf der Treppe hörte. Normalerweise folgte darauf ein Klopfen an der Tür. Diesmal jedoch nicht. Die Haustür fiel ins Schloss, und Carl stand auf, um aus dem Fenster zu schauen. Er sah Dermot in Richtung Sutherland Avenue gehen. Vielleicht würde die Miete ja heute später kommen, dachte er.

Eigentlich las Carl nur selten Zeitung, mit Ausnahme einiger ausgewählter Artikel online. Doch am 1. April kaufte er einige Zeitungen, um festzustellen, ob er die Aprilscherze erkennen würde. Der beste, von dem er je gehört hatte – er war vor seiner Geburt erschienen –, lautete, die Arme der Venus von Milo seien an einem Mittelmeerstrand angespült worden. Auch die heutigen brachten ihn zum Lachen, und als er bei seiner Mutter eintraf, hatte er die fehlende Miete völlig vergessen. Heute war nicht nur der 1. April, sondern auch der Geburtstag seiner Mutter, und Carl war mit einer Cousine und zwei engen Freundinnen zur Feier des Tages zum Mittagessen eingeladen. Seine Mutter fragte ihn, ob sie seine Freundin auch hätte einladen sollen. Aber er erklärte ihr, Nicola sei an ihrem Arbeitsplatz in der Gesundheitsbehörde in Whitehall. Es war ein wunderschöner sonniger Tag, und er ging die Hälfte des Heimwegs zu Fuß, bevor er in den Bus Nummer 46 stieg.

Doch die Angelegenheit mit der fehlenden Miete war noch nicht geklärt, von Dermots Umschlag keine Spur. Als Carl am nächsten Morgen sehr früh aufwachte, machte er sich Sorgen. Ihm widerstrebte es, Dermot zur Rede zu stellen. Beim bloßen Gedanken daran brach ihm der Schweiß aus. Gerade trank er eine Tasse sehr starken Kaffee, als er Dermots Schritte hörte. Falls sich die Haustür öffnete, sagte er sich, würde er sich zwingen, hinauszugehen und das Geld einzufordern. Stattdessen klopfte Dermot an die Küchentür und überreichte ihm den Umschlag. Beim Lächeln zeigte er seine abstoßend gelblichen Zähne. »Dachten Sie, ich wollte Ihnen einen Aprilstreich spielen?«, fragte er.

»Was? Nein, nein, natürlich nicht.«

»Nur ein Irrtum«, erwiderte Dermot. »Irren ist menschlich. Bis später.«

Carl war unglaublich erleichtert. Dennoch zählte er das Geld, nur um auf Nummer sicher zu gehen. Alles war so, wie es sein sollte: zwölfhundert Pfund. Nicht annähernd genug, angesichts der heutigen Preise, hatte seine Mutter getadelt. Aber für Carl war es eine Menge Geld.

Er kippte Müsli in eine Schale, denn er hatte plötzlich Hunger bekommen. Doch die Milch war sauer geworden, weshalb er den Inhalt der Schale wegwerfen musste. Allerdings lief, abgesehen von der Milch, alles wunderbar.

Ein guter Zeitpunkt also, um weiter an seinem neuen Roman zu arbeiten, einem ernsthafteren Werk als der erste. Carl betrachtete die Notizen, die er sich über den Friedhof von Highgate gemacht hatte, die Recherche für die ersten vier Kapitel. Vielleicht hätte er dem Friedhof gestern noch einen Besuch abstatten sollen. Doch er glaubte, dass er genug Material beisammenhatte, um das erste Kapitel zu schreiben. Die einzige Störung war ein Anruf von Stacey. Es wunderte ihn immer wieder, dass Freunde ihre (in seinen Augen belanglosen) Sorgen bei ihm abluden.

»Es tut mir so leid, Carl.« Offenbar glaubte sie, dass sie diese simple Entschuldigung zu einer langen Klagetirade über ihr Gewicht berechtigte.

»Ich arbeite, Stacey.«

»Ach, du schreibst?«

Er seufzte auf. Die Leute sprachen das stets so aus, als sei Schreiben eine schnelle und einfache Angelegenheit. Sollte er das DNP erwähnen? Nein, damit würde er sie nicht zum Schweigen bringen. Ganz im Gegenteil, sie würde sofort hierher eilen. Und so gern er sie auch hatte, er musste arbeiten. Stattdessen lauschte er, brummelte etwas Mitfühlendes und griff schließlich zu der Notlüge, um die Menschen, die zu Hause arbeiten, manchmal nicht herumkommen.

»Ich muss aufhören, Stacey. Da ist jemand an der Tür.«

Trotzdem konnte er nicht schreiben. Es war absurd und eigentlich ein wenig peinlich, sich plötzlich so glücklich und sorglos zu fühlen, weil er ein Kuvert mit zwölfhundert Pfund erhalten hatte. Geld, das rechtmäßig ihm gehörte und das man ihm geschuldet hatte. Wenn er es sich genauer überlegte, war die Miete sein einziges sicheres Einkommen. Mit einem Buchhonorar konnte er in nächster Zeit nicht rechnen. Die Miete brachte ihm Erleichterung und Glück.

Heute würde er ganz sicher nicht schreiben können. Die Sonne schien. Er würde hinaus und zu der großen Grünanlage namens Paddington Recreation Ground gehen, sich auf dem Rasen in die Sonne legen und durch die Äste der Bäume den blauen Himmel betrachten.

3

Es war nicht der 1. April oder gar der Tag der Arbeit, sondern der 2. Mai, als die nächste Miete eintraf.

Carl war nicht so nervös wie im Vormonat. Nicola hatte die Nacht bei ihm verbracht, doch er hatte ihr nichts von der verspäteten Mietzahlung im April erzählt. Schließlich hatte er das Geld erhalten, und alles hatte ein gutes Ende genommen. Am 2. Mai war sie zur Arbeit gegangen, bevor Dermot das Haus verließ. Also war sie nicht Zeugin geworden, wie Carl auf die Schritte seines Mieters horchte, und hatte sein Erstaunen nicht gesehen, als die Haustür zufiel, ohne dass Dermot an die Küchentür geklopft hatte. Vielleicht würde er ja später zahlen, und genau das geschah auch.

Sie begegneten sich in der Vorhalle. Carl wollte zum Einkaufen, und Dermot kam um halb sechs von der Tierklinik nach Hause.

»Ich habe etwas für Sie«, sagte Dermot und überreichte ihm einen Umschlag.

Carl fragte sich, ob Dermot allen Ernstes den ganzen Tag einen Umschlag mit zwölfhundert Pfund mit sich herumgetragen hatte. Aber eigentlich spielte es keine Rolle: Er hatte sein Geld. Er würde seine kläglichen und überdies dahinschmelzenden Ersparnisse nicht antasten müssen, um mit Nicola eine Woche Urlaub zu machen. Obwohl sie nur nach Cornwall und nicht ins

Ausland fuhren, freute er sich schon auf den Aufenthalt in Fowey.

Vor ihrer Abreise hatte Stacey noch einmal ziemlich verzweifelt angerufen, diesmal sogar auf dem Mobiltelefon. Er hatte ihr gesagt, er werde wegfahren, doch sie müsse vorbeikommen, wenn er zurück sei. Sie könnten essen gehen, und er werde sich etwas zu ihrem Gewichtsproblem überlegen. Warum hatte er ihr das versprochen? Wahrscheinlich, weil ihm das DNP eingefallen war. Er schob den Gedanken beiseite. Er konnte niemandem beim Abnehmen helfen.

Er und Nicola fuhren mit dem Paar nach Fowey, das sie einander vorgestellt hatte und mit dem sie, zum Teil aus diesem Grund, noch eng befreundet waren. Sie hatten sich prima amüsiert, und als sie Paddington Station erreichten, bat Carl Nicola, mit ihm nach Falcon Mews zu kommen. »Ich meine, um mit mir zusammenzuleben«, sagte er. »Für immer.« Er fühlte sich wohl mit Nicola. Sie hatten dieselben Interessen – Bücher, Musik, die Natur. Es gefiel ihr, dass er Schriftsteller war. Er liebte sie.

»Ich muss zurück in meine Wohnung, um es meinen Mitbewohnerinnen zu erzählen. Aber dann mache ich es. Ich will es. Eigentlich wollte ich dich auch schon fragen, aber … tja, wahrscheinlich bin ich ein bisschen altmodisch. Ich dachte, es wäre nicht richtig, wenn ich es anspreche und nicht du. Weil ich eine Frau bin und so.«

Drei Tage später zog sie ein.

Am Tag vor Nicolas Umzug kam Stacey vorbei. Sie und Carl hatten sich in einem Restaurant um die Ecke zum

Essen verabredet. Davor wollte Stacey ins Bad, um ihr Make-up aufzufrischen. Es mochte an ihrer Karriere als Schauspielerin und Model liegen, dass sie sich, besonders um die Augen herum, stark schminkte.

Ein paar Minuten später ging Carl nach oben, um sich eine Antihistamintablette gegen seinen Heuschnupfen zu holen. Er ließ die Badezimmertür einen Spalt weit offen. Stacey folgte ihm hinein. Sie gehörte zu den Menschen, die stets behaupteten, an derselben Krankheit zu leiden, wenn ihnen jemand von einem Zipperlein erzählte. »Komisch, dass du das sagst. Ich habe nämlich auch Heuschnupfen.« Er öffnete das Schränkchen und entdeckte die Antihistamine im obersten Fach. Stacey stand hinter ihm, schilderte ihre Symptome und spähte ihm über die Schulter.

»Wo hast du dieses Zeug her?«, fragte sie. »Nimmst du das alles?«

»Das ist von meinem Dad. Ich habe es geerbt. Du weißt schon, als ich das Haus, die Möbel und alles andere bekommen habe.«

Er fasste ins Regal und holte den Beutel mit den gelben Kapseln heraus. »Angeblich wird man davon schlank. Wahrscheinlich hat er es im Internet bestellt.«

»Hat dein Dad das geschluckt?«

»Unmöglich. Er war so mager wie ein Skelett.«

Sie nahm ihm den Beutel aus der Hand und musterte ihn. »DNP«, sagte sie. »Dinitrophenol. Einhundert Kapseln.« Dann studierte sie die Anleitung und entdeckte den Preis, der auf der Packung stand. Einhundert Pfund.

Carl griff nach dem Beutel und stellte ihn zurück ins Fach, allerdings nicht nach hinten.

»Ich könnte sie online ordern«, meinte sie. »Aber wenn du sie schon einmal hast … Würdest du mir fünfzig Stück verkaufen?«

Verkaufen? Er wusste, dass er sie ihr eigentlich hätte schenken sollen. Doch das Hotel in Fowey, in dem er mit Nicola gewohnt hatte, war nicht gerade eines der preiswerten Sorte gewesen. Außerdem waren die Restaurants, die sie in verschiedenen Ferienorten in Cornwall besucht hatten, genauso teuer gewesen wie in London – eher so wie die, um die sie in London einen Bogen machten. Deshalb hatte der Urlaub, obwohl er sich die Kosten mit Nicola geteilt hatte, ein größeres Loch in seinen Geldbeutel gerissen als erwartet. Fünfzig Pfund für diese Tabletten waren zwar nicht viel, allerdings eine Finanzspritze. Hinzu kam, dass Stacey es sich leisten konnte. Ganz sicher, wenn sie abnahm und ihre Rolle in der Sitcom behielt.

»Okay«, erwiderte er, zählte fünfzig Tabletten in einen Zahnbecher ab und gab ihr den Beutel mit den restlichen fünfzig.

Als er ins Erdgeschoss ging, hörte er, dass Dermot die Eingangstür schloss und das Haus verließ. Hatte er womöglich auf dem Weg nach unten sein Gespräch mit Stacey belauscht? Vielleicht. Aber was spielte das schon für eine Rolle?

Inzwischen hatte Stacey sich fertig geschminkt und kam zu ihm hinunter. Sie schlenderten die Straße hinauf zu Raoul's in der Clifton Road. Draußen auf dem Gehweg überreichte sie ihm die fünfzig Pfund.

Er vergaß die Transaktion, nicht zuletzt deshalb, weil Nicola eingezogen war und er sich fragte, warum sie so lange damit gewartet hatten – vor zwei Jahren hatte Jonathan sie einander vorgestellt. Allerdings kam Carl mit seinem Roman nicht voran, und er hatte ein Stadium erreicht, in dem er mit zwei oder drei Absätzen am Tag kämpfte. Wenn Nicola sich danach erkundigte, antwortete er stets, alles sei in bester Ordnung. Er hatte keine Ahnung, woher diese Schreibblockade rührte.

Der Mai in London war ein angenehm warmer Monat. Da es sich als sinnlos und unproduktiv erwiesen hatte, auf seinen Computerbildschirm zu starren, hatte Carl sich angewöhnt, am späten Vormittag, wenn Nicola in der Arbeit war, loszugehen und sich eine Ausgabe des *Evening Standard* zu besorgen. Er zog den *Evening Standard* allen anderen Tageszeitungen vor, weil er kostenlos war.

Er starrte auf die Titelseite des heutigen Tages, wo ein Farbfoto von Stacey drei Spalten füllte. Sie war wunderschön, lächelte jedoch nicht, sondern hatte eine grüblerische Pose eingenommen. Auf der theatralischen Porträtaufnahme war ihr dichtes blondes Haar über die Schultern drapiert. Sie wurde als wegen ihrer Hauptrolle in *Station Road* bekannte Vierundzwanzigjährige beschrieben, die von einer Freundin, welche einen Schlüssel besaß, tot in ihrer Wohnung in Primrose Hill aufgefunden worden war. Laut Polizei ging man nicht von einer Straftat aus.

Das konnte doch nicht wahr sein – war allerdings nicht abzustreiten. Carl brach der Schweiß aus. Als er die

Haustür aufschloss, läutete das Telefon. Es war seine Mutter Una.

»Ach, Schatz, hast du gehört, was der armen Stacey zugestoßen ist?«

»Es steht im *Standard*.«

»Sie war ja eine Schönheit, bevor sie so viel zugenommen hat. Früher habe ich einmal gedacht, dass du sie vielleicht heiratest.«

Seine Mutter gehörte einer Generation an, in der die Ehe für Frauen den höchsten Stellenwert einnahm. So oft hatte er ihr vergeblich zu erklären versucht, dass Mädchen heutzutage nur noch selten Lust hatten zu heiraten. Das Thema kam nur aufs Tapet, wenn sie schwanger wurden, und häufig nicht einmal dann.

»Tja, jetzt kann ich sie nicht mehr heiraten, oder? Sie ist tot.«

»Oh, *Schatz*.«

»Wir waren befreundet«, erwiderte er. »Mehr nicht.«

Die Antwort seiner Mutter drang kaum zu ihm durch, als er über Stacey nachdachte. Er konnte nicht fassen, dass sie tot war. Wahrscheinlich hatte sie gegessen, um sich zu trösten. Ihre Esssucht war das Gegenteil von Anorexie gewesen. Wenn es Essen gab, insbesondere Butter, Käse, Schinken, Obstkuchen oder irgendetwas mit fetter Sauce, hatte sie verkündet, dass sie so etwas nicht anrühren dürfe, sie dürfe nicht einmal davon träumen. Doch sie konnte nicht widerstehen. Und als er beobachtet hatte, wie sie in die Breite ging – deutlich sichtbar, ihr Leibesumfang hatte sich scheinbar bei jedem ihrer Treffen vergrößert –, hatte er aufgehört, sich mit ihr zu verabreden. Er hatte sie nur noch in ihrer Wohnung in Pinetree Court, Primrose Hill, besucht, wenn sie ihn anflehte, sie nicht zu verlassen. Bitte, bitte, komm. Bei diesen Gelegenheiten hatte er den Eindruck gehabt, dass sie sich nur in seiner Gegenwart vollstopfte, um ihn zu ärgern. Natürlich konnte das nicht ihr Motiv gewesen sein, obwohl es so gewirkt hatte, insbesondere, wenn ihr die Mayonnaise vom Kinn tropfte und Krümel von Karottenkuchen oder Makronen überall an ihrem eng anliegenden Angorapulli hingen. Ihre früher so schönen Brüste hatten sich in gewaltige Berge aus klebrigen Kuchenbröseln verwandelt.

Sie waren nie ein Paar, sondern immer nur beste Freunde gewesen. Und jetzt war sie tot.

»Ein Mann und eine Frau können nicht befreundet sein«, lauteten die Worte seiner Mutter. »Ich frage mich, ob das das Problem war, dessentwegen sie sich mit Essen getröstet hat.«

»Du meinst, sie hätte aufgehört zu essen, wenn ich sie geheiratet hätte?«

»Sei nicht albern, Carl.«

Er malte sich aus, er sei mit Stacey verheiratet gewesen und neben ihr die Sutherland Avenue entlanggeschlendert. Ein zunehmend lächerlicher Anblick. Er war sehr schlank, was nichts damit zu tun hatte, was er aß oder nicht aß. Der Grund waren einzig und allein seine dünne Mutter und sein dünner Vater.

Er setzte sich an den Computer und berührte den winzigen, blau leuchtenden Schalter. Der Monitor zeigte das übliche Bild: ein grüner Hügel und dahinter ein violetter

Berg. Einmal war Dermot hereingekommen, als er den Computer gerade eingeschaltet hatte, und hatte ein Kirchenlied angestimmt, das von einem weit entfernten grünen Hügel und einer nicht vorhandenen Stadtmauer handelte. Nun fiel Carl jedes Mal dieses dämliche Kirchenlied ein, wenn er den Computer anwarf, und manchmal summte er es sogar vor sich hin. Eigentlich hatte er mit der Maus die Datei *Heilige Geister.doc* anklicken und sich wieder seinem Roman widmen wollen. Doch stattdessen ging er ins Internet und sagte sich, dass er Einzelheiten über die gelben Kapseln recherchieren musste, die er Stacey verkauft hatte. Der kleine Pfeil schwebte über Google. Er tippte die Buchstaben DNP ein, hielt aber inne. Er hatte Angst.

Er schloss die Augen, denn er wollte es nicht wissen, noch nicht, vielleicht nie, und klickte auf »Programm beenden«.

4

Vier Tage bevor Carl den Artikel über Staceys Tod las, betrat Lizzie Milsom deren Wohnung. Es war ziemlich unvorsichtig, die Schlüssel zu seinem Zuhause draußen zu deponieren, und außerdem recht schwierig, wenn es sich bei diesem Zuhause um eine Wohnung handelte. Aber Stacey Warren tat es trotzdem, und viele ihrer Freunde wussten Bescheid.

Pinetree Court bestand aus vier Wohnungen, alle mit verschiedenfarbigen Türen. Die Tür im Erdgeschoss war blau, die im ersten und zweiten Stock gelb beziehungsweise grün. Eine Treppe führte hinunter zur Souterrainwohnung, deren Tür, wie Stacey Lizzie erzählt hatte, rot war. Stacey wohnte im ersten Stock. Sie verstecke ihre beiden Schlüssel an einem einzigen Schlüsselring im Schrank unter der Treppe, die an der Haustür endete. Der Schrank, der nicht über ein Schloss verfügte, enthielt die Mülltonnen der vier Bewohner. Am Boden gab es einen lockeren Backstein. Und in dem Loch darunter befanden sich Staceys Ersatzschlüssel.

Da Stacey ihr erzählt hatte, sie werde an diesem Vormittag unterwegs sein, hob Lizzie Milsom den lockeren Backstein an und nahm sich den Schlüssel. Dann ging sie in die Vorhalle und die Stufen in den ersten Stock hinauf. Vor Staceys Tür blieb sie stehen und lauschte. Stille. Offenbar waren alle Bewohner in der Arbeit. Lizzies Absicht war, sich ein kleines wertloses Objekt wie eine Keramik, einen Briefbeschwerer oder einen Kugelschreiber zu suchen – etwas, das man vielleicht zu Weihnachten geschenkt bekam – und ihn mitzunehmen, nachdem sie ihn durch einen anderen wertlosen Gegenstand ersetzt hatte. Dazu hatte sie auch einen mitgebracht: einen schwarz-weißen Serviettenring aus Plastik. So etwas zu tun – und sie tat es oft –, vermittelte ihr ein Gefühl der Macht. Die Menschen hielten ihre Privatsphäre für geschützt – war sie aber nicht.

Sie steckte den Schlüssel in Staceys gelbe Wohnungstür und schloss auf.

Lizzie war keine Schönheit, allerdings eines der Mädchen, die als anziehend galten, ohne dass jemand hätte sagen können, woran das gelegen haben sollte. Sie hatte hübsches, langes, dichtes blondes Haar, große, unschuldig dreinblickende braune Augen und schlanke Hände mit Fingernägeln, die sie mit verschiedenfarbigem Lack verzierte, der niemals abblättern durfte. Außerdem hatte sie eine gute Figur. Sie hätte sich gern elegant gekleidet, konnte es sich jedoch nicht leisten.

Sie und Stacey kannten einander schon seit Jahren. Ihre Elternhäuser hatten so dicht beieinandergestanden, dass sie zusammen in die Schule in Brondesbury gleich am Ende der Straße gegangen waren. Lizzie war nicht zum ersten Mal in Staceys Wohnung, aber es war ihr erster heimlicher Besuch.

Auf der Suche nach einem Deko-Objekt oder einem anderen überflüssigen Gegenstand durchkämmte sie den Wohnbereich. Nach einer Weile entschied sie sich für einen kleinen Terminkalender, unbenutzt und drei Jahre alt, allerdings mit Staceys eingeprägtem Namen innen auf dem Einband. Der Serviettenring wurde an die entsprechende Stelle gelegt, und der Terminkalender verschwand in Lizzies Handtasche.

Die Zimmer in Staceys Wohnung waren groß. Das heißt, das Wohnzimmer war groß, weshalb Lizzie annahm, dass es sich mit dem Schlafzimmer genauso verhalten musste. Sie beschäftigte sich etwa eine halbe Stunde damit, alles zu erkunden und in Schränken und Schubladen zu kramen. Sie hatte nicht die Absicht, noch etwas mitzunehmen. Und das, was sie mitgenommen hatte, würde sie wieder zurückbringen. Allerdings war sie neugieriger als die meisten Menschen, und wenn sie sich in einer fremden Wohnung befand, kannte ihre Wissbegier keine Grenzen mehr. Außerdem war sie eine geschickte Lügnerin. In dem unwahrscheinlichen Fall, dass jemand die Wohnung betreten sollte, die sie gerade durchforstete, hatte sie immer eine Ausflucht – sie nannte das *Begründung* – parat. Der Wohnungsinhaber habe sie gebeten nachzuschauen, ob er das Gas abgeschaltet oder nicht etwa das Bügeleisen angelassen habe.

Zwanzig spannende Minuten verbrachte sie damit, Staceys Schreibtischschubladen zu kontrollieren, wo sie ein Bündel Zwanzigpfundscheine, einige Werbebroschüren zum Thema Gewichtsabnahme, eine unbezahlte Stromrechnung und einen Umschlag entdeckte, der Fotos von einer nackten Stacey aus den Tagen enthielt, bevor sie in die Breite gegangen war. Lizzie sagte sich, dass sie ja keine Diebin sei, und nahm sich nur zwei Zwanzigpfundscheine, während ein prinzipienloser Mensch alles eingesteckt hätte. Danach ging sie in die Küche, wo sie im Kühlschrank, in dem ansonsten Lebensmittel und Getränke fehlten, eine halb volle Flasche Campari entdeckte. Sie genehmigte sich einen Schluck, musste husten und fragte sich, womit er wohl verdünnt werden sollte. Stacey hatte ein traumhaft großes Bad, in dem sogar ein Ellipsentrainer und eine Rudermaschine Platz gefunden hatten. »Oft benutzt sie die bestimmt nicht«, sagte Lizzie laut.

Beinahe hätte sie das Schlafzimmer ausgelassen. Sie hatte keine Interesse daran, Staceys Unterwäsche zu durchwühlen oder ihre Feuchtigkeitscreme auszuprobieren. Allerdings war ihr der Campari zu Kopf gestiegen, weshalb sie es für ratsam hielt, sich ein Weilchen hinzulegen. Sie öffnete die Tür und erstarrte. Stacey, bekleidet mit einem Spitzennachthemd und einem Morgenmantel aus Samt, lag neben ihrem gewaltigen Doppelbett rücklings auf dem Boden. Neben ihr befanden sich ein seines Inhalts entleertes Plastikpäckchen und ein Glas, in dem offenbar Wasser war. Auf dem hellgelben Teppich waren hellgelbe Kapseln verstreut.

Lizzie wusste, dass Stacey tot war, obwohl sie nicht hätte sagen können, wie sie das festgestellt hatte. Sie schrie nicht. Insgeheim vertrat sie die Ansicht, dass sich Frauen, die beim Anblick oder Auffinden einer Leiche schrien, nur wichtig machen wollten. Sie hätten sich doch auch einfach zusammenreißen können. Also gab sie kein Geräusch von sich.

Sie kniete sich auf den Boden und fühlte Stacey den Puls. Allerdings war das eigentlich überflüssig. Die kalte

Gesichtshaut und die eisigen, feuchten Hände genügten ihr, um zu schlussfolgern, dass Stacey schon seit einer ganzen Weile dort lag. Vermutlich seit dem letzten Abend. Außerdem war ihr klar, dass sie die Polizei und vielleicht einen Krankenwagen rufen musste. Hinzu kam, dass sie nun, da Stacey tot war, keine Begründung für ihre Anwesenheit in der Wohnung mehr brauchte. Es würde nur ein klein wenig peinlich werden. Als sie auf ihrem Mobiltelefon die Notrufnummer wählte, wunderte sie sich, wie schnell jemand an den Apparat ging.

»Polizei«, erwiderte sie, als man ihr verschiedene Optionen anbot. »Ich habe gerade meine beste Freundin tot aufgefunden.«

Stacey war zwar nicht ihre beste Freundin, doch die kleine Notlüge war unumgänglich. Sie hätte sich betrogen gefühlt, wenn sie einmal auch nur annähernd die Wahrheit gesagt hätte. Die Erklärung, sie habe die Wohnung mit ihrem eigenen Schlüssel betreten, einem Schlüssel, den Stacey ihr gegeben hatte, war die einzige Methode, die Sache mit der besten Freundin zu untermauern. Sie durfte es nicht übertreiben.

Die Telefonistin bat sie, bis zum Eintreffen der Polizei in der Wohnung zu bleiben, und natürlich stimmte sie zu. Sie setzte sich, denn trotz ihrer vorgeblichen Abgebrühtheit stand sie ziemlich unter Schock und befürchtete, anderenfalls zu stürzen. Während sie auf den Polizisten und mögliche Begleiter wartete, legte sie den Terminkalender zurück ins Wohnzimmer und steckte ihren Serviettenring wieder ein. Das war das Beste so. Was, wenn sie ihre DNA-Spuren daran fanden?

Allein mit ihren Gedanken und wieder gestärkt, ließ Lizzie sich in einem Lehnsessel im Wohnzimmer nieder und fragte sich, was wohl aus der Wohnung werden würde. Sie hatte Stacey gehört, schuldenfrei und gekauft vom Erbe ihrer Eltern. Stacey war stolz auf ihre finanzielle Unabhängigkeit gewesen. Zudem sicher, dass sie weiter schauspielern und große Rollen in Fernsehserien ergattern würde, wenn sie erst einmal wieder abgenommen hatte. Ihre Eltern waren bei einem Autounfall auf der M25 ums Leben gekommen, als Stacey noch die Universität besucht hatte. Als der Unfall geschah, hatte Stacey bei ihrer Tante Yvonne Weatherspoon und deren Kindern gewohnt und war auch während ihrer Studienzeit dort geblieben. Lizzie fragte sich, ob sie Yvonne anrufen und ihr von Staceys Tod erzählen sollte, überlegte es sich aber anders (was vielleicht ein Fehler war). Sollte die Polizei das doch übernehmen. Sie hatte ihre Nummer nicht, und auch wenn sie Staceys Tante flüchtig kannte, hatte sie sich nie mit ihr vertragen.

Im Gegensatz zu Stacey wohnte Lizzie in einem gemieteten Einzimmerapartment in der Iverson Road in Kilburn. Die Miete war angesichts des Standards gesalzen, denn die Wohnung war klein, feucht und dringend renovierungsbedürftig. Während Lizzie in Staceys Wohnung saß, dachte sie an das Apartment und auch daran, wie ungern sie dorthin zurückkehren wollte. Ihre Stelle als Hilfslehrerin in einer Privatschule war ziemlich schlecht bezahlt, hatte allerdings ihre Vorteile. Zu Fuß zur Arbeit gehen zu können war einer davon. Ein kostenloses Mittagessen ein anderer. Eigentlich hatte sie in der Schule kein Anrecht auf ein kostenloses oder überhaupt ein Mittagessen. Aber niemand bemerkte es, wenn sie von einem oder mehreren der unberührten Teller aß, die sie aus der Schulmensa mitgehen ließ. Einmal in der Woche aß sie bei ihren Eltern zu Abend. Nicht weil sie Lust dazu hatte, sondern weil sie wusste – und es keinen Moment lang vergaß –, dass ihr Vater die Hälfte ihrer Miete bezahlte. Nun, ihr Vater *und* ihre Mutter, wie sie es laut ihrer Mutter ausdrücken sollte. Auch wenn Lizzie den Grund nicht einsah, denn ihre Mutter arbeitete nicht oder war, wie sie es lieber formulierte, nicht berufstätig. Keine Brötchenverdienerin, wie ihr Vater meinte, der bis zu seiner Verrentung recht wohlhabend gewesen war.

Ziemlich wehmütig dachte Lizzie an die Kartoffelpastete und den leckeren Nachtisch, die ihre Mutter am heutigen Abend auftischen würde, als es an der Tür klingelte.

Die Polizei war eingetroffen.

5

Carl war noch nie bei einer Leichenschau gewesen und hatte auch nicht die Absicht, dieser hier beizuwohnen. Dass sie stattfinden würde, und zwar sehr bald, lauerte dräuend in seinen Gedanken. Die ganze Zeit grübelte er darüber, wenn auch unfreiwillig, weil er sie am liebsten vergessen und die ganze Sache mit Stacey aus seinem Gedächtnis verbannt hätte. Wenn ihm doch nur der Termin bekannt gewesen wäre, hätte er wegfahren können, vielleicht nach Brighton oder nach Broadstairs, wo er einmal mit einer Freundin ein Wochenende verbracht hatte. Doch auch wenn er die Stadt verließ, würde das nicht verhindern, dass er eine Zeitung oder die Fernsehnachrichten zu Gesicht bekam. Außerdem konnte er sich – so wie alles andere in seinem Leben – keine weitere Reise leisten.

Dermot löste das Problem für ihn. Am 1. Juni, einen Tag nachdem die Miete fällig gewesen wäre, klopfte er an die Wohnzimmertür und überreichte ihm das Geld (diesmal einen Scheck). Er sagte, er sei auf dem Weg zu Stacey Warrens Leichenschau und fügte hinzu, er erwarte, Carl dort zu sehen.

Carl überlegte rasch. Die Vorstellung, dass Dermot alle Beweise hören, sich sogar Notizen machen und dann zurückkommen und ihm alles bis ins kleinste Detail schildern würde, war zu viel für seine Nerven. Am liebsten hätte er Dermot gefragt, warum er überhaupt hinging. Er hatte Stacey kaum gekannt und war ihr nur einmal begegnet. Wie gern hätte Carl ihm gesagt, Stacey und ihr Tod seien nicht seine Sache, denn schließlich sei sie *seine* Freundin gewesen, nicht Dermots. Doch er hatte keinen Grund, unhöflich zu Dermot zu sein, insbesondere deshalb, weil dieser pünktlich die Miete bezahlt hatte.

»Sie brauchen nicht zu glauben«, meinte Dermot, nachdem Carl ihm mitgeteilt hatte, er werde nicht hingehen, »dass ich mir deshalb freinehme. Zufällig habe ich da gerade Mittagspause.« Beim Lächeln zeigte er seine gelblichen Zähne. »Wirklich ein Glück.«

Auf der Hälfte des Gartenpfads drehte er sich noch einmal um und sagte: »Ich schaue auf dem Rückweg rasch vorbei und berichte Ihnen, was los war.«

Einige Stunden später war er wieder da, hatte offenbar jede Menge Zeit und nahm bereitwillig den Tee an, den Carl ihm pflichtschuldig anbot. Mit seinem Tee und einem Vanilleplätzchen setzte er sich auf das Sofa, das für Carl immer noch »Dads Sofa« war, und beschrieb in allen Einzelheiten die Erkenntnisse des Arztes und des Biochemikers.

Überall in Staceys Schlafzimmer hätten Kapseln mit Dinitrophenol auf dem Boden herumgelegen. Dieselbe Substanz sei halb verdaut in Magen und Darm festgestellt worden. Der Arzt habe nicht ermitteln können, ob die vor Kurzem eingenommene Dosis die erste oder die letzte gewesen sei. Dinitrophenol – oder DNP, wie man es laut Dermot nannte – führte angeblich zu Gewichtsverlust, jedoch nur, wenn die Dosis hoch genug sei. Eine hohe Dosis – oder mehrere nacheinander – ließe die Körpertemperatur weit über ein lebensbedrohliches Niveau steigen und erhöhe die Herzfrequenz. Nebenwirkungen könnten Hautveränderungen, grauer Star, Herzschäden und – an dieser Stelle hielt er inne – der Tod sein. Der Leichenbeschauer habe einen Polizisten, der der Autopsie beigewohnt hatte, gefragt, wo man dieses Medikament erwerben könne, und die Antwort »im Internet« erhalten.

»Der Leichenbeschauer hat sich bei dem Polizisten erkundigt, ob das nicht illegal ist«, fuhr Dermot fort. »Doch der hat Nein gesagt und hinzugefügt: ›Noch nicht.‹ Vermutlich heißt das, dass das Zeug eines Tages verboten wird.«

Carl zögerte zwar nachzuhaken, aber er musste es einfach wissen. »Hat der Leichenbeschauer sich dazu geäußert, wo Stacey diese Pillen herhatte?«

Dermot warf ihm einen durchdringenden Blick zu. »Wie ich schon sagte: Offenbar ist es im Internet erhältlich. Ist es in Ordnung, wenn ich mir noch einen Keks nehme?«

Carl schob den Teller zu ihm hinüber.

»Der Leichenbeschauer hat Stacey als ›bedauernswerte junge Frau‹ bezeichnet. Er wirkte ziemlich traurig und meinte, ihr Tod solle allen Frauen eine Warnung sein, die so dumm und leichtsinnig seien, für eine schlanke Figur ihre Gesundheit zu riskieren.«

»Wahrscheinlich wurde ihr Tod als Unfall eingestuft.«

»Ganz richtig«, erwiderte Dermot. »Ach, herrje, ist es schon so spät? Ich muss los. Bis nachher.«

Also war der Leichenbeschauer davon ausgegangen, dass Stacey die Pillen aus dem Internet gehabt hatte. Das würden alle vermuten. Obwohl es Carl unangenehm war, seine Befürchtungen in Sachen DNP bestätigt zu sehen, war er auch erleichtert, dass der Kauf oder die Einnahme des Medikaments nicht verboten war. Also hatte er nichts Illegales getan, als er Stacey die fünfzig Kapseln verkauft hatte.

Nicola wollte gegen sechs zu Hause sein. Sie fuhr mit der U-Bahn: Westminster zur Baker Street und dann Umsteigen in die Bakerloo Line, Richtung Maida Vale. Dermot ging von der Tierklinik in der Sutherland Avenue zu Fuß und war an diesem Abend vor ihr da. Er saß in Carls Wohnzimmer, und weil die Tür offen stand, gab es keine Möglichkeit, sich zu verdrücken. Er hatte einen großen Karottenkuchen in einer Schachtel bei sich.

»Da ich Carl heute Nachmittag die ganzen Kekse weggegessen habe, dachte ich, ich bin Ihnen was schuldig.«

»Oh, vielen Dank.«

»Ich nehme mir nur ein kleines Stück und lasse Sie dann in Ruhe.« Dermot schnitt sich eine dicke Scheibe ab. Er sprach Nicola mit Miss Townsend an, als er anmerkte, sie stehe Keksen und reichhaltigem Kuchen wahrscheinlich ablehnend gegenüber.

Sie musterte ihn zweifelnd. »Warum?«

»Tja, weil Sie doch bei der Gesundheitsbehörde arbeiten.«

Woher wusste er, wo sie arbeitete?, fragte sie sich. Seltsam. Sie lächelte ihr wunderschönes Nicola-Lächeln, dessen Strahlen ihr ganzes hübsches Gesicht erhellte. Zum Glück konnte Dermot McKinnon nicht sehen, was hinter diesem Lächeln wirklich in ihr vorging.

Carl und Dermot saßen in einem Café in der Edgware Road an einem Tisch, dessen Plastiktischdecke mit einem Tiermuster bedruckt war. Dermot hatte zwei Cappuccino bestellt, ohne Carl zu fragen, was er wollte. Carl protestierte nicht. Ihn interessierte mehr, aus welchem Grund Dermot ihm hierher gefolgt war. Dermot brach das Schweigen, indem er mit dem Finger über die Tupfen des Leoparden strich und sich bei Carl erkundigte, ob dieser in der Zeitung gelesen habe, Zoobesucher sollten keine Tiermuster tragen, da das in den Käfigen für Unruhe sorge. Carl hatte es nicht gelesen, und es war ihm auch egal. Der Cappuccino, den er hier noch nie probiert hatte, war üppig und zähflüssig und schmeckte kaum nach Kaffee.

»Wenn ich mich recht entsinne«, fuhr Dermot fort, »war etwas von diesem DNP-Zeug, das Stacey Warren genommen hat, unter den Medikationen Ihres Dads.«

Ein seltsames Wort, dachte Carl. Medikationen. »Wirklich?«, erwiderte er.

»Vielleicht wussten Sie ja nicht, was es war?«

»Wusste ich nicht«, entgegnete Carl. Am liebsten hätte er Dermot an den Kopf geworfen, dass es eine ziemliche Unverschämtheit war, in fremden Sachen herumzuschnüffeln.

»Falls Sie es noch haben, sollten Sie es besser entsorgen. Bestimmt steht morgen ein großer Artikel in der

Zeitung. Wahrscheinlich wird es darum gehen, dass man DNP nicht nehmen und dass es verboten werden sollte. Meiner Ansicht nach sollte das Gesetz geändert werden, und zwar mit einer schweren Strafe für Leute, die es, nun, weitergeben.«

Tatsächlich erschien am nächsten Tag ein großer Artikel auf der Titelseite der *Daily Mail*, begleitet von einem glamourösen Foto von Stacey. Darunter befand sich die Abbildung eines Glases mit gelben Kapseln und der Aufschrift DNP.

Carl sah die *Mail* auf dem Ständer vor dem Zeitungskiosk. Eigentlich wollte er sie nicht kaufen und ging weiter, kehrte jedoch wieder um, weil er befürchtete, er könnte es später bereuen. Er las den Bericht im Gehen. Eine Aussage lautete, dass Dinitrophenol infolge von Staceys Tod durch »DNP-Vergiftung« bald verboten werden würde. Das sei auch ohne ein neues Gesetz durch einen sogenannten Erlass möglich.

»Man soll nicht alles glauben, was in der Zeitung steht«, sagte sich Carl. Als eine Passantin ihn anstarrte, wurde ihm klar, dass er den Satz laut ausgesprochen hatte.

6

Lizzie Milsom behielt Staceys Schlüssel, und zwar beide Schlüsselringe. Offenbar wusste niemand, dass sie sie hatte. Die Polizei hatte sich nicht lange in Staceys Wohnung aufgehalten, und als sie drei Tage nach der Entdeckung der Leiche endgültig verschwanden, kehrte Lizzie zurück. Sie schlenderte durch die Zimmer, betrachtete Möbelstücke und Gerätschaften, bewunderte die reizenden Drucke, die tropische Vögel darstellten und die Wände zierten, und sah sich in ihrer Meinung bestätigt, dass Staceys Besitztümer so viel schöner waren als alle ihre eigenen Sachen. Wenn sie hier wohnte, würde sie sich keine Machtgefühle verschaffen müssen, indem sie sich Krimskrams auslieh. Denn dann würden sich Macht und Selbstbewusstsein wie von selbst einstellen.

Irgendjemand musste doch jetzt der Eigentümer der Wohnung in Pinetree Court sein, dachte Lizzie. Aber Stacey hatte sie sicher niemandem ausdrücklich vermacht. Mit vierundzwanzig ließ man normalerweise kein Testament aufsetzen. Wahrscheinlich würde ihre Tante Yvonne erben oder eine Cousine oder jemand, der noch nie von Stacey gehört hatte. Lizzie beschloss, eine Weile hierzubleiben, ein paar Tage vielleicht. Niemand konnte herein, da war sie sicher, denn Stacey hatte ihr erzählt, dass es nur zwei Schlüsselringe gab: den in Staceys Handtasche und den draußen im Schrank. Möglicherweise hatte auch der Hausmeister einen, aber über den würde sie sich keine Gedanken machen.

Wie Lizzie wusste, musste sie darauf achten, dass unten auf der Straße oder auf dem Parkplatz kein Licht zu sehen war. Die Fenster von Schlafzimmer und Bad gingen auf einen mit Bäumen bewachsenen Garten hinaus, dessen Verwendungszweck unklar war. Das Wohnzimmer stellte ein größeres Problem dar, denn dessen Fenster zeigten auf die Primrose Hill Road. Allerdings konnte man ja die Rollläden herunterlassen und als doppelte Vorsichtsmaßnahme die Vorhänge zuziehen. Da es inzwischen Juni und bis kurz vor zehn hell war, war Lizzie mit ihren Lösungsansätzen sehr zufrieden. Also würde sie sich jetzt umziehen, ausgehen und beide Schlüsselringe mitnehmen. Ein Jammer, dass Stacey so übergewichtig gewesen war – Lizzie war zur Höflichkeit erzogen und hätte das Wort »fett« nie in den Mund genommen. Deshalb waren ihre Sachen sicher mindestens Größe 46. Doch in dieser Hinsicht irrte sich Lizzie, denn als sie nicht nur die rechte, sondern auch die linke Seite des Schrankes untersuchte, entdeckte sie, dass die stets optimistische Stacey alle oder die meisten Kleidungsstücke aus ihrer schlanken Zeit behalten hatte.

Damals hatten Lizzie und Stacey die gleiche Größe getragen, nämlich 38. Lizzie hatte noch immer 38. Also kramte sie vergnügt in den Kleidern herum und breitete schließlich eine jadegrüne Jacke, einen sehr kurzen jadegrünen Rock und ein grün und pinkfarbenes, mit winzigen Perlen besetztes Oberteil auf Staceys Bett aus. Warum vor dem Umziehen nicht ein Bad nehmen? Staceys Badewanne war schneeweiß, breit und tief, und es gab heißes Wasser in anscheinend unerschöpflichen Mengen. Zu Hause in Kilburn musste sich Lizzie mit einer schwächelnden Dusche begnügen, die dazu neigte, ächzend zu tröpfeln und manchmal sogar völlig den Geist aufzugeben. Während sie sich im warmen Wasser aalte, in das sie beinahe eine halbe Flasche Nektarinenblütenbadeöl von Jo Malone geschüttet hatte, überlegte sie sich, wie nett es doch wäre, sich jeden Tag so zu verwöhnen. Staceys Handtücher waren keine Handtücher, sondern Badelaken. Lizzie wickelte sich in eines davon, und nachdem sie sich mit Nektarinenduft eingesprüht und das grüne Ensemble angezogen hatte, beschloss sie, auf Make-up zu verzichten, wie es dem neuesten Trend entsprach. Sie knipste das Licht aus und fuhr mit dem Aufzug nach unten. Es war ein angenehmer, milder und windstiller Sommertag. Sie stieg in Swiss Cottage in die U-Bahn und fuhr die vier Haltestellen nach Willesden Green.

»Das kenne ich ja gar nicht«, sagte ihre Mutter, als sie die Tür öffnete. »Ist das neu?«

Lizzie bejahte, was nicht unbedingt eine Lüge war. Für sie waren die Sachen schließlich neu.

Das Haus ihrer Eltern gehörte zu den wenigen im Mamhead Drive, die nicht in Wohnungen aufgeteilt worden waren. Da es groß war und einen riesigen Garten hatte, war Lizzie stets stolz darauf gewesen, obwohl sie nie vorgehabt hatte, nach ihrem Uniabschluss wieder hier zu wohnen. Tom und Dot Milsom hatten es 1982 für – in Toms Worten – ein Butterbrot gekauft und nicht die Absicht, jemals umzuziehen. Lizzie schlenderte, gefolgt von ihrer Mutter mit einem Tablett voller Tee und Kuchen, ins gewaltige Wohnzimmer.

»Ist Dad wieder mit dem Bus unterwegs?«

»Heute ist er in den Süden gefahren«, erwiderte Dot. »Er sagte, er wolle sich ein paar Häuser in Barnes anschauen. Hoffentlich trägt er sich nicht mit Umzugsplänen.«

»Du weißt doch, dass er immer nur aussteigt, um zurückzukommen«, antwortete Lizzie. Sie dachte an Stacey und lehnte den Kuchen ab, der bei ihrer Mutter »Millionärsmakrone« hieß. Sie strich den seidigen Stoff von Staceys Rock glatt und fragte ihre Mutter, was sie von der Tragödie in Pinetree Court hielt.

Als Tom Milsom im Alter von fünfundsechzig in Rente gegangen war – wie er es ausdrückte, als ein im kleinen Rahmen erfolgreicher Mann –, war er noch nie im Leben mit dem Bus gefahren. Er hatte mit einem Assistenten, später sein Geschäftspartner, ein Fotostudio in Willesden betrieben, das er als sein Büro bezeichnet hatte. Weil das Studio ganz in der Nähe seines Hauses im Mamhead Drive lag, hatte er zu Fuß zur Arbeit gehen können. Und wenn er einen Auftrag hatte, ein Hochzeitsfoto zum Beispiel oder – ein wenig unter seinem Niveau – Teller mit Hähnchentikka und Lammbiryani für eine indische Restaurantkette, nahm er seinen betagten, jedoch stets top gepflegten silberfarbenen Jaguar. Seine Fotoausrüstung transportierte er mit dem Auto, und bei den seltenen Gelegenheiten, wenn Wartungsarbeiten oder eine kleine Reparatur nötig wurden, fuhr er mit Kamera und Gerätschaften mit der U-Bahn. Eine Busfahrt hatte er nie ernsthaft in Erwägung gezogen. Und als die kostenlose Busfahrkarte für Bürger über sechzig eingeführt wurde, benutzte er sie zwar nicht, hielt es jedoch für Verschwendung, es zu unterlassen. Also steckte er sie in die Hosentasche und vergaß sie.

Der Verkehr in Londons Stadtzentrum, ja, eigentlich überall in London, war, um Dots Lieblingsausdruck zu verwenden, ein Albtraum geworden. Außerdem konnte man nirgendwo anders parken als auf den Anwohnerparkplätzen im Mamhead Drive oder Dartmouth Place, die die Leute gar nicht brauchten, weil sie eigene Garagen hatten. »Goldstaub in London«, pflegte Dot zu sagen.

Wie viele Männer seines Alters hatte sich Tom die erzwungene Muße im Ruhestand als paradiesisch ausgemalt. Er würde frei sein, immer im Urlaub. Leider hatte er vergessen, dass er sich während seiner Urlaube mit Dot im Laufe der Jahre zu Tode gelangweilt hatte. Sie waren durch schmale Seitengassen spanischer Städtchen getrottet, hatten mit einer Reisegruppe Tempelruinen auf Sizilien besichtigt und waren bewaldete türkische Hügel hinaufgestapft, einzig und allein, um die Aussicht von oben zu bewundern. Dot hatte sich nicht gelangweilt, oder zumindest hatte sie es nie erwähnt – allerdings galt das auch für ihn. Sie meinte, es sei eine reizende Abwechslung von der Hausarbeit. Tom hatte keine Hobbys. Er hatte keine Ahnung von Golf und sah sich nicht einmal die Turniere im Fernsehen an. Das Kino interessierte ihn nicht, denn da lief sowieso nichts anderes als in der Glotze. Gelesen hatte er auch nie viel, und er hatte auch keine Liebe zur klassischen Musik entwickelt. Wenn er an diese Urlaube zurückdachte, erinnerte er sich hauptsächlich daran, wie langsam sich die Zeit dahingeschleppt hatte. Dass er, in dem Glauben, es müsse doch jetzt schon halb zwölf sein, heimlich auf die Uhr geschaut hatte, nur um festzustellen, dass es erst zehn nach zehn war.

Außerdem ging er, wieder wie die meisten Männer – es sei denn, sie wurden von einer Frau begleitet –, so gut wie nie in die Oxford Street. Als Dot ihn eines Tages aus dem Haus hatte haben wollen, da sie plante, das Wohnzimmer zu putzen, schlug sie vor, er solle doch losfahren und sich ein paar Socken kaufen. Läden in Willesden kamen für sie nicht infrage. Warum nicht in die Oxford Street, wo Marks and Spencer – das sie wie der Rest des Landes M&S nannte – seine Hauptfiliale hatte?

»Fahr mit dem Auto«, sagte sie. »Du brauchst hin und zurück höchstens eine halbe Stunde.«

Als ob es ihm darauf angekommen wäre, Zeit zu sparen. »Das würdest du nicht behaupten, wenn du Auto fahren könntest.«

Stattdessen hatte er die U-Bahn genommen, die Jubilee Line von Willesden Green zur Bond Street. An einem Dienstagvormittag war in der Oxford Street nicht viel los. Er kaufte seine Socken und spazierte zurück zum Bahnhof Bond Street. Es waren zwar nicht viele Leute in der Oxford Street unterwegs, dafür aber jede Menge Busse. Solche Massen, dass Tom sich ausmalte, ihr Gewicht könnte zu viel für die Straße sein, sodass diese jeden Moment unter den scharlachroten Kolossen aus Metall einstürzen würde. Wo fuhren sie alle hin? Wo kamen sie her? Warum kreuzten sie hier auf und stellten sich in einer Reihe an wie Tiere vor einem Wasserloch? An einer Bushaltestelle blieb er stehen und bemerkte, dass viele Busse, sechs oder mehr, wenn man die Nachtbusse mitzählte, hier planmäßig stoppten. Der erste auf der Liste hatte die Nummer 6. Tom stand vor dem Fahrplan, der in einem Glaskasten hing und an einer Stange befestigt war, als aus dem Nichts ein Bus erschien und mit eingeschaltetem Licht auf die Haltestelle zusteuerte. Vorn waren die Nummer 6 und außerdem das Fahrtziel angebracht: Willesden.

So hatte es angefangen, der Beginn seiner neuen Freizeitbeschäftigung. Er weigerte sich, es als Hobby zu bezeichnen. Tom stieg ein und hielt dem Fahrer seine Fahrkarte hin, der ihm bedeutete, mit der in Plastik eingeschweißten Karte eine gelbe Scheibe zu berühren, die beim Kontakt quietschte. Dann suchte er sich einen Sitz vorn im Wagen und ließ sich zum ersten Mal, seit er in Willesden Green wohnte, nach Hause chauffieren.

Das war vor einem Jahr gewesen. Seitdem war er mit mindestens der Hälfte aller Londoner Busse gefahren, hatte alles gesehen und war zum Experten geworden. An diesem Nachmittag war er auf dem Heimweg von Barnes und in der Marylebone Road in seinen Lieblingsbus, die Linie 6, gestiegen. Er hatte einen höchst interessanten Nachmittag hinter sich, und draußen schien wunderbar die Sonne.

Die meisten Eltern hätten sich gefreut, beim Nachhausekommen festzustellen, dass ihre erwachsene Tochter ihnen einen unangemeldeten Besuch abstattete. Bei Dot traf das offenbar zu, denn sie bewirtete dieses Geschöpf in Jadegrün und Pink mit Tassen voller Tee, Kuchentellern und inzwischen etwas, bei dem es sich offenbar um einen Gin Tonic handelte. Seit Lizzie ein Teenager gewesen war und Tom erwartet hatte, dass sie sich änderte, erwachsen wurde und sich endlich benahm, beobachtete er seine Tochter mit wachsender Verzweiflung. Nur kurz war er zufrieden gewesen, als sie eine Bildungseinrichtung besuchte, die sie »Uni« nannte. Doch ihr Abschluss in Medienwissenschaft war der denkbar schlechteste, mit dem man den Bachelor gerade mal schaffte. Als sie im Laufe der Jahre von einem fragwürdigen Job zum nächsten gewechselt war, bis hin zu ihrem momentanen – Hilfslehrerin und Pausenhofaufsicht für Fünfjährige, die nach der Schule die Zeit totschlugen, bis ihre Eltern sie abholen kamen –, hatte er allmählich ein Gefühl für sie entwickelt, das sich für einen Vater eigentlich nicht gehörte: eine Mischung aus Sorge und Verachtung. Manchmal hatte er Eltern über ihre Kinder sagen hören, dass sie sie zwar liebten, aber nicht mochten, und sich über diese Einstellung gewundert. Inzwischen wunderte er sich nicht mehr: Er wusste es. Als er sein Haus im Mamhead Drive betrat, fragte er sich, welche Lüge sie ihnen wohl heute Abend auftischen und wie viele Ausreden für ihr Verhalten sie sich aus den Fingern saugen würde.

Dot schien ihre Unwahrheiten und Ausflüchte nicht zu bemerken. Sie hatten darüber geredet, natürlich hatten sie das. Allerdings endeten diese Debatten für gewöhnlich damit, dass Dot ihm vorwarf, sie verstehe nicht, wie ein Vater so hart gegen sein einziges Kind sein könne, wenn dieses Kind ihn so vergöttere. Als wolle sie das beweisen, stand Lizzie auf, küsste ihn und lehnte ihr parfümiertes Gesicht kurz an seine Wange.

In dem Glauben, er habe ein Gesprächsthema gewählt, das aller Wahrscheinlichkeit nach nicht zu Lügen, Übertreibungen und Fantasiegeschichten führen würde, meinte Tom, Staceys Tod sei eine tragische Angelegenheit. »Natürlich erinnere ich mich an sie, als sie ein Kind war und in unserem Viertel gewohnt hat. Ihr beide seid zusammen zur Schule gegangen. Du und Stacey wart gute Freundinnen.« Seine Frau brachte ihm ein Glas Wein. »Du wirst sie vermissen.«

»Oh, ja, ich vermisse sie«, erwiderte Lizzie. »So sehr. Ihr könnt euch gar nicht vorstellen, wie sehr ich mir wünsche, ich sei nicht in ihrer Wohnung gewesen und hätte ihre Leiche gefunden. Ich glaube, ich könnte nie wieder einen Fuß dorthin setzen.«

»Ich sehe keinen Grund, warum du das tun müsstest«, entgegnete Tom.

»Oh, nein, das muss ich auch nicht. Auf gar keinen Fall.«

Sie log. Das merkte er ihr immer an. Er erkannte es an ihrem Tonfall und ihrem Gesichtsausdruck, eine Mischung aus Treuherzigkeit und Selbstgerechtigkeit. Als sie sich zum Abendessen setzten, stocherte Lizzie in dem Pilzomelette herum, das eine Spezialität ihrer Mutter war. Dot wollte wissen, wem Staceys Wohnung jetzt gehörte. Lizzie erwiderte, sie habe keine Ahnung. Sie wünschte, sie sei ihre. Es sei eine reizende Wohnung, luxuriös und sehr geräumig.

»Du redest wie eine Maklerin«, sagte Tom.

»Etwas anderes ist mir nicht eingefallen. Wie würdest du es denn ausdrücken?«

»Groß«, entgegnete Tom.

Lizzie ließ sich in allen Einzelheiten darüber aus, wie schön die Wohnung sei. Die Teppiche, die eleganten schwarz-weißen Möbel, die Vogelzeichnungen von Audubon. Diesmal wusste Tom, dass sie nicht log. Lizzies Liebe zu und ihr Wissen über Vogelmaler und Vögel selbst waren ihre einzigen geistigen Interessen. Er war machtlos dagegen, dass er an ihr Apartment in Kilburn dachte, dessen Miete er zur Hälfte bezahlte. Niemand hätte es als schön oder luxuriös bezeichnet. Doch zumindest bewohnte sie es allein, was mehr war, als man von den meisten ihrer Freunde behaupten konnte: Leute, die in Wohngemeinschaften hausten, nur ein Zimmer hatten oder noch zu Hause bei ihren Eltern lebten. Er war enttäuscht, ein Zustand, in den ihn Lizzies Gegenwart meistens versetzte. Sie erzählte ihrer Mutter von ihrem Einkaufsbummel in Knightsbridge, der unter anderem zum Kauf des grünen Kostüms geführt habe. Er dachte an den Teil der Miete, den er bezahlte. Und als er ihr Gesicht betrachtete, wurde ihm klar, dass die Knightsbridge-Geschichte auch erlogen war und dass sie keinen Penny ausgegeben hatte.

Als Lizzie in Staceys Wohnung in Pinetree Court zurückkehrte, war alles dunkel. Sie hatte die Heizung auf niedrigste Stufe gestellt, und nun umfing sie angenehme Wärme. Sie schaltete einen Fernsehkrimi ein und ging ins Schlafzimmer, wo sie das grüne Kostüm auszog und sich in den Morgenmantel aus dunkelblauer Seide hüllte, den sie in Staceys Schrank gefunden hatte. Ein weiterer Schrank, diesmal in der Küche, war gut mit den verschiedensten Weinen und Spirituosen bestückt. Lizzie mixte sich einen Tequila Sunrise und ließ sich mit ihrem goldfarbenen Drink vor dem Fernseher nieder.

7

»Ist zwischen Ihnen und Miss Townsend alles in Ordnung?«, fragte Dermot, als er Carl am nächsten Morgen vor dessen Schlafzimmertür traf.

Carl fand, dass so viel Aufdringlichkeit dem Fass den Boden ausschlug. »Natürlich. Warum interessiert Sie das?«

»Ich wollte nur freundlich sein. Ehrlich gesagt hätte ich gedacht, dass Sie beide inzwischen eine dauerhaftere Lösung gefunden hätten.«

»Was soll das heißen?«

Dermot lächelte und fletschte seine abscheulichen Zähne. »Tja, früher einmal hätte das Hochzeit bedeutet, oder? Heutzutage wohl eher Verlobung.«

Carl überlegte rasch. Es war nicht ratsam, sich Dermot zum Feind zu machen. »Zu einer Verlobung gehören zwei«, entgegnete er ziemlich barsch.

Dermot schüttelte den Kopf. »Hoffentlich habe ich Sie jetzt nicht verärgert«, sagte er. »Das hätte ich um nichts in der Welt gewollt. Wenn Miss Townsend Sie ansieht, merkt ja jeder, dass sie verrückt nach Ihnen ist.« Er zögerte. »Was halten Sie von einem Kaffee? Bei mir oder bei Ihnen?«

»Ich mache den Kaffee«, erwiderte Carl und wünschte, er hätte abgelehnt. »Instant stört Sie doch nicht?«

»Wenn ich ehrlich sein darf, mag ich ihn sogar lieber.«

52

Als Dermot endlich seinen Kaffee ausgetrunken und sich wieder nach oben verdrückt hatte, beschloss Carl, dass nun der Zeitpunkt da war, Nicola von Stacey zu erzählen. Es war Samstag, und sie verbrachte das Wochenende mit ihren früheren Mitbewohnerinnen. Er versuchte es auf dem Festnetz, aber niemand meldete sich. Seltsamerweise schaffte er es nicht, ihre Mobilfunknummer zu wählen. Lag es daran, dass sie ganz sicher rangehen würde?

Er musste mit Nicola über Stacey reden, konnte es aber aus irgendeinem Grund nicht. Zumindest nicht am Telefon. Als er das letzte Mal bei seiner Mutter zu Abend gegessen hatte, waren deren Freunde Jane Porteus und Desmond Jones dagewesen. Sobald er hereingekommen war, hatte Jane angefangen, über Stacey und ihren tragischen Tod zu sprechen. Bei Nicola würde es das Gleiche sein.

Er fragte sich, warum er nicht über Stacey sprechen wollte. Er hatte nichts falsch gemacht; genau genommen hatte er ihr nach bestem Wissen und Gewissen einen Gefallen getan. Es war doch nicht seine Schuld, dass sie eine Überdosis der Tabletten geschluckt hatte. Sie hätte sich im Internet informieren können. Auf dem Etikett hatte ein Warnhinweis gestanden. Er hatte nichts weiter getan, als ihr fünfzig Schlankheitspillen zu geben – gut, zu verkaufen –, die bei manchen Menschen unter gewissen Umständen unschöne Nebenwirkungen hatten. »Und zum Tod führen konnten«, raunte eine innere Stimme. Die Einnahme von DNP konnte tödlich sein. Inzwischen hatte er mehrere Dinitrophenol-Webseiten besucht, und auf allen war der Tod als mögliche Folge genannt worden, wenn man das Zeug schluckte. Natürlich nicht immer, aber manchmal. So schmerzlich es auch war, er musste sich damit abfinden.

Eigentlich war die ganze Sache die Schuld seines Vaters. Er war an einem Herzinfarkt gestorben, und auf einer der Webseiten hatte es geheißen, DNP könne das Herz schädigen. War es möglich ...? Nein. Wilfred war ein alter Mann gewesen, und alte Männer starben nun mal an Herzinfarkten. Junge Frauen nicht.

Unvermittelt sprang Carl auf. Es war ein schöner Tag, einer von vielen in diesem Juni. Er würde einen Spaziergang im Sonnenschein machen und sich überlegen, wie er am besten mit *Heilige Geister* beginnen sollte. Er hatte das Buch falsch angefangen und musste noch einmal von vorn loslegen. Er brauchte die kreative Inspiration, die er beim Schreiben von *An der Schwelle des Todes* empfunden hatte.

So schlenderte er durch die kleinen Straßen von St John's Wood bis nach Lisson Grove. Die Junisonne beschien sanft sein Gesicht. Es war eine Wärme, wie sie die Sonne immer verbreiten sollte. Keine brüllende Hitze oder vom Wind verdorbene Milde, sondern gleichmäßig und verheißungsvoll. Dauerhaft. Warum kann ich die Dinge nicht so zu schätzen wissen, wie sie kommen?, fragte er sich. Warum kann ich den Augenblick nicht genießen? Ich habe nichts falsch gemacht. Doch die innere Stimme blieb beharrlich: »Du hast dem Mädchen die Pillen verkauft, ohne sie auf die Nebenwirkungen hinzuweisen. Du hast sie nicht einmal gebeten, sie zu googeln. Du wolltest das Geld. Du hast sie nicht gewarnt.«

Nichts, sagte er, während er die Haustür wieder aufschloss. Man kann nichts mehr tun. Vergiss es. Nichts macht sie wieder lebendig. Setz dich an den Computer und schreib etwas. Irgendetwas.

An diesem Nachmittag waren mindestens dreißig Kinder auf dem Pausenhof, doch an einem schönen Tag wie heute war Kinderhüten gar nicht so schlimm. Nur noch eine halbe Stunde, bis Lizzie in die wunderschöne Wohnung in der Primrose Hill Road zurückkehren konnte. Als sie selbst noch ein Kind gewesen war, war der Pausenhof ziemlich groß gewesen. Aber im Laufe der Jahre war er verkleinert worden, weil immer mehr Kinder das Schulalter erreichten und zusätzliche Klassenzimmer gebraucht wurden. Außerdem eine geräumigere Turnhalle und ein Naturwissenschaftslabor. Sie hatte keine Ahnung, was Grundschüler schon mit einem Labor sollten. Inzwischen stießen die Kinder beim Rennen buchstäblich zusammen. Eigentlich hätte Lizzie bei den Kleinen keine Trillerpfeife benutzen dürfen, doch sie hatte eine und pfiff häufig, um die Rangen zu bändigen. Als ob sie Hunde wären, sagte ihre Mutter, die damit nicht einverstanden war.

Wenn es regnete und die Kinder drinnen bleiben mussten, war es noch katastrophaler. Eine weitere Vorschrift lautete, dass Lizzie ihnen nichts anderes zu essen geben durfte als ihren Nachmittagsimbiss, der aus Vollkornbrot mit Marmite-Aufstrich und Äpfeln bestand. Doch Lizzie verfütterte ihnen Chips und eine Süßigkeit namens Star Fruits, damit sie ruhig waren. Das kostete zwar ein Vermögen, war die Sache aber wert, insbesondere jetzt, da sie keine Gas- und Stromrechnung bezahlen musste.

Um Punkt halb sechs, wenn die Eltern bald eintrudeln würden, um ihren Nachwuchs abzuholen, scheuchte sie die Kinder nach drinnen und zählte sie. Ihr graute davor, dass eines von ihnen verloren gehen könnte. Nicht, weil es sie sonderlich interessierte – im Grunde genommen konnte sie Kinder nicht leiden –, sondern weil sie mächtig Ärger bekommen und ihren Job verlieren würde. Aber heute waren alle da und wollten nach Hause. Lizzie auch.

Von der West End Lane bis zur Primrose Hill Road war es nicht weit, nur ein kurzer Fußmarsch die Adelaide Road entlang. Auf halbem Weg setzte sie sich auf eine Bank, zerpflückte die vier Scheiben Vollkornbrot, die sie vom Imbiss der Kinder stibitzt hatte, und verstreute die Krümel auf dem Gehweg. Sofort waren die Tauben da und fingen an, das Brot zu verschlingen. Die Leute behaupteten, dass Tauben grau waren, doch Lizzie wusste es besser. Die eine war rot und grün, eine andere silbern mit zwei schneeweißen Streifen und die dritte, vermutlich die hübscheste, pechschwarz mit dem Hauch eines smaragdgrünen Schillerns im Gefieder.

Inzwischen hatte sie Staceys Angewohnheit übernommen, einen Schlüsselring im Mülltonnenschrank zu verstecken. Nicht, weil sie damit rechnete, dass jemand während ihrer Abwesenheit die Wohnung würde betreten wollen – da gab es niemanden –, sondern weil sie ihre eigene Vergesslichkeit kannte. Ihr war sehr wohl bewusst, dass sie keine Möglichkeit hatte, wieder hineinzukommen, falls sie sich versehentlich aussperren sollte.

Einen Schlüsseldienst konnte sie ja schlecht in Anspruch nehmen, ohne sich als Eigentümerin oder offizielle Mieterin der Wohnung auszuweisen. Bis jetzt hatte sich kein Angehöriger gemeldet, und soweit sie wusste, hatte kein anderer Freund einen Schlüssel. Also wähnte sich Lizzie in Sicherheit, solange sie die Ersatzschlüssel im Loch unter dem losen Backstein im Mülltonnenschrank aufbewahrte. Die einzige Alternative, die ihr einfiel, war, die Schlüssel stets mit sich herumzutragen, vielleicht an einer Kette um den Hals. Doch diese Möglichkeit behagte ihr nicht, denn sie wirkte optisch nicht gut, wenn sie Staceys Kleider trug.

Una Martin war keine sonderlich gute Köchin. Sie beschränkte sich auf Räucherlachs und fertige Nudelgerichte, die man nur noch in die Mikrowelle zu schieben brauchte. Ihr Sohn nahm nicht wahr, was er aß, und schien mit allem zufrieden, was sie ihm vorsetzte. Una vermutete, dass er und Nicola von Fertiggerichten und vom Lieferservice lebten.

»Was ich mich frage …«, überlegte sie, als sie und Carl mit dem ersten Gang angefangen hatten (es gab keinen zweiten),»wer wird wohl die Wohnung der armen Stacey bekommen? Ich meine, was geschieht mit Immobilien, die an niemanden vererbt wurden, wenn sich keiner meldet und Ansprüche darauf erhebt?«

»Sie fallen an die Krone«, riet Carl, weil er eigentlich keine Ahnung hatte.

»Ich war noch nie in ihrer Wohnung«, fuhr Una fort. »Vermutlich ist sie sehr hübsch.«

»Ja, ist sie.« Carl nahm sich noch eine Portion Nudeln. »Ich war ein paarmal dort.«

»Tja, wenn du sie nur geheiratet hättest, würde die Wohnung jetzt dir gehören«, erwiderte seine Mutter.

Carl seufzte auf. »Ich brauche keine Wohnung. Ich habe ein schönes Haus. Ich begreife nicht, wie du auf diesen verrückten Gedanken kommst. Stacey war nur eine Freundin.«

»Ein Mann und eine Frau können nicht einfach befreundet sein.«

»Ist noch Wein da?«, erkundigte sich Carl.

Er erhielt keine Antwort.

»Es gab da noch eine Tante«, erinnerte er sich.

»Was, um alles in der Welt, meinst du mit Tante, Schatz?«

»Stacey Warren hatte eine Tante.«

»Woher weißt du das?«

»Weil sie nach dem Tod ihrer Eltern bei ihr gewohnt hat.«

»Du meinst, dass diese Tante, wer immer sie auch sein mag, diese wundervolle Wohnung erben wird? Wie heißt sie? Wo wohnt sie?«

»Das habe ich vergessen«, entgegnete Carl, doch Una ließ einfach nicht locker. Wer sei diese Tante? Wie könne man sie erreichen? Wie lange würde das dauern?

Während sie redete, saß Carl da und aß sämtliche Reste auf. Für ihn bedeutete es eine Veränderung, von einem neuen Blickwinkel aus über Stacey nachzudenken, und zwar nicht wegen ihres Todes oder wegen der Schuldfrage. Außerdem fiel ihm ein, wo Stacey ihre Ersatzschlüssel aufbewahrt hatte, obwohl er sicher war, dass sie sich nicht mehr dort befanden.

Una wohnte in der Gloucester Avenue in Camden, also nicht weit weg von der Primrose Hill Road, allerdings ein Stück entfernt von Staceys Wohnung. Aus einer Laune heraus machte er einen Umweg, schaute hinauf zu Staceys früheren Fenstern und bemerkte einen gedämpften Lichtschein. Da war jemand. Ein Anwalt vielleicht? Ein Immobilienmakler? Um zwanzig vor zehn Uhr abends? Eigentlich ging es ihn ja nichts an. Er war nur hier, um nach den Schlüsseln im Mülltonnenschrank zu sehen.

Es war kein Mensch in Sicht. Als er die Mülltonne ein Stück verrutschte, bemerkte er erstaunt, dass sie halb voll mit Zeitungen und Verpackungen war. Die Schlüssel lagen an ihrem Platz unter dem Backstein am Boden. Was, wenn er mit dem Aufzug nach oben fuhr, die Wohnungstür aufschloss – was er bis jetzt noch nie getan hatte – und Stacey dort vorfand? Nicht so, wie sie in den letzten Monaten gewesen war, sondern ein schlankes, wunderschönes Gespenst, das ihn erwartete, um ihm vorzuwerfen, sie ermordet zu haben.

Sei kein Idiot, sagte er sich, als er in Richtung Chalk Farm Road ging, wo sich in den Pubs die Gäste drängten und laut durcheinanderredende Menschen die Straßencafés bevölkerten.

59

8

Am Marble Arch stieg Tom Milsom aus dem Bus Nummer 98, spazierte die wenigen Meter zum Anfang der Park Lane und sprang in den 414er. Es war wie ein Wunder, dass man kostenlos einen Bus nach dem anderen nehmen konnte. Gut, nicht ganz kostenlos, immerhin hatte er sein Leben lang Steuern dafür bezahlt. Doch er fragte sich, ob es irgendwo auf der Welt eine andere Hauptstadt gab, in der man gratis mit jedem beliebigen Bus fahren konnte, solange man nur über sechzig war. Er wurde von Zuneigung zu seinem Land ergriffen, das von vielen Leuten so grausam durch den Kakao gezogen wurde. Der Text eines Kirchenlieds kam ihm in den Sinn: *»I vow to thee, my country, all earthly things above.«* Tränen brannten ihm in den Augen, aber es waren Tränen der Wärme und Liebe.

Er ging hinauf aufs obere Deck. Die meisten Menschen seines Alters taten das nicht, doch von der oberen Etage eines Busses aus hatte man eine so viel bessere Aussicht, insbesondere, wenn man den abschüssigen Teil der Park Lane hinunterbrauste. Er schaute auf das Dorchester und das Grosvenor House und all die übrigen verbliebenen Villen hinunter. Und da, auf dem Gehweg, bemerkte er seine Nachbarin Mrs Grenville, die mit einem Mann Händchen hielt. Es war nicht ihr Ehemann. Tom fand, dass dieses pikante Detail von einer Frau hätte beobachtet werden sollen; Klatsch und Tratsch waren seine Sache nicht.

Es war fünfzehn Uhr, und der Bus war nur zu einem Drittel besetzt, als er in Richtung Knightsbridge fuhr. Zu seiner Überraschung stoppte er direkt vor Harrods. Nichts für ihn, dachte er. Am besten fuhr er weiter bis zur Endstation Putney Bridge. Dort würde ein anderer Bus auf ihn warten, einer, mit dem er noch nie gefahren war und von dem er auch noch nie gehört hatte. Wenn er ihn nicht bis nach Hause brachte, dann sicherlich irgendwohin, wo er den 98er oder sogar einen 6er erwischen konnte, der an der Mündung des Manhead Drive hielt.

Carl zwang sich, jeden Tag drei oder vier Absätze zu schreiben. Doch als er nun die neuen Seiten las, musste er sich eingestehen, dass sie nicht sehr gut waren. Der Stil war bemüht, gestelzt und leblos, eindeutig das Ergebnis dessen, dass er sich selbst unter Druck setzte. Aber es handelt von einem Philosophen, dachte er. Deshalb kann es gar nicht so spritzig und witzig sein wie *An der Schwelle des Todes*. Vielleicht sollte er seine Bemühungen ja als Versuchsballon betrachten, als Übung, um wieder in die Stimmung eines Romanschriftstellers einzutauchen? Er verfasste noch einige Zeilen und störte seinen eigenen Schreibfluss durch den Gedanken, dass heute der Monatsletzte war. Morgen war der 1. Juli, Miettag. Natürlich würde die Miete nicht eintreffen, inzwischen tat sie das nie am Tag davor, obwohl manchmal eine Entschuldigung erfolgte.

Deshalb wunderte er sich nicht, als Dermot an seine Tür klopfte. Er ließ ihn herein und wartete auf die Ausflüchte. Allerdings gab es keine, nur ein Lächeln und die Übergabe eines braunen Umschlags.

»Was ist denn das?«

»Ihre Miete, Carl. Was sonst?«

»Sie zahlen doch nie am Tag davor«, erwiderte Carl, »oder am Tag selbst. – Ich wollte es nur gesagt haben.« Er öffnete den Umschlag und holte die heiß ersehnten violetten Geldscheine heraus. »Natürlich habe ich keinen Grund, mich zu beschweren.«

»Betrachten Sie es einmal so. Es mag das erste Mal gewesen sein, jedoch möglicherweise auch das letzte.«

»Soll das etwa heißen, Sie ziehen aus?«

»Oh, nein. Nein, nein.«

Dermot schenkte Carl wieder einmal sein abscheuliches Lächeln. Die gelben Flecken an seinen Zähnen wirkten noch übler als sonst. Carl stellte fest, dass an seinem Kinn ein dicker Pickel ausgebrochen war. Er lauschte, wie Dermot die Treppe hinaufstieg, und fragte sich dann, was das wohl zu bedeuten gehabt haben mochte. Der Satz, dass das Dermots letzte Mietzahlung gewesen sei.

Gar nichts, sagte er sich. Wahrscheinlich hielt Dermot sich nur für witzig. Vergiss es. Das war doch Unsinn.

Nur, dass ihm das »nein, nein« immer weiter im Kopf herumspukte. Wieder musterte er den Inhalt des Umschlags. Vielleicht war es diesen Monat ja die doppelte Menge an Geldscheinen. Aber er hatte sie ja schon beim ersten Mal gezählt, und es traf nicht zu. Obwohl er sich gern wieder an *Heilige Geister* setzen wollte, war es ihm unmöglich, sich zu konzentrieren.

»Oh, nein. Nein, nein«, hieß sicher, dass Dermot nicht vorhatte, die Wohnung zu kündigen. Der Widerspruch war sehr eindeutig gewesen. Plötzlich dämmerte Carl, dass es auch gar nicht darum gegangen war. Dermot hatte schlicht und ergreifend konstatiert, dass dies seine letzte Mietzahlung sein würde. Hatte er damit wirklich gemeint, dass es Ende nächsten Monats keinen Umschlag und kein Geld geben würde? Das war doch unmöglich. Mieter mussten Miete bezahlen. Er würde Dermot fragen müssen, was das hatte heißen sollen. Schließlich konnte er nicht vier Wochen lang in Ungewissheit leben.

Doch eine Woche verstrich, ohne dass Carl etwas in dieser Sache unternahm. Von seinem Wohnzimmerfenster aus sah er, wie Dermot zur Arbeit und am Sonntagmorgen in die Kirche ging. Ein wenig Befreiung von den bohrenden Zweifeln brachte ihm der Einfall, Dermot könnte nur gemeint haben, dass er die zwölfhundert Pfund zum letzten Mal in bar bezahlt hatte. Sicher würde er es von nun an in Form eines Schecks oder einer Überweisung erledigen. Allerdings hielt diese Erleichterung nur wenige Minuten an. Wenn er ihm das hätte mitteilen wollen, hätte er es auch gesagt.

Seit Dermots Einzug war Carl nur selten in der obersten Etage gewesen. Nun beschloss er, hinaufzugehen und eine Erklärung für ihr letztes bizarres Gespräch einzufordern. Was hatte es zu bedeuten gehabt? Seine letzte Begegnung mit Dermot war zehn Tage her. Seit dem Beginn ihrer Verbindung – man konnte sie nicht als Freundschaft bezeichnen – waren nie ganze zehn Tage vergangen, ohne dass sie einander getroffen hatten, und wenn auch nur im Treppenhaus.

Er wartete zwei weitere Tage ab. Immer noch keine Spur von Dermot. Aber er war weder krank noch hatte er sich bei Nacht und Nebel aus dem Staub gemacht. Hin und wieder hörte Carl Schritte auf den kahlen Dielenbrettern in der obersten Etage, und einmal wies ein Schwall religiöser Musik darauf hin, dass Dermots Wohnungstür offen stand. Drei Tage, nachdem er seine Entscheidung getroffen hatte, stieg er in den obersten Stock und klopfte an die Tür.

»Ach, herrje«, sagte Dermot durch die geschlossene Tür. »Stimmt etwas nicht? Ist etwas passiert?«

»Würden Sie bitte aufmachen?«

Die Tür öffnete sich, allerdings langsam und ziemlich zögernd, als sei sie von innen verriegelt gewesen. Vor Dermots Einzug hatte die Tür nie über einen Riegel verfügt. Aus der Küche roch es kräftig nach bratendem Speck und Würstchen. Dermot machte Platz, damit Carl eintreten konnte, und sagte so nett und freundlich, wie dieser es nie bei ihm gehört hatte: »Nun, ich hoffe, dass es keine Schwierigkeiten gibt, Carl. Bis jetzt hatten wir doch ein so harmonisches Verhältnis.«

»Ich möchte nur etwas von Ihnen erfahren.«

»Wenn ich helfen kann. Sie wissen, dass ich mir stets die größte Mühe gebe, für eine friedliche Stimmung zu sorgen. Also, was soll ich Ihnen erklären? Nein, Moment, ich koche uns erst einen leckeren Kaffee.«

»Nein, verdammt, ich will keinen Kaffee«, entgegnete
Carl, »sondern wissen, was genau Sie bei der letzten
Mietübergabe gemeint haben. Sie sagten, es sei das erste
und könnte das letzte Mal sein. Ich habe gefragt: ›Sie ziehen doch nicht etwa aus?‹ Und Sie antworteten: ›Oh,
nein. Nein, nein.‹«
Dermot lächelte sein abscheuliches Lächeln. »Ich hu-
sche nur rasch in die Küche und schalte den Herd ab«,
erwiderte er. Immer noch lächelnd kehrte er zurück.
»Da bin ich wieder. Tut mir leid. Aber ich konnte doch
schlecht mein Mittagessen anbrennen lassen, oder? Ja,
kommen wir zu unserem letzten Gespräch. Ich verstehe
nicht ganz, was ich falsch gemacht habe. Ich habe gesagt,
dass ich nicht ausziehe, und das habe ich auch nicht vor.
Sind Sie jetzt zufrieden? Ich gehe nicht. Ich bleibe. Ist
wieder alles in Ordnung?«

Carl spürte, wie Wut in ihm aufstieg. Dermot trieb
Spielchen mit ihm. »Verbessern Sie mich, wenn ich mich
irre. Aber wir haben einen Vertrag, von uns beiden vor
einer Zeugin unterschrieben. Und in diesem Vertrag
steht, dass Sie mir jeden Monat eine bestimmte Summe
zahlen, solange Sie in dieser Wohnung leben. Wieder
richtig?«

Dermot hatte einen Löffel Instantkaffee in jede der beiden Tassen gegeben und griff nach dem Wasserkessel.
Durch das Sichtfenster an der Seite des Kessels sah Carl,
dass das Wasser kochte. Als Dermot den Kessel ganz nah
an Carls Gesicht hielt, zuckte dieser zusammen und
schob ruckartig seinen Stuhl beiseite. Lächelnd goss Dermot Wasser auf das Kaffeepulver.

»Ach, aber haben Sie vergessen, wer diese Zeugin war? Ich weiß es noch. Es war Stacey Warren. Ein Blatt Papier aus Ihrem Drucker, geschrieben von Ihnen und bezeugt von einer Frau, die inzwischen verstorben ist. Wertlos, würde ich sagen. Finden Sie nicht?« Dermot trank einen Schluck von dem starken, schwarzen Kaffee, den er gekocht hatte. Carl wäre daran erstickt, doch seinem Gegenüber schien es nichts auszumachen. »Also, ja, ich bleibe. Aber ich würde sagen, dass ich aller Wahrscheinlichkeit nach nie mehr Miete an Sie zahlen werde.«

»Sie können doch nicht mietfrei hier wohnen.«

»Ich glaube schon«, entgegnete Dermot, die Ruhe selbst. »Soll ich Ihnen den Grund verraten? Es ist das DNP. Dinitrophenol. Meiner Ansicht nach sollten Sie wissen, dass ich zwar fromm und ein ziemlich bibeltreuer Anhänger des christlichen Glaubens bin und, wie Ihnen vielleicht aufgefallen ist, regelmäßig zur Kirche gehe, jedoch nicht über das verfüge, was manche Menschen als Ehrgefühl bezeichnen. Nun ist mir bekannt, dass Sie einen Schrank voller DNP besaßen. Ich habe Sie sagen hören, dass es Ihrem Dad gehörte, und habe mir deshalb Ihre Medikamentenvorräte recht gründlich angesehen. Wenn Sie das hätten verhindern wollen, hätten Sie Ihre Badezimmertür abschließen sollen. Beim ersten Mal waren da einhundert Kapseln, beim zweiten Mal fünfzig. Sie haben Stacey Warren fünfzig dieser Giftpillen verkauft, richtig? Wie es der Zufall wollte, bin ich an Ihrer offenen Badezimmertür vorbeigekommen, als die Transaktion – der Verkauf, meine ich – stattfand.«

Carl hätte erwartet, dass jemand in dieser Situation

erbleichte. Zumindest taten das die Leute in Büchern. Auch in seinem eigenen. Allerdings spürte er, dass er rot anlief und dass sein Gesicht glühte.

»Es ist nicht verboten. Ist es nicht. Sie können doch nichts Gesetzwidriges tun«, erwiderte er mit zitternder Stimme, die nicht wie seine eigene klang.

Wortlos stand Dermot auf und verließ das Zimmer. Kurz darauf war er, bewaffnet mit einer Seite aus dem *Guardian*, zurück. »Sie sollten das lesen. Sie können es behalten, ich habe Kopien.«

Getötet mit DNP, lautete die Bildunterschrift. Die Fotos zeigten ein Mädchen, einen jungen Mann und einige gelbe Kapseln. Die Polizei nahm an, der Mann habe dem Mädchen die Pillen mit der ausdrücklichen Absicht gegeben, sie umzubringen. Er habe DNP als Gift verwendet. Carl las in dem Artikel, dass das Medikament selbst bei fachgerechter Dosierung tödlich sein könne. Eine Frau habe es vor ihrem Tod zwei Jahre lang eingenommen. Für das Ableben einer anderen Frau habe man keine Erklärung gefunden, bis Untersuchungen ergeben hätten, dass es sich bei den Pillen neben ihrem Bett um DNP handelte. Das Medikament sei online erhältlich, der Verkauf nicht verboten, doch es könne zu leicht fatale Nebenwirkungen haben. Zwei Parlamentsmitglieder hätten ihre Besorgnis ausgedrückt. Das eine habe geäußert, es könne ratsam sein, DNP in Zukunft unter das Betäubungsmittelgesetz fallen zu lassen.

Carl legte die Zeitungsseite weg. Er schwitzte und spürte Schweißperlen auf seiner Oberlippe. »Das heißt gar nichts. Das Medikament ist nicht illegal.«

»Also machen Sie sich keine Sorgen«, antwortete Dermot. »In zwei Wochen zahle ich Ihnen die Miete. Und dafür haben Sie sicher nichts dagegen, dass ich mit ein paar Leuten darüber plaudere, was Sie getan haben. Fünfzig Pillen. Das ist eine ganze Menge. Mehr als genug, um jemanden zu töten. Vielleicht wollten Sie ja, dass sie stirbt. Und was ist mit Ihrem Ruf als brillanter junger Autor mit bahnbrechendem Talent?«

Carl stand auf. »Also wollen Sie mit anderen über mich reden? Das ist eine Unverschämtheit. Und wer sind diese Leute?«

»Setzen Sie sich einen Moment. Natürlich wäre da die Presse. Ein anonymer Tipp hier und da. Außerdem habe ich meine Hausaufgaben gemacht. Stacey Warren hatte eine Tante. Und diese Tante hat einen Sohn und eine Tochter. Zufällig kenne ich die Tante recht gut. Mrs Yvonne Weatherspoon hatte Stacey sehr gern und hat sie nach dem Tod ihrer Eltern bei sich aufgenommen. Sie kommt mit ihrer Katze immer in die Tierklinik, wo ich arbeite. Also wäre es die einfachste Sache der Welt, mit ihr ein bisschen über den Tod der armen Stacey zu reden. Wenn wir schon dabei sind: Morgen hat ihre Katze einen Impftermin bei uns.«

Carl wusste sehr wohl, dass man niemals »Wie können Sie es wagen?« zu jemandem sagen sollte, insbesondere dann nicht, wenn derjenige einem drohte. Es klang lächerlich. Aber er tat es trotzdem: »Wie können Sie es wagen, mir zu drohen, Sie Erpresser?«

Doch Dermot war die Ruhe in Person und hatte die Situation voll im Griff. »Ich drohe Ihnen jetzt schon seit zehn Minuten, was Ihnen sicher nicht entgangen ist. Ich kann Ihnen keine Strafverfolgung in Aussicht stellen. Aber es ist dennoch eine unschöne Angelegenheit. Mrs Weatherspoon ist eine sehr hartnäckige Frau – benutzt man diesen Ausdruck eigentlich noch? Na, das wissen Sie sicher besser als ich. Ich meine, dass sie eine starke Persönlichkeit hat. Sobald sie erfährt, woher die arme Stacey das DNP hatte, wird sie die Sache weiterbetreiben, wie es so schön heißt. Sie könnte sich zum Beispiel an den *Hampstead and Highgate Express* wenden. Oder vielleicht an die Zeitung, die in Muswell Hill berichtet? Möglicherweise schicken die Ihnen sogar einen Fotografen, um ein Bild von Ihnen zu bekommen. Stacey war ziemlich prominent. Sie sind Romanautor. Die Klatschkolumnisten werden Luftsprünge machen.«

»Ich will nicht mehr darüber sprechen«, entgegnete Carl. »Sie zahlen Miete, ansonsten ist das Thema für mich erledigt.«

Kaum war er aus dem Zimmer, hörte er, wie sein Mieter die Kaffeetassen in die Spüle stellte und den Inhalt der Bratpfanne auf einen Teller gab.

Wovon sollte er ohne Miete leben? Er würde Monate, wenn nicht gar Jahre brauchen, um *Heilige Geister* fertig zu schreiben, ganz zu schweigen davon, dass er schon jetzt kein Zutrauen zu seinem Werk mehr hatte. Doch das war nichts als Theorie. Er würde seine Miete kassieren und einfach nicht darauf achten, wenn dieser verbrecherische Mistkerl, dieser Erpresser, sein Unwesen trieb. Er würde ihn ignorieren und sich weiter mit seinem Buch befassen.

Diese mutige Einstellung verlieh Carl für eine Weile Oberwasser. Aber als er sich wieder an den Computer setzte, stellte er fest, dass ihm nichts einfiel. Ohne dass es ihm klar war, schrieb er nur die Worte auf, die wie auf Endlosschleife in seinem Kopf abliefen: *Es ist nicht illegal, es ist nicht illegal, es ist nicht illegal.*

9

Von Falcon Mews bis zur Sutherland-Tierklinik war es nur ein Katzensprung. Dermot schaffte den Weg in knapp zehn Minuten. Wie der heilige Matthäus, der eine Art Steuereintreiber gewesen war, saß er an der Rezeption. Doch im Gegensatz zu dem Heiligen – immerhin hatte es im gelobten Land keine Wohlfahrt für Tiere gegeben – vereinbarte er Termine und nahm die Bezahlung für Kastrationen, Spritzen, Operationen, Untersuchungen und leider auch fürs Einschläfern entgegen. Es kam nicht selten vor, dass Dermot den Kopf senkte und ein paar Tränen vergoss, wenn Jake oder Honey eingeschläfert werden mussten. Das war sein bevorzugter Ausdruck. Es war auch schon geschehen, dass er einen Hunde- oder Katzenbesitzer zurechtgewiesen hatte, wenn dieser von der Todesspritze sprach.

Am liebsten betätigte er sich allerdings als Verkaufsberater, zum Beispiel, wenn er gebeten wurde, für die sechzehnjährige Mopsy oder das Kätzchen Lucy ein bestimmtes Futter zu empfehlen. Welchen Kauknochen würde er beim unverbesserlichen Beißer Hannibal und welche Mundspülung für den betagten Pickwick bevorzugen? Sein lobenswertester Beitrag zur Förderung des Betriebsklimas in der Tierklinik war der Wettbewerb »Haustier des Monats«, den er ins Leben gerufen hatte, denn der war sehr beliebt. Die Besitzer überließen ihm die Daten ihres Tieres und dazu ein Foto und Anekdoten zum Thema heldenmutiger Einsatz oder Kunststücke. Dann entschied er, wer der beste Hund oder die beste Katze war. Für den Rest des Monats zierte ein reizendes Porträt von Pippa, einer knuddeligen Britisch-Kurzhaar-Katze, die Wand, deren mitternächtliches Geheul ihre Besitzer vor einem Einbrecher im Haus gewarnt hatte. Die Siegerehrung legte er – damit er sie nicht vergaß – auf den Tag, an dem die Miete fällig war. Da dieser Faktor inzwischen natürlich keine Rolle mehr spielte, würde er sich etwas anderes einfallen lassen müssen, um sich daran zu erinnern, das Ergebnis bekannt zu geben.

Am Tag nach seinem Gespräch mit Carl saß Dermot an seiner Rezeption in der Klinik und studierte die Liste der heute zu erwartenden Patienten, als Yvonne Weatherspoon mit Sophonisba, ihrer Main-Coon-Katze, im Transportkorb eintraf. Sie hatte einen Termin um halb zehn, und jetzt war es zwanzig nach neun. Sophonisba, im Alltag Sophie genannt, sollte auf Flöhe und Würmer untersucht werden.

Yvonne, fast fünfzig, aber noch immer blond, attraktiv und schlank, hatte dem mitfühlenden Dermot bereits von dem Tod ihrer Nichte erzählt, dabei Sophie an sich gedrückt und sich eine oder zwei Tränen abgepresst.

»Sie wissen ja, von wem ich rede, oder, Dermot?«

»Oh, ja. Von der armen jungen Lady namens Stacey Warren, der schönen Schauspielerin. Was für eine schreckliche Tragödie.«

»Wir standen uns sehr nah, wissen Sie?« Dermot wusste es, hörte aber weiter höchst interessiert zu. »Sie hat mir ihre Wohnung vermacht. Nun, eigentlich nicht direkt, doch ich bin ihre nächste Angehörige, ihre Erbin. Dort wohnen werde ich nicht. Ich habe bereits ein schönes Haus, eines, das behördlicherseits als Villa bezeichnet wird. Außerdem wäre die liebe Sophie mit einem Umzug nicht einverstanden. Katzen hassen Umzüge, wie Ihnen sicher bekannt ist.«

»Ja, in der Tat.«

»Ich werde die Wohnung meinem Sohn Gervaise überlassen. Er und die arme Stacey waren enge Freunde.«

»Der junge Mann ist ein Glückspilz«, erwiderte Dermot.

Die Ankunft von Caroline, der leitenden Tierärztin, unterbrach die Unterhaltung. Sie wollte Yvonne und Sophie abholen. Die Katze, die zweifellos ahnte, was ihr bevorstand, stimmte ein Geheule an. Dermot war wieder seinen Gedanken überlassen und bedankte sich bei Gott, allerdings im Flüsterton, da der Allmächtige schließlich alles hörte.

Der Dank galt jedoch nicht dem Ergebnis seiner Unterredung mit Carl, sondern den Neuigkeiten, die er gerade von Yvonne Weatherspoon erfahren hatte. Carl war zwar bereits über Dermots Bekanntschaft mit Yvonne im Bilde, ahnte jedoch nicht, dass ihr Sohn Staceys Wohnung beziehen würde. Und diese Information würde Carl etwas bestätigen, an dem er Dermots Überzeugung nach sicher gezweifelt hatte: Er, Dermot, konnte Yvonne nahezu jederzeit und ganz im Vertrauen die Einzelheiten des DNP-Verkaufs schildern. Wenn er sich geschickt anstellte, konnte er es möglicherweise auch Gervaise erzählen, der so eng mit der »armen Stacey« befreundet gewesen war.

Carl hatte ihn als Erpresser beschimpft. Das hatte Dermot überhaupt nicht gefallen. Ganz und gar nicht. Er sah sich nämlich nicht so. Man konnte beinahe sagen, dass er das Gegenteil eines Erpressers war. Schließlich verlangte er als Gegenleistung für sein Schweigen kein Geld von Carl, sondern hielt es lediglich zurück. Er hatte nie einen Groll gegen Carl gehegt und tat es auch jetzt nicht. Einen Groll gegen andere zu hegen wäre unchristlich gewesen. Liebe deinen Nächsten wie dich selbst, so lautete ein Grundsatz seines Glaubens, und Dermot war stolz darauf, dass er sich selbst sehr liebte. Jedenfalls stand in der Bibel nichts über Erpressung. Auch nicht über deren Umkehrung.

Die Tür zur Straße öffnete sich, und Mr Sanderson kam mit seinem Dalmatiner Spots herein. Nicht Spot, sondern im Plural – »weil er so viele Flecken hat«, hatte sein Besitzer einmal gesagt. »Ich habe sie gezählt. Es waren einhundertundsiebenundzwanzig.«

Ganz im Geheimen fand Dermot, dass alle Klienten hier nicht richtig tickten.

Carl zwang sich zu schreiben. Er las das, was er bis jetzt verfasst hatte, immer wieder und feilte an den Formulierungen, aber ohne nennenswerten Erfolg. Sein Stil war gestelzt: Der kurze Dialog, an dem er sich versucht hatte, klang steif und seltsam altmodisch. Seine handelnden Personen sprachen miteinander, als lebten sie in der Mitte des letzten Jahrhunderts.

Die Gründe für sein Scheitern lagen auf der Hand. Er hatte den Kopf voll von Dermots Drohungen, keine Miete mehr zu zahlen und seinen Ruf zu ruinieren. Die Miete war am 31. Juli fällig, würde jedoch unter gewöhnlichen Umständen erst am 1. oder 2. August übergeben werden. Würde er sie diesmal überhaupt bekommen? Oder würde Dermot seine Ankündigung wahr machen? Seit ihrem Gespräch ging Carl seinem Mieter aus dem Weg, hörte jedoch oft dessen Schritte auf der Treppe. Ständig dachte er an ihn, und wenn es ihm gelang einzuschlafen, wachte er mitten in der Nacht auf und wälzte sich bis zum Morgen herum. Sicher störte er Nicola, während er sich sämtliche Möglichkeiten ausmalte, was geschehen würde, wenn die Miete nicht kam. Was würde er tun? Was würde Dermot tun?

Er hatte Nicola nichts von Dermots Erpressung verraten, denn dann hätte er ihr auch den DNP-Verkauf an Stacey beichten müssen. Dass er endlich reinen Tisch machte, war längst überfällig. Sie ahnte, dass ihn etwas bedrückte. Würde sie ihn verstehen? Nicola interessierte sich kaum für Geld. Anders als andere Mädchen kaufte sie nur selten Kleider und schminkte sich nicht. Im Gegensatz zu den übrigen Frauen, die er kannte, las sie ständig Bücher – Bücher aus Papier, keine aus dem Internet. Außerdem hörte sie Musik, die er klassisch und die sie die wahre Musik nannte. Das war eines, was ihn an ihr angezogen hatte. Sie war von *An der Schwelle des Todes* begeistert gewesen. Sie war sein größter Fan. Warum also hatte er ihr nicht von Stacey erzählt?

Je länger er damit wartete, umso schwieriger wurde es.

Als er eines Tages um halb sieben damit rechnete, dass sie bald nach Hause kommen würde, ertappte er sich bei dem Wunsch, sie wäre nie eingezogen. Er hasste sich dafür und sagte sich, dass seine Angst vorbeigehen und irgendwann verschwunden sein würde. Doch Nicola würde bei ihm bleiben.

»Ich glaube, du hast nichts mehr zu essen im Haus«, hatte sie am Vorabend angemerkt. »Außerdem hast du offenbar abgenommen, und das kannst du dir nicht leisten.« Ihr Tonfall wurde leicht besorgt. »Du siehst aus, als wärst du krank gewesen, was, wie ich weiß, nicht stimmt.«

»Mir war ein wenig blümerant«, erwiderte er im Dermot-Stil.

Auf dem Heimweg vom Einkaufen glaubte er, sich ihr anvertrauen zu können. Er würde sie versprechen lassen, mit niemandem darüber zu reden. Und nachdem sie ihm das zugesagt hatte, würde er ihr sein Herz ausschütten und alles gestehen, was er getan hatte, angefangen bei den von seinem Vater geerbten Medikamenten und Heilmitteln. Natürlich hatte sie sie in ihrem gemeinsamen Badezimmer gesehen, doch sie hatten nie darüber gesprochen. Dann würde er ihr von Stacey und ihren Gewichtsproblemen berichten, von ihrer Verzweiflung und davon, wie sie ihn angefleht hatte, ihr die gelben Kapseln zu überlassen. Wenn er es so ausdrückte, würde Nicola begreifen, dass er unmöglich hatte ablehnen können.

»Du bist so still«, sagte sie nun. »Du machst dir wirklich Sorgen um etwas, stimmt's? Ich spüre das bereits seit einer Weile.«

76

»Das wird schon wieder.«

»Sobald wir zu Hause sind, trinken wir ein Glas Chablis. Das können wir beide gebrauchen. Ich habe einen ziemlich anstrengenden Tag hinter mir.«

Nichts, verglichen mit seinem Tag, dachte Carl. Oder den elf oder zwölf Tagen, die er seit Dermots Drohungen durchgemacht hatte. Gerade war ihm Dermot eingefallen, als sein Mieter ihnen in den Falcon Mews entgegenkam. In Carls Augen schritt er beschwingt aus und hatte einen Tulpenstrauß in der Hand.

»Hallo!«, sagte Dermot und wandte sich an Nicola. »Was für ein Zufall. Lange her, dass wir Sie hier in der Einöde gesehen haben.«

Carl brummelte vor sich hin, er habe noch nie zuvor erlebt, dass ein Mann für sich selbst Blumen kaufte. Doch Dermot hörte ihn nicht, weil Nicola ihm antwortete, wie nett es sei, ihn zu treffen. Da sie den ganzen Tag unterwegs sei, schienen sich ihre Pfade nie zu kreuzen. Sie ließen ihn zuerst ins Haus gehen. Carl sehnte sich nach dem angekündigten Glas Chablis. Er kaufte nur selten Wein und hatte Nicola zwei Flaschen erwerben lassen. Im Laden hatte er ihr erklärt, dass er sich das nicht leisten könne, obwohl er noch etwas von der Miete dieses Monats übrig hatte. Aber war das die letzte Mietzahlung gewesen?

Nicola räumte die Lebensmittel in den Kühlschrank und schenkte großzügig Wein ein. »Kellner und Barkeeper machen das Glas immer nur halb voll. Ist dir das schon mal aufgefallen? Früher war das nicht so.«

Carl schwieg. Er hörte, wie Dermot zwei Stockwerke

über ihnen auf und ab ging. Es klang, als mache er Luftsprünge. Er nahm sein Weinglas mit ins Wohnzimmer.

»Wollen wir Musik auflegen, Carl? Ich habe dir eine neue CD gekauft.«

»Noch nicht«, erwiderte er. »Ich muss dir etwas sagen.«

Als sie sich zu ihm umdrehte, sprach Entsetzen aus ihrem Gesicht. Anders konnte man das nicht ausdrücken.

»Nein, nein. Es hat nichts mit dir zu tun«, fuhr er fort. »Um Himmels willen, schau nicht so.« Er stellte sein Glas ab, zögerte und griff wieder danach, um einen großen Schluck Wein zu trinken. Inzwischen saß er auf dem Sofa und klopfte auf die Polster neben sich. Als sie Platz nahm, umfasste er ihr Gesicht mit den Händen und küsste sie so zärtlich, dass es ihn selbst überraschte.

»So«, begann er. »Ich weiß nicht, was du davon halten wirst. Und nachdem ich fertig bin, redest du kein Wort mit Dermot darüber. Ich meine, falls du Lust kriegst, raufzustürmen und ihm die Leviten zu lesen.«

»Was ist los?«

»Es geht um Stacey Warren. Du kanntest sie nicht sehr gut, richtig?«

»Natürlich bin ich ihr begegnet. Sie war deine Freundin. Ist es ihr Tod, der dich belastet?«

Er wartete darauf, dass sie anmerken würde, wie dick Stacey geworden war, aber sie tat es nicht.

»Nicola, du weißt doch von den Medikamenten – tja, für dich war das wahrscheinlich Quacksalberei –, die mein Vater im Haus hinterlassen hat. Eines Tages hat Stacey mich besucht und die Pillen gefunden. Nun, die

Kapseln. Sie heißen Dinitrophenol.« Es hörte sich besser an, wenn er dieses Wort benutzte, da Nicola davon in der Zeitung gelesen haben könnte. »Ich kannte mich mit diesen Pillen nicht aus, aber sie sagte, sie könnten ihr beim Abnehmen helfen. Sie hat mich gebeten, ihr ein paar zu geben.«

Nicola trank einen Schluck Wein.

»In der Packung waren etwa hundert Stück. Ich habe ihr fünfzig überlassen.« Er hatte eine Idee. »Möchtest du sie dir ansehen? Ich habe sie noch.«

Nicola nickte. Sie gingen nach oben, wo sie ihm ins Bad folgte. Nachdem er das Päckchen mit den gelben Kapseln aus dem Schränkchen geholt hatte, hielt sie es in der Hand. »Du hast ihr fünfzig gegeben?«

Es hatte keinen Zweck, ihr überhaupt etwas zu erzählen, wenn er nicht die ganze Wahrheit sagte. Warum war das nur so schwer? Er betrachtete ihr schönes, sanftes Gesicht. Es würde klappen. Sie wollte nur Klarheit. »Genau genommen habe ich sie ihr verkauft. Ein Pfund pro Pille, das ist der Preis, der auf der Packung steht.« Nicola nickte wieder, ließ sich jedoch nicht anmerken, weshalb. Sie gab ihm die Kapseln zurück und verließ den Raum. Er ging ihr nach, aber sie bewegte sich langsam. Auf der Treppe drehte sie sich um und meinte über die Schulter gewandt: »Und sie ist gestorben? Lag das an diesen Dinitrodingern?«

»Bei der Leichenschau hieß es, sie hätten zu ihrem Tod beigetragen. Komm zurück und trink deinen Wein aus. Danach können wir Abendessen kochen.«

»Was hat Dermot damit zu tun?«

Inzwischen war ihm klar, dass es die Lage nur verschlimmern würde, wenn er seinen Mieter erwähnte. Sollte er ihr sagen, dass Dermot ihn bedrohte? Statt dessen wiederholte er nur: »Diese Pillen sind nicht illegal.«

»Dann sollten sie es aber sein«, entgegnete sie.

»Vielleicht.« Er fing an, sämtliche Zeitungsberichte über Leute herunterzubeten, die dank DNP ohne Nebenwirkungen abgenommen hatten. Ihre Temperatur sei gefährlich angestiegen, und sie hätten sich sehr krank gefühlt, aber sie seien schlank geworden und fühlten sich nun pudelwohl. »Bitte, können wir noch etwas trinken?«

»Ich nicht.«

»Was ist los, Nic?«

Die Frage erübrigte sich. Lautlose Tränen rannen ihr die Wangen hinunter. Er hatte sie noch nie zuvor weinen gesehen. »Warum weinst du?«

»Das weißt du genau. Natürlich weißt du es. Ich liebe dich. Zumindest habe ich das gedacht. Doch ich glaube nicht, dass ich jemanden lieben kann, der so etwas getan hat. Du hast ihr Tabletten gegeben – sogar verkauft –, von denen du hättest wissen müssen, wie gefährlich sie sind. Das ist entsetzlich.«

Carl schüttelte den Kopf. »Ich traue meinen Ohren nicht.«

»Doch, das tust du sehr wohl. Begreifst du denn nicht, wie schlimm es war, ihr die Tabletten zu geben, und erst recht, sie ihr zu verkaufen?« Sie wischte sich mit einem Papiertaschentuch die Augen ab. »Ich fasse es nicht, dass du mir das verheimlicht hast. Ich hätte niemals hier einziehen dürfen.«

»Geh nicht, Nic. Bitte geh nicht.«

»Ich kann nirgendwo hingehen. Die Mädels haben mein altes Zimmer schon wieder vermietet. Ich werde wohl im Gästezimmer schlafen müssen.« Noch nie hatte Carl eine solche Verzweiflung empfunden. Sie umfing ihn mit eiskalter Leere. Er trank die zweite der Weinflaschen, die sie gekauft hatten – nein, die Nicola gekauft hatte – zur Hälfte aus. Dann ging er in die Küche und aß eine Scheibe Brot und ein Stück Käse. In letzter Zeit schien er ausschließlich von Brot und Käse zu leben. Später, nachdem er eine Weile auf Dads Sofa eingenickt war, hörte er, wie Nicola sich bettfertig machte, das Bad benutzte und sich ein Glas Wasser holte. Mit angehaltenem Atem hoffte er entgegen aller Vernunft, dass sie sich in ihrem gemeinsamen Schlafzimmer hingelegt hatte. Aber nein.

Die Tür des Gästezimmers quietschte ein wenig, wenn man sie zumachte. Nun nahm er wieder dieses Quietschen wahr, dann das Klicken des Schlosses.

10

Die Wohnung in Pinetree Court würde nie für immer ihr Zuhause sein; das hatte Lizzie von Anfang an gewusst, seit sie sich dort eingenistet hatte. Es war ihr bereits beim Auffinden von Staceys Leiche klar gewesen. Das Problem war nur, dass sie sich allmählich daran gewöhnte. Es fühlte sich an, als gehöre die Wohnung ihr. Sie machte sogar sauber, das erste Mal, dass sie irgendwo sauber gemacht hatte. Ihre Mutter putzte und staubsaugte die Wohnung in Kilburn. Doch die Wohnung in Pinetree Court war so luxuriös, dass Lizzie den Gedanken nicht ertrug, dass sie schmutzig werden könnte. Also erledigte sie es selbst.

Es wunderte sie, dass noch niemand Anspruch auf die Wohnung erhoben hatte. Seit Staceys Tod waren bereits Wochen vergangen. Inzwischen musste die Wohnung doch jemandem gehören – jemandem vererbt worden sein. Vielleicht wollte der Erbe ja nicht hier leben, weil er selbst eine Wohnung hatte. Lizzie grübelte darüber nach, wer diese Person – abgesehen von Staceys Tante Yvonne – wohl sein mochte. Früher war Stacey so etwas wie Carl Martins Freundin gewesen. Zumindest bis sie so fett geworden war. Aber obwohl Lizzie Carl vor vielen Jahren gekannt hatte, hatten sie seit einiger Zeit keinen Kontakt mehr. Deshalb konnte sie ihn nicht einfach auf der Straße ansprechen und ihn fragen, was aus Staceys Wohnung werden würde. Wahrscheinlich wusste er es sowieso nicht.

Doch was war mit dem Typen, der in der oberen Etage des Hauses wohnte, das, wie Stacey ihr erzählt hatte, Carl gehörte? Lizzie spazierte gern durch die Mews und malte sich aus, wie es sein mochte, dort zu leben. Einmal hatte sie den Typen aus dem Haus kommen sehen. Das war, bevor sie in der Schule angefangen und noch für die alte Miss Phillips getippt hatte. Kaum vorzustellen, dass sich jemand heutzutage noch mit Miss ansprechen ließ! Einmal hatte Lizzie Miss Phillips' Hund, einen ziemlich übergewichtigen Mops, zum Tierarzt bringen müssen. Der Typ aus Falcon Mews hatte an der Rezeption gesessen. War er vielleicht Tierarzt? Egal, sie würde sich einen Vorwand überlegen, um in die Klinik zu gehen und ihn zu fragen: Wisse er zufällig, ob Carl nun der Eigentümer einer Wohnung in Pinetree Court sei?

Lizzie war mit einem neuen männlichen Bekannten zum Abendessen verabredet. Sie war ihm in einem Café in der Nähe von Staceys Wohnung begegnet. Er machte einen wohlhabenden und vielversprechenden Eindruck, auch wenn sie ihn noch nicht als ihren Freund bezeichnet hätte. Sein Name war Swithin Campbell. Sie würde ihn im Delauney's im West End treffen. Anschließend würde er sie mit dem Taxi nach Hause bringen, und sie würde ihn auf einen Kaffee oder etwas aus Staceys exotischen Flaschen hereinbitten. Sie hatte noch nie jemanden namens Swithin kennengelernt. Diesen Namen hatte sie nur im Zusammenhang mit dem St Swithin's Day gehört. Der war irgendwann im Juli, und wenn es an diesem

Tag regnete (was es unweigerlich tat), würde es vierzig Tage lang weiterregnen. Das sagte wenigstens ihr Vater.

Lizzie ging nie zum Friseur. Sie hatte dichtes, glänzendes karamellfarbenes Haar, bei dem Waschen genügte. Sie zog das Kleid an, das sie für Staceys bestes hielt, eigentlich eher eine Robe als ein Kleid. Es war traumhaft blaugrün. Lizzie glaubte, dass man diese Farbe Petrol nannte. Am Halsausschnitt war es mit Steinen besetzt, die wie Türkise aussahen. Auf dem Heimweg von der Pausenaufsicht hatte sie sich Nagellack in der gleichen Farbe gekauft, sich jedoch dagegen entschieden. Männer mochten nur roten Lack.

Um zehn vor sieben ging sie nach unten und machte sich auf den Weg zum U-Bahnhof Chalk Farm. Sie versuchte, möglichst wenig Geld für Taxis auszugeben.

Tom Milsom hatte einen vergnüglichen Tag hinter sich. Zuerst mit dem 98er nach Holborn, danach Mittagessen in einem gemütlichen Pub, wo Fish and Chips ausgesprochen lecker waren, und dann zurück mit dem 139er, der nicht dorthin fuhr, wohin er gedacht hatte, sondern ihn an einem U-Bahnhof absetzte, wo zufällig die Jubilee Line verkehrte. Die U-Bahn brachte ihn zum Willesden Green, also nur einen Katzensprung entfernt vom Mamhead Drive.

Dot hatte ihn begleiten wollen, doch er hatte sie – wie er hoffte, nicht unfreundlich – abgewimmelt. Er hatte gemeint, sie werde sich nur langweilen. Aber in Wahrheit genoss er seine Busfahrten so sehr, dass er sie mit niemandem teilen wollte. Er hatte keine Lust zu reden und wollte lieber hinschauen, würde dabei, wie er glaubte, etwas lernen und entdecken, wie schlecht er sich eigentlich in London auskannte. Inzwischen lernte er wirklich etwas, und das würde sie nie verstehen. Sie und Lizzie lachten über seinen neuen Zeitvertreib, doch für ihn war es kein Scherz. Es war fantastisch, und er nahm es sehr ernst.

Für die nächste Woche plante er ein ehrgeizigeres Vorhaben. Er würde den 6er bis zur Hälfte der Edgware Road und dort den 7er nehmen. Lizzie hatte ihm einmal erzählt, dass sie mit diesem Bus zur Portobello Road fuhr. Dieses Ziel war absolut angesagt, und darum hatte er ihr nicht verraten wollen, dass er noch nie dort gewesen sei und kaum wisse, wo diese Straße sich befand. Der Busfahrer der Linie 7 war sicher schlauer als er.

»Du bist so still«, stellte Dot fest, als er hereinkam. »Du denkst über deinen spannenden Ausflug nach, richtig? Irgendwann komme ich mit.«

»Nein, tust du nicht«, erwiderte Tom. »Die kostenlose Fahrkarte kriegst du erst mit sechzig.«

Am nächsten Tag fuhr er mit dem 16er zur Victoria Station. Die Bauarbeiten rings um den Busbahnhof, das Chaos, die Menschenmassen, und das nachmittags um halb vier, führten ihn zu dem Entschluss, erst dann wieder hierherzukommen, wenn die Renovierung der U-Bahntunnels abgeschlossen war.

Auf dem Heimweg nahm er den 16er, der zum Cricklewood Broadway fuhr, wo er in einen der drei Busse, die ihn nach Willesden bringen würden, umsteigen konnte. Doch in der Edgware Road stieg ein großer, beleibter

Mann ein, knallte seine Fahrkarte auf den Scanner und brüllte herum, als dieser nicht piepste. Der Fahrer nahm die Karte und betrachtete sie. Sie sei abgelaufen, teilte er dem dicken Mann mit. Er würde sie verlängern lassen müssen. In der Warteschlange vor dem Bus wurde ärgerlich getuschelt. Der Mann mit der abgelaufenen Fahrkarte fing an, den Fahrer zu beschimpfen, und nannte ihn einen schwarzen Mistkerl. Das war genug. Der Fahrer wies ihn an auszusteigen. Alle müssten aussteigen, da er jetzt die Polizei verständigen werde. Der Mann mit der abgelaufenen Fahrkarte schrie, er werde nicht aussteigen, worauf der Fahrer entgegnete, das sei ihm gerade recht. Tom flüchtete durch den Ausgang in der Mitte des Busses und ging das kurze Stück zur nächsten Haltestelle, wo er den 6er nahm.

Er schmunzelte. Wenn er zu Hause war, würde er Dorothy von der Szene im Bus berichten. Sie hatte stets Spaß an einem kleinen Streit, solange es nicht zu Handgreiflichkeiten kam.

Erstens hatte Lizzie, wie sie sich sagte, nicht sehr viel getrunken. Den ganzen Abend nur einen Gin Tonic und zwei kleine Gläser Wein. Sie wollte einen guten Eindruck auf Swithin machen, denn ihr war aufgefallen, dass er recht wenig trank.

Bei ihrer ersten Begegnung hatte er wie ein intelligenter Mann gewirkt, doch er war ziemlich wortkarg, sodass das Gespräch immer wieder ins Stocken geriet. Sie versuchte, das Schweigen zu füllen, indem sie ihm von den Busfahrten ihres Vaters erzählte und seine kleinen

Abenteuer so amüsant wie möglich schilderte. Allerdings schien er recht humorlos zu sein. Wie die meisten ihrer Freundinnen glaubte Lizzie, dass ein Mann, wenn er einen zu einem teuren Essen in einem so eleganten Restaurant einlud, anschließend Sex von einem erwartete. Natürlich musste eine Frau ja nicht unbedingt mitmachen. Ein geheimnisvolles Lächeln auf den Lippen, sah sie ihn über den Tisch hinweg an. Er fing an, über das schottische Referendum zu sprechen.

Er brachte sie im Taxi nach Hause und stimmte ihrem Vorschlag zu, auf einen Kaffee mit nach oben zu kommen. Lizzie hatte Staceys Espressomaschine erst einmal ausprobiert und freute sich darauf, sie wieder zu benutzen. Sie war neugierig auf seine Reaktion und wurde nicht enttäuscht.

»Die Wohnung gehört dir, oder?«

Das waren nahezu seine ersten Worte, als er das Wohnzimmer betrat. Sie bejahte.

»Bei den derzeitigen Preisen muss sie fast eine Million wert sein.«

»Nicht ganz so viel«, erwiderte sie und machte sich ans Kaffeekochen. Als sie zurückkam, musterte er gerade Staceys Bilder mit den tropischen Vögeln und betrachtete einen Tisch aus hellgelbem Holz mit grauen Intarsien. Lizzie gefiel er nicht sehr. Ihre Mutter hätte so ein Möbelstück als übertrieben modern bezeichnet.

»Ist das ein …?« Swithin sprach einen Namen aus, der wie eine Stadt in der Slowakei klang.

»Oh, ja. Er war sehr kostspielig.« Sie wusste, dass sie das nicht hätte sagen sollen. So ein Wort benutzte man nicht im Zusammenhang mit wertvollen Möbeln. »Nicht ich habe ihn gekauft, sondern meine Mutter.«

Er warf ihr einen merkwürdigen Blick zu. Während sie ihren Kaffee tranken, redete er über Immobilienpreise. Als er seine Tasse geleert hatte, erwartete sie, dass er auf dem Sofa zu ihr herüberrutschen würde, doch stattdessen stand er auf. »Ausgezeichneter Kaffee«, meinte er.

Dem gab es nichts hinzuzufügen. Er hauchte ihr einen Kuss auf die Wange und machte sich aus dem Staub.

In den Wochen, die sie nun in Pinetree Court wohnte, hatte es nur selten an der Tür geläutet. Die wenige Post wurde in Briefkästen im Eingangsbereich gesteckt. Die Zähler wurden in Schränken draußen und vor den Wohnungstüren abgelesen. Deshalb zuckte Lizzie zusammen, als es am nächsten Morgen klingelte. Sie würde nicht aufmachen und nicht einmal Vermutungen darüber anstellen, wer es sein könnte. Es klingelte erneut. Derjenige wird zweimal läuten, dachte Lizzie, und dann aufgeben und wieder gehen.

Als sich der Schlüssel im Schloss drehte, lief ihr ein kalter Schauder den Rücken hinunter. Sie wartete in dem kleinen Flur, als ein Mann, den sie als den Hausmeister erkannte, in die Wohnung trat. Er wurde von einem hoch gewachsenen, sehr attraktiven Mann in etwa ihrem Alter begleitet, der ihr ein wenig vertraut erschien.

»Und wer sind Sie?«, fragte der Hausmeister.

Lizzie bemühte sich nach Kräften um einen selbstbewussten Tonfall. »Ich bin eine Freundin von Miss Warren. Ich hüte die Wohnung.«

»Miss Warren ist vor einiger Zeit verstorben. Von jetzt an wird dieser Herr, Mr Weatherspoon, hier leben.«

Natürlich. Dieser Mann war Tante Yvonnes Sohn.

»Hallo, Gervaise«, sagte Lizzie.

»Na, wenn das nicht die kleine Lizzie ist«, erwiderte Gervaise Weatherspoon. »Wie bist du denn hier reingekommen?«

»Ich habe schon seit Jahren einen Schlüssel«, entgegnete sie.

Offenbar glaubte der Hausmeister ihr nicht, was Lizzie gar nicht schmeckte, weil sie ausnahmsweise mehr oder weniger die Wahrheit gesagt hatte. »Geben Sie mir bitte den Schlüssel, Miss. Dann lassen wir die Sache auf sich beruhen.«

Gehorsam überreichte sie ihm den Schlüssel, weil ihr gerade eingefallen war, dass sie ihn gar nicht brauchte. Nur sie allein wusste von dem Ersatzschlüssel im Mülltonnenschrank. Sie schenkte Gervaise ein strahlendes Lächeln. »Wirst du hier einziehen?«

»Eines Tages«, antwortete er mit einem ebensolchen Lächeln. »Zuerst fahre ich auf eine archäologische Exkursion nach Kambodscha und Laos.«

Gervaise bat Lizzie um ihre Telefonnummer, damit sie ihm die Daten des für diese Wohnung zuständigen Telefonanbieters und Energieversorgers nennen konnte. Der Hausmeister wirkte leicht verärgert: Er könne Mr Weatherspoon dabei behilflich sein, meinte er. Doch Lizzie achtete nicht auf ihn und schrieb ihre Mobilfunknummer und die des Festnetzes der Wohnung in Kilburn auf. Gervaises' Bitte hatte sie auf einen Gedanken gebracht und ihr einen gewaltigen Vorteil verschafft. Egal, ob sie eine Stunde zu spät zur Schule kommen würde.

»Ich melde mich«, versprach sie.

Lizzie packte jede Tasche, die sie in der Wohnung finden konnte. Da sie keinen Grund sah, irgendwelche Kleidungsstücke von Stacey zurückzulassen, stopfte sie sie in Koffer von Louis Vuitton und Tüten von Marks & Spencer und Selfridges. Dann rief sie ein Taxi. Während sie wartete, klopfte es an der Tür. Sie dachte, dass es das Taxi sei, aber nein. Es war der Hausmeister mit einem gewaltigen Strauß aus weißen Lilien, fedrigem Gipskraut und pinkfarbenen Rosenknospen. Die Karte dabei war an »Liz, mein Schatz« adressiert. »In Liebe von Swithin«. Ach, herrje, Liz. So hatte sie noch nie jemand genannt.

Sie nahm die Blumen mit, holte den Ersatzschlüssel unter dem lockeren Backstein im Mülltonnenschrank hervor und steckte ihn in die Handtasche. Dann stapelte sie das Gepäck auf dem Gehweg und wartete auf das Taxi, das sie nach Kilburn bringen würde.

11

Der Miettag, der Monatsletzte, war vergangen. Am 2. August war Carl klar, dass er kein Geld bekommen würde. Er war noch nicht pleite. Doch nachdem er die zweite Rate des Vorschusses für *An der Schwelle des Todes* erhalten hatte, war ihm klar geworden, dass er sparsam, wenn nicht gar knauserig, sein musste. Er hatte schon fast alles davon verbraucht, allerdings ein wenig mehr von der noch bezahlten Julimiete zurückbehalten. Wahrscheinlich befanden sich auf seinem Konto sogar noch vierhundert Pfund. Aber obwohl Dermots Augustmiete ausbleiben würde – und davon war auszugehen –, ließ der Grundsteuerbescheid natürlich nicht lange auf sich warten. *City of Westminster* stand auf dem Briefkopf und darunter der Betrag. Natürlich konnte er die Summe auch abstottern, aber war das wirklich eine Lösung?

Am Nachmittag setzte er sich an den Computer, klickte die Datei *Heilige Geister.doc* an und las mit wachsendem Unmut, was er geschrieben hatte. Es war hoffnungslos und absolut unbrauchbar. Weiter daran herumzufeilen war reine Zeitverschwendung. Nachdem er den Text verzweifelt studiert hatte, löschte er alle zehn Seiten. Er musste das Philosophiethema und den ganzen überkandidelten Kram vergessen, für den er offenbar kein Talent hatte, und sich ernsthaft eine machbare Alternative überlegen. Einen Folgeroman zu *An der Schwelle des*

Todes zum Beispiel. Und wenn das auch nicht klappte, konnte er sich einen neuen Detektiv einfallen lassen, eine Frau vielleicht. Er würde damit anfangen, eine Liste der handelnden Personen aufzustellen, indem er Namen im Internet recherchierte und im Lexikon der Nachnamen ein paar weitere nachschlug.

Nur, dass er mit dem Herzen nicht bei der Sache war. Verzweiflung war alles, was dieses noch zustande brachte. Er vermisste Nicola so sehr. Ihre früheren Mitbewohnerinnen waren ihretwegen zusammengerückt. Und dann war da auch noch Dermot. Was, wenn er in der Wohnung blieb und niemals wieder Miete zahlte? Vielleicht konnte Carl ihm ja kündigen, indem er vorgab, das Haus verkaufen zu wollen. Doch er wusste, dass das nicht funktionieren würde. Dermot würde sich einfach weigern auszuziehen.

Natürlich gab es noch einen anderen Weg: ihn zu zwingen, die Miete zu zahlen, und ihn seine Drohung wahrmachen zu lassen. Zweifellos würde Dermot dieser Yvonne Weatherspoon die Geschichte von Carls Medikamenten und dem Verkauf des DNP an Stacey erzählen. Und weshalb sollte er sich damit zufriedengeben? Dermot war nicht unbedingt ein geselliger Mensch, begegnete jedoch jeder Menge Leute. Beispielsweise redete er (er selbst hätte es plaudern genannt) mit vielen Tierhaltern. Er würde tun, was er angekündigt hatte, und sich an diese Zeitung wenden, die in Hampstead und Highgate eine hohe Auflage hatte. Er brauchte nur zu sagen, er habe eine Story für sie, in die Redaktion zu spazieren und ein Interview zu geben. Womöglich sprach er sogar ein

Revolverblatt wie die *Sun* oder gar die *Mail* an. Stacey war in der Öffentlichkeit bekannt. Es würde ein wundervoll reißerischer Artikel werden: »Schriftsteller tötet Schauspielerin«. Eine ernsthafte literarische Karriere konnte Carl dann wohl endgültig vergessen.

Er trieb sich selbst in den Wahnsinn. Carl beugte sich über den Schreibtisch und stützte das Gesicht in die Hände. Aber das half gar nichts. Würgend stürzte er in die Küche und erbrach sich ins Spülbecken.

Die Schritte hinter ihm konnten nur Dermots sein. Carl hielt den Kopf gesenkt, ließ das Wasser laufen und schaltete den Müllschlucker ein, alles in der Hoffnung, dass der Lärm seinen Mieter vertreiben würde. Vergeblich.

»Ist Ihnen nicht gut?« Dermot schlug seinen typischen Tonfall tiefster Anteilnahme an. Für Carl klang es, als amüsiere er sich prächtig. »Meinen Sie nicht, Sie sollten zum Arzt gehen? Wenn Sie möchten, begleite ich Sie.«

»Verschwinden Sie. Sie ruinieren mein Leben.«

»Nein, nein«, erwiderte Dermot. »Das tun Sie ganz allein.«

Carl trank einen Schluck Wasser aus dem Hahn und wischte sich mit dem Geschirrtuch den Mund ab.

»Eigentlich bin ich hier, weil ich Sie fragen wollte, ob Sie möglicherweise Lust auf einen Drink haben«, fuhr Dermot fort. »Vielleicht auch auf etwas zu essen?«

In einer Situation wie dieser war die Frage »Soll das ein Witz sein?« absolut nicht rhetorisch gemeint.

»Nein«, antwortete Dermot. »Ich dachte, es wäre gut, wenn wir zwei uns besser kennenlernen würden.«

»Ich will Sie nicht besser kennenlernen«, entgegnete Carl. »Ich will Sie überhaupt nicht kennen, sondern wünsche mir, dass Sie aus meinem Leben verschwinden. Und jetzt gehen Sie bitte. Gehen Sie einfach.«

Als Dermot fort war, setzte sich Carl an den Küchentisch, suchte die Nummer von Nicolas Mutter aus seiner Telefonliste heraus und rief an. Niemand meldete sich. Ihm fielen die Worte seiner eigenen Mutter ein, bis vor nicht allzu langer Zeit sei die Nummer auf den Telefonen nicht angezeigt worden, wenn jemand anrief. Der Angerufene habe nicht gewusst, wer am Apparat war, habe also rangehen müssen. Heutzutage konnte es durchaus sein, dass Nicola im Haus ihrer Mutter, vielleicht ebenfalls in der Küche, saß, »Carl« auf dem Display sah und ihn absichtlich ignorierte. Ich weiß nicht einmal genau, wo sie wohnt, dachte er. Ich glaube, in Aylesbury, aber ich kenne die Adresse nicht.

Als er gerade gehen wollte, brachte der Paketbote zehn Belegexemplare von Carls Buch. Der Umschlagentwurf hatte ihm von Anfang an nicht gefallen, doch er hatte sich mit der Leiche, dem Blut und der weinenden Frau abgefunden. Im Hochglanzdruck sah die Sache nicht besser aus. Carl stellte den Karton aufs Flurtischchen und ließ ihn dort stehen. Eigentlich hätte es ein Moment der Freude sein sollen – die Lieferung von Exemplaren seines ersten veröffentlichten Buches –, doch er empfand ihn nur als enttäuschend, so wie alles andere in seinem Leben.

Er beschloss, sich auf den Weg zu Nicolas Wohnung in der Ashmill Street zu machen, und sagte sich, dass er ja nichts zu verlieren hatte, wenn niemand ihn reinließ.

Schließlich konnte es nicht noch schlimmer werden, als es das bereits war. Ihm wurde klar, dass er niemanden hatte, mit dem er reden und dem er sein Herz ausschütten konnte. Es gab nur Nicola, und selbst die würde vielleicht nicht mit ihm sprechen wollen.

Er schlendert durch den Markt in der Church Street, wo die Händler gerade ihre Buden abbauten. Von dort aus ging es weiter zum Lisson Grove. Der Antiquitätenhändler dort räumte seine Stühle und Tische vom Gehweg, um für den Tag zu schließen.

Inzwischen war es früher Abend, und abseits der Hauptstraßen waren kaum noch Leute unterwegs. Am Fish-and-Chips-Imbiss bog Carl ab. Nicola wusste Bescheid, sagte er sich. Sie war außer Dermot als Einzige im Bilde. Sie hatte seine Schilderung der Ereignisse gehört. Sie wusste es. Sicher war sie mittlerweile über den ersten Schock hinweg, würde Mitgefühl mit ihm haben und ihm einen guten Rat geben können.

Das viktorianische Reihenhaus, in dem sie wohnte, war eines von vielen in dieser Straße und sicher schon als Neubau hässlich und schäbig gewesen. Es wirkte verlassen, als sei keines der Mädchen zu Hause; sie trafen sich vielleicht mit Freunden oder Liebhabern oder waren in einer Kneipe, einem Café oder im Kino. Er fand sich damit ab, dass Nicola nicht da sein würde. Doch vielleicht traf er wider Erwarten eine ihrer Mitbewohnerinnen an und erfuhr von ihr, wo Nicola steckte. Er drückte zweimal auf den Klingelknopf für die oberste Etage.

Über ihm öffnete sich ein Fenster, und Nicola steckte den Kopf hinaus.

»Lass mich rein, Nic. Bitte.«

Sie lächelte ihr wunderschönes Nicola-Lächeln. »Ich komme runter.«

Es war nicht in Ordnung, konnte es auch gar nicht sein, und doch war es besser, als er erwartet hatte. Das wusste er, sobald sie ihn ins Haus gelassen und die Tür geschlossen hatte. Sie nahm ihn in die Arme und drückte ihn fest an sich. Er fühlte sich wie ein kleines Kind, dessen Mutter wegen einer Ungezogenheit böse gewesen war. Und nun hatte sie ihm verziehen und liebte ihn wieder so wie früher.

Sie gingen ins Bett. Es war Judys Zimmer, das Nicola als provisorische Lösung mit ihr teilte. Es besaß nur ein winziges Fenster, das, wie Nicola es recht spöttisch ausdrückte, einen »prachtvollen Blick auf die Marylebone Road« bot. Es war ein Einzelbett, neben dem noch ein Feldbett stand. Sie schliefen ein, und als sie aufwachten, förderte Nicola eine Flasche Portwein zutage, die sie am letzten Wochenende auf einem Dorffest gekauft hatte.

»Es liegt nicht daran, dass ich Stacey das Zeug gegeben habe, oder?«, fragte Carl. »Das Problem ist das Verkaufen. Das stört dich daran.«

Nicola stimmte zu. »Wenn du es nicht verkauft hättest, wäre es nicht so schlimm. Was wird Dermot jetzt tun? Oder: Was nimmst du an, dass er tun wird?«

Er erklärte ihr die Sache mit der Miete. Die Zeitungen, vielleicht die Polizei. Staceys Angehörige. »Er nennt sie ›ihre geliebten Hinterbliebenen‹.«

Sie hörten, dass sich die Haustür öffnete. Dann Schritte auf der Treppe.

»Wir stehen besser auf und gehen«, sagte Nicola.

Also würde sie mit ihm kommen. Einen Moment lang war Carl beinahe glücklich. Auf der Straße erkundigte sie sich wieder, was Dermot seiner Ansicht nach tun würde.

»Wäre es denn so ein Drama, wenn er sich an Staceys Verwandtschaft oder sogar an die Presse wendet? Du wiederholst doch ständig, dass es nicht illegal war, ihr die Pillen zu geben.«

»Mit der Frau seines Freundes zu schlafen ist auch nicht illegal, aber man möchte trotzdem nicht, dass es sich herumspricht.«

»Nehmen wir mal an, du forderst von Dermot die Miete ein. Er sagt, okay, du kannst sie haben. Und die Folge ist, dass er es ausplaudert – bei der Presse, der Polizei, egal. Kannst du dich dem nicht einfach stellen? Die Polizei wird dich verwarnen – ist das nicht das Schlimmste, was passieren kann? Du erklärst einfach allen, dass es nicht gegen das Gesetz verstößt, und mit der Zeit wächst Gras über die Sache.«

Carl schwieg. Dann erwiderte er zögernd: »Ich weiß, dass es nicht gegen das Gesetz verstößt, aber die überregionale Presse wird es vom *Ham and High* und dem *Paddington Express* übernehmen und über mich schreiben, was sie wollen. Vermutlich dürfte es die seriösen Blätter wie den *Guardian* und den *Independent* nicht so interessieren. Vielleicht schon, aber nicht so, dass sie marktschreierische Schlagzeilen drucken. Das überlassen sie der *Sun* und der *Mail*. Und die werden Riesenschlagzeilen daraus machen, in, ach, ich weiß nicht, siebzig oder achtzig Punkt großer Schrift. Und das können sie auch, weil ihre Leser alles über einen Autor wissen wollen, der einer armen, verzweifelten Schauspielerin, die derart übergewichtig war, dass die Leute über sie gelacht haben, sogenannte Giftpillen verkauft hat.«

»Du hast wirklich gründlich darüber nachgedacht, richtig?«, erwiderte Nicola. »Du hast dir etwas zurechtfantasiert. Schau, lass uns irgendwo essen gehen und die Angelegenheit für einen Abend und eine Nacht vergessen.«

Carl schlang die Arme um sie, was völlig untypisch für ihn war, und rief so laut, dass die Passanten hinstarrten: »Oh, Nic, es ist so toll, so wunderbar, dich wiederzuhaben.«

12

Sybil Soames am Sonntagmorgen von der Kirche nach Hause zu begleiten war vielleicht (oder »mutmaßlich«, wie die Journalisten täglich in den Zeitungen schrieben) das Folgenschwerste, was Dermot je getan hatte. Natürlich ahnte er das nicht. Er hatte es nicht geplant. Es war einfach so geschehen.

Sybil schüttelte der Vikarin die Hand, er war als Nächster an der Reihe. Dann schlenderten sie hintereinander her den Pfad vor St Mary's entlang und über den Paddington Green und kamen gemeinsam auf dem Venice Walk heraus.

»Müssen wir in dieselbe Richtung?«, fragte er.

Da Sybil, was ihr oft passierte, keine richtige Antwort parat hatte, errötete sie und meinte: »Ich weiß nicht.«

»Wo wohnen Sie denn?«

»Jerome Crescent. Das ist ganz in der Nähe der Rossmore Road.«

Dermot schwieg. Er fand sie nicht attraktiv. Um attraktiv zu sein, musste eine Frau aussehen wie Angelina Jolie oder Caroline, die Tierärztin: groß, gertenschlank, langer Hals, volle Lippen und aufgestecktes dunkelrotes Haar. Wenn Dermot Sybil an einem anderen Ort als in der Kirche kennengelernt hätte, wäre sie wahrscheinlich nie seine Freundin geworden. Dass sie zufällig in der dritten Reihe von vorn in St Mary's nebeneinandersaßen, führte zu einem Gespräch. Und bei ihrer vierten Begegnung fragte er sie wohlanständig, ob sie mit ihm ausgehen wolle.

Dermot hatte nur wenig Erfahrung darin, mit Frauen auszugehen. Meistens waren seine Mutter in Skegness oder eine seiner Tanten, die neben seiner Mutter wohnten, die Glücklichen gewesen. Doch aus irgendeinem Grund merkte er Sybil an, dass sie nicht wählerisch und anstrengend sein würde. Sie war weder attraktiv noch – aus den bislang geführten Gesprächen, hauptsächlich über die Kirchenlieder dieses Vormittags, zu schließen – sonderlich intelligent. Wahrscheinlich war das Anziehendste an ihr, dass sie ihn offenbar bewunderte. Sie sprachen über die Vikarin, gegen die Sybil nichts einzuwenden hatte, worauf Dermot entgegnete, seiner Ansicht nach seien Frauen als Geistliche eine Fehlbesetzung. Sie überdies noch zu Bischöfinnen zu ernennen sei der Anfang vom Ende des Anglikanismus in diesem Land.

»Mögen Sie denn keine Frauen?«, fragte Sybil.

»Natürlich schon«, erwiderte er. »Solange sie wissen, wo ihr Platz ist.«

Er glaubte, sie bilden zu können. Als er ihr von seinem Arbeitsplatz erzählte, stellte er seine Position in der Tierklinik um einiges gehobener dar, als sie es eigentlich war. Offenbar hielt sie ihn für einen Tierarzt, und er unternahm nichts, um diesen Irrtum aufzuklären. Ob sie sich wohl am nächsten Tag mit ihm auf einen Kaffee im Café Rouge in der Clifton Road treffen wolle?, erkundigte er sich. Warum nicht auf einen Drink oder zum Abendessen?, hätten die meisten Mädchen gefragt. Aber er wusste, dass sie das nicht tun würde. Sie war sogar so arglos, dass sie unsicher war, ob er sie tatsächlich wiedersehen wollte.

»Ich habe Sie doch eingeladen, oder?«, meinte er.

»Ich wollte nur auf Nummer sicher gehen.«

»Dann also um eins, okay?«

Nein, das sei nicht möglich. Da müsse sie nämlich arbeiten. Sie machte ein beinahe triumphierendes Gesicht, als habe sie gewusst, dass er es nicht ernst meinte.

»Okay, dann am Abend.«

Es interessierte ihn nicht, was sie von Beruf war. Das würde sie ihm bei ihrer Verabredung schon noch erzählen. Außerdem würde sie sicher zu früh kommen, wahrscheinlich eher um zehn vor sieben als um sieben.

Er behielt recht. Als er am nächsten Abend um fünf nach sieben im Café Rouge eintraf, saß sie bereits auf der Caféterrasse. Er erzählte ihr von den vierbeinigen Patienten in der Klinik und erörterte Hundekrankheiten und Operationen. Wie sich herausstellte, hatten ihre Eltern, bei denen sie wohnte, zwei Hunde, die sie nicht sonderlich mochte. Tiere stanken, verkündete sie. Und machten Schmutz. Sie bevorzuge ein sauberes Zuhause und hätte gern ein eigenes, könne sich das aber nicht leisten. Das sagte sie mit einiger Leidenschaft. Ihm wurde klar, dass eine weitere Verabredung nicht nötig war, und meinte, sie würden sich am Sonntag in der Kirche sehen. Die Dinge würden sich von allein weiterentwickeln.

»Warum lässt du dir nicht die Haare wachsen?«, schlug er vor. »Das würde dir viel besser stehen.«

Er wusste, dass sie es tun würde. Als Nächstes würde er sie dazu bringen, mehr auf ihre Kleidung zu achten, und sie vielleicht überreden, ein wenig abzunehmen. Immerhin würden die Leute sie mit ihm sehen.

Lizzie wollte Dermot einen Besuch in der Sutherland-Tierklinik abstatten. Wie sie sich erinnerte, hatte Stacey ihr einmal erzählt, ihre Tante Yvonne ließe ihre Katze dort impfen. Außerdem hatte sie herausgefunden, dass Gervaise, der sie zwar um ihre Nummer gebeten, jedoch bis jetzt nicht angerufen hatte, wahrscheinlich noch zu Hause wohnte, wenn er nicht schon auf Reisen war.

Nachdem sie die letzten »Zwerge«, wie die Direktorin sie nannte, an ihre Eltern übergeben hatte, stieg sie durch die mittlere Tür in den Bus. Eigentlich war das verboten, denn falls der Fahrer einen mit ein wenig Glück nicht bemerkte, konnte man ohne Karte mitfahren. Das klappte prima, wenn die Strecke höchstens zwei Haltestellen weit war. Allerdings fuhr Lizzie ein gutes Stück weiter. Der Fahrer lehnte sich aus dem Fenster und drohte ihr mit der Faust, während sie schon die Sutherland Avenue entlangtänzelte.

Als Dermot hörte, dass sie Carl kannte und eine von Staceys besten Freundinnen gewesen war, unterhielt er sich nur allzu gern mit ihr. Er erzählte ihr von Staceys Tante, Mrs Weatherspoon, deren Sohn und Tochter beide in ihrer Villa in Swiss Cottage wohnten.

»Die arme Stacey hat ihre Wohnung in Primrose Hill ihrer Tante vermacht, wie Sie sicher wissen. Eigentlich sollte ich das ja nicht sagen, aber es erscheint mir ein wenig ungerecht, oder? ›Wer hat, dem wird gegeben werden.‹«

»Stimmt das?« Lizzie hatte keine Ahnung, wovon er redete, und es war ihr auch egal. »Wissen Sie, Stacey hat mir einmal die Telefonnummer ihrer Tante aufgeschrieben, aber ich habe den Zettel verlegt. Könnte ich sie vielleicht von Ihnen haben?«

»Das darf ich nicht«, entgegnete Dermot in salbungsvollem Ton. »Aber ich gebe ihr Ihre und bitte sie, Sie anzurufen.«

Meine Nummer hat sie schon, oder wenigstens ihr Sohn, dachte Lizzie. Das Glück wollte es, dass die Tierärztin gerade in diesem Moment nach Dermot rief, er solle ihr bei der Untersuchung von Dusky helfen. »Entschuldigen Sie mich«, sagte Dermot.

Noch mehr Glück war es, dass er Yvonne Weatherspoons Daten auf dem Bildschirm hatte stehen lassen. Lizzie schlüpfte hinter die Theke, prägte sich Festnetz- und Mobilfunknummer in ihr ausgezeichnetes Gedächtnis ein, schloss – dem Prinzip folgend, dass man nie vorsichtig genug sein konnte – die Datei und verließ auf schnellstem Wege die Klinik.

Um sechs, eine gute Zeit, um Leute anzurufen, war Lizzie zurück in Kilburn und telefonierte mit Gervaise, der zufällig an den Apparat seiner Mutter gegangen war.

»Ich bin ja so froh, dass ich dich erreiche«, sagte sie. »Ich habe gehofft, dass wir vor deiner Abreise miteinander reden können. Über die Wohnung in Pinetree Court, meine ich.«

»Ach, ja?«

»Ich hatte da nur so eine Idee. Ich möchte nicht am Telefon darüber sprechen.«

»Wo möchtest du dann darüber sprechen?« Er klang seltsam abweisend.

»Ich dachte, vielleicht in der Wohnung?«

»Okay. Morgen Vormittag? Um zehn? Ich werde da sein.«

Bei ihrer letzten Begegnung mit Gervaise hatte sie Jeans und ein Sweatshirt getragen. Da sie heute ein glamouröseres Bild abgeben wollte, zog sie das grüne Kostüm an, das sie bei dem abendlichen Besuch bei ihren Eltern angehabt hatte. Sie stieg in der Kilburn High Road in den Bus und zeigte diesmal ihre Fahrkarte vor. Als sie Platz nahm, wurde ihr bewusst, dass sie die bestangezogene Frau im Bus war. Diese Weiber, die alle aussahen, als seien sie unterwegs, um irgendwo ein Klo zu putzen, waren gewiss keine große Konkurrenz für sie.

Obwohl sie fünf Minuten zu spät kam, war Gervaise nicht da. Ärgerlich wartete sie vor Staceys Wohnungstür und überlegte, was sie tun würde, falls er nicht erscheinen sollte. Doch er kam, als sie gerade über einem Plan B nachbrütete, und schloss die Tür auf.

Drinnen musterte er sie von oben bis unten. »Das Ding, das du da anhast, sieht genauso aus wie eines von Stacey in ihren schlankeren Tagen.«

»Wirklich? Tja, es ist nicht ihres. Stacey war nie so schlank wie ich.«

Er lachte auf. »Schaut ihr Mädels euch nie Filme aus den Fünfzigern an? Alle Frauen, die da mitspielen, würdet ihr heute als fett bezeichnen. Marilyn Monroe trug Größe zweiundvierzig.«

Lizzie schwieg und fragte sich, was er ihr damit beweisen wollte. »Wann fliegst du denn ab, wohin auch immer das sein mag? Thailand, richtig?«

Auch das schien er lustig zu finden. »Kambodscha und Laos. Nächste Woche. Warum?«

»Tja, ich dachte, du bräuchtest vielleicht jemanden, der auf die Wohnung aufpasst, während du weg bist. Ich meine, jemanden, der hier wohnt und sauber macht. Ich verlange keine Bezahlung.«

Ein offenbar nicht zu unterdrückendes Gelächter stieg in ihm auf. »Das kann ich mir vorstellen«, erwiderte er. »Und ich glaube auch nicht, dass du *mir* etwas bezahlen möchtest.« Ohne auf ihr Angebot einzugehen, schlenderte er ins Schlafzimmer. Lizzie folgte ihm. Er öffnete die Schranktüren und spähte hinein. Wieder einmal fiel ihr auf, wie attraktiv er war. »Was mag wohl mit Staceys Kleidern passiert sein? Es ist nicht mehr viel da.«

Bis auf das grüne Kostüm und noch ein paar Sachen befanden sie sich alle in Lizzies Schränken in Kilburn. Aber sie hatte eine Antwort parat. »Sicher hat sie jemand zu diesem Designer-Secondhandladen in der Lauderdale Road gebracht.«

»Aha«, entgegnete er. »Natürlich.« Er sah auf die Uhr. Lizzie kannte sonst niemanden seines Alters, der eine Armbanduhr besaß. Sie lasen die Uhrzeit von ihren Mobiltelefonen oder iPads ab. »Ich habe in einer halben Stunde einen Termin in St James's. Deshalb müssen wir dieses Gespräch leider beenden. Es war wirklich nett.«

Inzwischen war Lizzies Selbstbewusstsein verflogen, und sie kam sich sehr klein und unterlegen vor. Allerdings hatte sie ihre Chuzpe nicht ganz verloren. »Nun, darf ich jetzt hier wohnen, während du weg bist?«

»Oh, habe ich das nicht schon gesagt? Natürlich darfst du. Wir halten Verbindung, wenn ich in Kambodscha bin.« Bevor er ging, erfolgte keine Einladung auf einen Drink oder wenigstens ein Abendessen; diesmal lachte er nicht, sondern grinste nur breit. »Einen Schlüssel brauche ich dir ja nicht zu geben. Ich bin sicher, dass du bereits einen hast.«

Sie nickte stumm und verdattert.

»Ich hinterlasse dir eine Telefonnummer.«

Konnte man eine Mobilfunknummer in Kambodscha überhaupt anrufen?, fragte sich Lizzie. Gervaise förderte eine Quittung aus seiner Jackentasche zutage und schrieb mit Bleistift eine Nummer darauf, bei der es sich offensichtlich um einen Festnetzanschluss handelte. Sie steckte den Zettel in ihre Handtasche.

Sobald er fort war, genehmigte sie sich, aus medizinischen Gründen, wie ihre Großmutter es genannt hätte, einen großen Schluck Tequila und erkundete dann die Wohnung. Da sich Gervaise bis auf die fehlenden Kleider für nichts interessiert hatte, würde sie mitnehmen können, was sie wollte. Die Zeiten, in denen sie sich in fremde Wohnungen geschlichen und kleine Gegenstände hatte mitgehen lassen, schienen einer fernen Vergangenheit anzugehören.

Im Bad drängten sich immer noch Schminksachen und Parfüms, das meiste davon kaum benutzt. Die würde sie sich unter den Nagel reißen. Das Roberts-Radio würde ihrer Ansicht nach ebenso wenig vermisst werden wie die fast neue Kamera. Gab es in der Wohnung irgendetwas, das sie verkaufen konnte? Vielleicht das, was ihre Mutter altmodisch als Tafelsilber bezeichnete? Aber nein. Sie war noch nie so tief gesunken, dass sie gestohlen hätte, und würde auch jetzt nicht damit anfangen.

Nach einem weiteren Schluck Tequila ging sie nach unten, um dem Hausmeister mitzuteilen, sie werde in der nächsten Zeit, wie lange, wisse sie nicht, vielleicht acht Wochen, die Wohnung hüten. Allerdings hatte Gervaise ihn bereits informiert, und die Nachricht schien ihm nicht zu gefallen. Der Mann blickte hinter seiner Sonnenbrille mit dem dunklen Gestell ziemlich finster drein. Seltsam, dass er eine auf der Nase hatte, denn es hatte zu regnen angefangen, und der Himmel hatte sich verfinstert.

13

Tom Milsom fand, dass es ein wenig spät war, um mit dem Bus nach Hampstead Heath zu fahren. Doch da es inzwischen sechzehn Stunden am Tag hell war, hatte er gar nicht bemerkt, dass er erst kurz vor fünf das Haus verlassen hatte. Sein Lieblingsbus, der 6er, hatte ihn zur Haltestelle vor dem Supermarkt Tesco und dem Blumenladen in der Clifton Road gebracht, wo er in den einstöckigen Bus Nummer 46 umstieg und in die Fitzjohn's Avenue fuhr.

Die Häuser dort waren gewaltige, vierstöckige Gebäude, die meisten vor Blicken geschützt von hohen, mit Flechten bewachsenen Bäumen. Tom fragte sich, ob nur eine Familie oder ein Paar in ihnen lebte oder ob sie in Wohnungen aufgeteilt waren. »Wohnungen« war nicht das passende Wort. Man musste sie als »Apartments« und die Häuser als »Villen« bezeichnen. Trotz des dichten Straßenverkehrs war es eigenartig still hier. Es waren nur wenige Passanten unterwegs und auch keine Kinder in Sicht. Tom beobachtete eine junge Frau in sehr hochhackigen Schuhen, die einen Hund Gassi führte. Einen solchen Hund konnte man unmöglich für einen Mischling oder eine Kreuzung halten. Mit seiner schlanken, stromlinienförmigen Figur, dem glänzenden cremefarbenen Fell und Beinen so lang wie die seiner Besitzerin handelte es sich eindeutig um einen Rassehund. Sein Halsband bestand aus schwarzem Leder und war mit grünen und blauen Edelsteinen besetzt.

Im Bus ging es ruhig und gesittet zu. Die anderen Fahrgäste waren hauptsächlich Frauen mittleren Alters und alte Damen, alle aus der Mittelschicht und mit Einkaufstüten bewaffnet. Frauen aus der Arbeiterschaft hätten gekreischt oder zumindest nach Luft geschnappt, als der Busfahrer auf die Bremse treten und den Bus ruckartig zum Stehen bringen musste, weil ein Jugendlicher in einem großen scharlachroten Sportwagen ihn auf der Nutley Terrace schnitt. Doch diese Frauen reagierten kaum.

Tom stieg an der U-Bahn Hampstead aus, wie er sich erinnerte die am tiefsten gelegene Station im Londoner U-Bahnnetz. Oder war das Highgate? Hampstead war sehr hübsch. Das war ein Wort, das ein Mann nie benutzen sollte, dachte er, als er den Rosslyn Hill hinunter schlenderte. Außer vielleicht, wenn es um ein Mädchen ging. Es hatte angefangen, leicht zu nieseln.

Sollte er versuchen, das Haus zu finden, in dem Keats gelebt hatte? Das erschien ihm ziemlich sinnlos, denn er kannte nur ein Gedicht von Keats, das sich um einen Ritter und eine gnadenlose Dame drehte und das er in der Schule hatte auswendig lernen müssen. Außerdem wusste er nicht, ob das Haus in Downshire Hill oder in Keats Grove stand, und er wollte seine Bildungslücke nicht preisgeben, indem er nachfragte. Stattdessen konnte er ja einen Tee trinken gehen. Vielleicht sollte er auch etwas kaufen, ein kleines Geschenk für Dorothy, und welche Gegend eignete sich besser dafür als Hampstead? Eigentlich war das albern, denn schließlich befand er sich nicht

im Urlaub. Dennoch kaufte er ein Büchlein mit Notiz-
zetteln, einer für jeden Tag des Jahres, auf dem in goti-
schen Buchstaben »Hampstead Queen of the Hills« stand.
Er genehmigte sich eine Tasse Tee und eine Millionärsmakrone und machte sich anschließend auf die Suche
nach einem Bus für die Heimfahrt.

Die Art von Leuten, die im Bus Randale veranstalteten,
fand man in Hampstead nicht. Außerdem hatten die
Menschen in Hampstead alle gültige Fahrkarten, ausrei-
chend silberne Münzen für den Fall, dass die Fahrkarte
auf geheimnisvolle Weise abgelaufen sein sollte, und einen Führerschein, um sich auszuweisen. Tom besaß all
diese Dinge. Der Bus, in den er stieg, war der berühmte
24er, der zwischen Hampstead Heath und Victoria verkehrte und unterwegs durch Camden Town und Westminster fuhr.

Er stieg ein und setzte sich auf den kleinen Einzelplatz,
dicht hinter dem Führerhaus. Das Mädchen, das hinter
ihm an der Haltestelle gestanden hatte, legte anders als er
nicht die Fahrkarte auf den Scanner, sondern wandte sich
ab und stieg in der Mitte des Busses ein, wie Toms Tochter es zu tun pflegte. Er wartete darauf, dass sie nach vorn
zum Fahrer ging und entweder ihre Fahrkarte vorzeigte
oder die erforderlichen zwei Pfund vierzig bezahlte. Keines von beidem geschah. Sollte er den Fahrer ansprechen
und es ihm melden? Oder dem Mädchen das Kleingeld
geben, das er zufällig bei sich hatte? Doch sie telefonierte
mit jemandem, mit dem sie offenbar ein inniges Verhältnis verband.

Tom war entrüstet. Wie konnte sie so frech sein, den

von der Regierung so bezeichneten »hart arbeitenden Steuerzahler« auszunutzen und sich eine kostenlose Beförderung zu erschleichen? Er ging zum vorderen Teil des Busses und rief »Entschuldigen Sie« ins Fenster des Fahrers. Die ganze untere Etage des Busses war verstummt, und alle beobachteten ihn aufmerksam. Er senkte die Stimme zu einem Flüstern. Der Fahrer erwiderte, das Mädchen habe vermutlich weder Fahrkarte noch Geld. Er wirkte ungehalten, nicht dankbar oder freundlich, wie er Toms Ansicht nach hätte reagieren sollen. Er fragte sich, ob darauf wohl eine positivere Antwort erfolgen würde, und legte die Zweipfundmünze und die beiden Zwanzigpencestücke hin.

»Wofür ist das?«, erwiderte der Fahrer. »Für sie? Barzahlungen wurden letzten Monat abgeschafft. Per Gesetz.«

Das Mädchen telefonierte unterdessen weiter und klang ziemlich empört. Und als der Fahrer den Bus an den Straßenrand lenkte und stoppte, wurde Tom allmählich mulmig. Ganz gleich, was jetzt geschah, er würde in die Sache hineingezogen werden. Er stand auf und sah zu, wie sich vor ihm die Bustüren öffneten. »Steig aus, steig aus«, murmelte er und sprang hinaus auf den Gehweg. Er blickte sich um. Der Fahrer und das Mädchen schienen in einen heftigen Streit verwickelt, als er den Hügel hinunter davonging.

Tom war nicht sicher, was er tun sollte. Von hier nach Willesden war es ein langer Fußmarsch, und auch zum 6er war es ziemlich weit. Er wusste nicht einmal, welche Route der 6er zwischen Clifton Road und Willesden

Green fuhr. Vielleicht sollte er zur Beatles-Straße gehen, wie hieß sie noch mal? Abbey Road. Der Bus, aus dem er gerade gestiegen war, passierte ihn und spritzte ihn mit Wasser aus dem Rinnstein an. Es war zwar noch nicht richtig dunkel, doch das würde nicht mehr lange dauern. Inzwischen hatte er die nächste Bushaltestelle fast erreicht. Das beste war es, dort zu warten, weil er mittlerweile keine Ahnung mehr hatte, wo er sich befand. Es warteten bereits Leute auf den nächsten 24er: zwei junge Männer, eigentlich noch Jungen. »Haste mal 'ne Kippe, Opa?«, sprach der eine ihn an.

Am liebsten hätte Tom ihn gefragt, warum er die Frechheit besaß, so mit ihm zu reden, doch er hatte Angst. »Ich bin Nichtraucher«, murmelte er.

»Lüg mich nicht an«, sagte der andere, packte ihn an den Schultern und schüttelte ihn.

Tom gab ein leises Wimmern von sich. Er wurde so ruckartig losgelassen, dass er ins Taumeln geriet. Der, der nach einer Zigarette gefragt hatte, baute sich vor ihm auf und versetzte ihm einen Magenschwinger, so heftig, dass es ihn umwarf. Zusammengekrümmt lag er auf dem Boden. Die beiden Männer traten ihn bis zu einer kleinen Grünfläche unter einem Baum. Und als der Bus Nummer 24 kam, liefen sie davon.

In Falcon Mews fiel in der oberen Wohnung etwas krachend auf den Boden. Offenbar ein schwerer Gegenstand wie ein Topf oder ein Eimer. Das Geräusch hallte durchs ganze Haus. Darauf folgten Schritte die Treppe hinunter und ein Zuknallen der Haustür.

Der Lärm dauerte jeden Tag an und hörte nur auf, wenn Dermot zur Arbeit ging. Carl wusste, dass es Absicht war und dass er ihn damit ärgern wollte. Es hatte um die Zeit herum angefangen, als die Augustmiete fällig gewesen, aber natürlich nie bezahlt worden war. Der Radau änderte sich: das Scheppern eines fallen gelassenen Gegenstands, Türenschlagen, das durchdringende Heulen einer Bohrmaschine, das Hämmern eines Nagels in die Wand, der Fernseher auf voller Lautstärke, Kirchenlieder, die aus dem Radio dröhnten. Und natürlich waren oben sämtliche Türen sperrangelweit offen.

Die Häuser in Falcon Mews waren viktorianische Provisorien mit dünnen Wänden und nicht sehr massiven Böden, sodass jedes laute Geräusch das Gebäude zum Erbeben brachte. Anfangs hatte Carl sich darüber geärgert, inzwischen machte ihm der Lärm Angst. Konnten die Nachbarn ihn hören? Die Pembrokes links, Elinor Jackson rechts? Sie hatten sich noch nicht bei ihm beschwert. Allerdings hatte er sich auch nicht bei Dermot beschwert. Mittlerweile sprachen er und Dermot kaum noch miteinander. Dermot klopfte nicht mehr an die Türen in Carls Teil des Hauses, um irgendeine geheimnisvolle Bemerkung loszuwerden. Stattdessen rannte er schneller als je zuvor die Treppe hinunter, stürmte auf die Straße und knallte die Tür hinter sich zu.

Wenn Nicola zu Hause war, verstummte der Radau. Dieses Verhalten von Dermot war so offensichtlich und leicht zu durchschauen, dass Carl es kaum fassen konnte. Wenn er ihr nun erzählte, sein Mieter randaliere absichtlich, um ihm auf die Nerven zu fallen, würde sie ihm nicht glauben. Dennoch hatte er es ihr gesagt. Seitdem behandelte sie ihn, als bilde er sich das Gepolter nur ein und höre Dinge, weil er sich in etwas hineinsteigerte.

»Ich habe noch ein paar Wochen Urlaub«, meinte sie. »Warum fahren wir nicht weg? Es würde dir guttun.«

»Das kann ich mir nicht leisten. Gut, momentan könnte ich es, aber bald nicht mehr, wenn ich keine Miete kriege.«

Das führte nur dazu, dass sie ihm denselben Rat wie immer gab: »Sag ihm, dass du die Miete brauchst, und lass ihn ... nun, sein Unwesen treiben. Niemand kann dich wegen irgendetwas anklagen. Du musst nicht ins Gefängnis. Sag ihm, dass er doch mit all diesen Leuten und den Zeitungen reden soll. Wenn du das hinter dir hast, wirst du dich sehr erleichtert fühlen. Und dann fahren wir nach Cornwall oder Guernsey oder sonst wohin.«

Dermot war unterwegs. Es war still im Haus. Da es Sonntag war, war er wahrscheinlich in der Kirche. Doch bald würde er zurückkommen, und das Getöse würde wieder von vorn anfangen.

»Ich kann nicht«, entgegnete er. »Das meine ich wörtlich. Ich schaffe es nicht. Ich kann nicht zulassen, dass er mich bloßstellt. Und dabei ist es doch nur eine Kleinigkeit. Manchmal träume ich, dass er tot ist, und wenn ich aufwache, lebt er noch ... Ich liege da und höre, wie er Sachen fallen lässt. Oder sein Fernseher wird eingeschaltet, und ich weiß, dass er da ist und dass ich nichts dagegen unternehmen kann.«

Nicola musterte ihn entsetzt. »Oh, Carl, Liebling.«

Die Eingangstür öffnete und schloss sich leise. Dermots Schritte schlichen die Treppe hinauf. Carl schlug die Hände vors Gesicht.

»Hoffentlich hast du dadurch gelernt, dass es keine gute Idee ist, mit dem Bus in zwielichtigen Gegenden herumzufahren«, verkündete Dot Milsom.

»Oh, Mom, Hampstead ist keine zwielichtige Gegend.« Diese Beschreibung von Londons hübschester Vorstadt erschreckte Lizzie mehr als das Erlebnis ihres Vaters.

»Und noch dazu allein«, fügte Dot hinzu. »Sicher erinnerst du dich, dass ich dir angeboten habe mitzukommen.«

»Du bist nicht alt genug.« Tom lachte über seinen eigenen Witz. »Außerdem passiert einem so etwas nicht öfter als einmal. Ich nehme an, das Mädchen, das ich beim Busfahrer gemeldet habe, hat seinen Freund angerufen. Und der hat mir dann aufgelauert, um mich zu vermöbeln.«

Ein Passant hatte ihn aufgefunden, als er versucht hatte, sich aufzurappeln, und einen Krankenwagen gerufen, der ihn ins St Mary's Hospital gebracht hatte. Dort hatte man seine verschiedenen Platzwunden und Blutergüsse behandelt und festgestellt, dass keine Rippen gebrochen waren. Dennoch hatte man ihn über Nacht dabehalten und erst am nächsten Morgen entlassen. Im Moment konnte er nur mühsam gehen, wenn jemand ihn stützte.

Lizzie hatte ihn mit ihrer Mutter im Krankenhaus besucht und ihren Eltern ausführlich von dem erzählt, was

sie als ihren neuen Job bezeichnete, nämlich die Luxus-
wohnung ihrer Freundin Stacey in Primrose Hill zu hüten. Wieder hatte Tom an die Wohnung seiner Tochter in
Kilburn denken müssen. Allerdings war er in Gedanken
hauptsächlich bei seinem schrecklichen Erlebnis. Die
Lässigkeit, mit der er seine Begegnung mit den beiden
jungen Männern schilderte und die er auch gegenüber
dem Polizisten beibehielt, der anrief, um sich zu erkundigen, was geschehen sei, war nichts als aufgesetzte Tap-
ferkeit und entsprach mitnichten seinen wahren Gefüh-
len.

Natürlich würden einige behaupten, es sei seine eigene
Schuld, denn schließlich habe er das Mädchen provoziert,
indem er sie beim Busfahrer verpetzt hatte. Aber war das
nicht die Pflicht eines gesetzestreuen Bürgers? Allerdings
würde er so etwas nicht noch einmal tun, dachte er. Ich
werde den Ball flach halten. Doch selbst dieser Vorsatz
trug nicht dazu bei, seinem Selbstbewusstsein auf die
Sprünge zu helfen. Er verschob den Plan, mit dem Bus
Nummer 82 zu fahren, was sein nächstes Projekt gewesen wäre. Da seine Blutergüsse heilten und die Kopf-
schmerzen nach dem Schlag auf den Kopf, als sie ihn nie-
dergetreten hatten, verschwunden waren, nahm er sich
vor, Ende der Woche den Bus nach Edgware oder Harrow
zu nehmen.

Aber als der Donnerstag kam – die Exkursion war für
den Freitag angesetzt –, graute ihm beim Zubettgehen
vor dem nächsten Morgen, und er fand keinen Schlaf. Er
lag wach, wälzte sich herum, schlief erst um fünf Uhr
morgens ein und wurde von einem Traum wachgerüttelt,

der nicht von einem Übergriff in Haverstock Hill, sondern von einem Autounfall in der Willesden Lane handelte.

Beim Frühstück teilte er Dorothy mit, er werde heute nicht mit dem Bus fahren. »Eine kluge Entscheidung«, erwiderte sie. »Du kannst mitkommen und dir Lizzies reizende Wohnung anschauen.«

14

Elizabeth Holbrook hatte sich nach fünfzehn Monaten Ehe von ihrem Mann scheiden lassen und wohnte jetzt bei ihrer Mutter.

»Bestimmt wirst du wieder deinen Mädchennamen annehmen«, sagte Yvonne Weatherspoon.

»Was ist denn das für eine alberne Idee? Mädchenname, dass ich nicht lache. Ich mache es jedenfalls nicht. Ich habe es schon immer gehasst, Weatherspoon zu heißen. Eigentlich habe ich Leo nur geheiratet, um seinen Namen zu kriegen.«

»Es ist schön, dich wieder hier zu haben«, schwindelte ihre Mutter. »Du überlegst dir doch nicht etwa, in eine eigene Wohnung zu ziehen?«

»Wenn du das wolltest, hättest du Staceys Wohnung mir gegeben und nicht Gervaise.«

In Wahrheit hatte Elizabeth eigentlich nichts dagegen einzuwenden, wie die Dinge sich entwickelt hatten. Ihre Mutter hatte sechs Zimmer, eine Einliegerwohnung im Souterrain, eine Putzfrau, die täglich kam, und zwei Autos. Der einzige Nachteil an dem Haus in Swiss Cottage war die Katze. Elizabeth hatte schon früher versucht, Sophie zu zeigen, wer hier der Boss war, allerdings völlig vergeblich. Ihre erste – und beinahe letzte – Auseinandersetzung hatte darin bestanden, dass Elizabeth die Katze unsanft von der Sitzfläche eines Ohrensessels entfernt hatte. Sophie hatte sie mit gefletschten Zähnen und ausgestreckten Krallen angegriffen, ihr einige unangenehme Verletzungen zugefügt und sich anschließend wieder auf ihrem Lieblingsplatz niedergelassen. Inzwischen machten die beiden einen großen Bogen umeinander.

Die Tage vergingen, und noch immer keine Miete. Obwohl Carl nicht mehr damit rechnete, war er trotzdem wütend und bedrückt. Außerdem wusste er, dass Dermot irgendein ausgeklügeltes Spiel mit ihm trieb, denn nach ein oder zwei Wochen hatte der Lärm aufgehört. Selbst die Eingangstür wurde leise geschlossen. Es war so still, als wohnte in der obersten Etage überhaupt kein Mieter – wenn er nicht hin und wieder beobachtet hätte, wie Dermot auf dem Weg zur Arbeit oder zur Kirche Falcon Mews entlangging. Doch dann, in der Mitte der nächsten Woche, wurde ein metallener Gegenstand – eine Gießkanne vielleicht – fallen gelassen, landete mit einem lauten Knall und polterte in der oberen Etage über den Boden. Weil er den Lärm nicht mehr gewohnt war und nicht mehr damit gerechnet hatte, zuckte Carl zusammen und stieß tatsächlich einen Schrei aus.

Obwohl es den restlichen Tag lang ruhig blieb, zitterte er am ganzen Leib. Nicola würde um halb sieben nach Hause kommen. Aber er konnte nicht so lange warten, weniger weil er sich nach ihrer Gesellschaft sehnte, als vor Angst, dass das Werfen mit Gegenständen wieder anfangen würde.

Als er sie anrief, meinte sie, sie habe den Nachmittag frei und werde in einer Stunde da sein. Sie hier zu haben wäre wundervoll gewesen, wenn sie ihn nicht ständig gedrängt hätte, sich gegen Dermot zu wehren und die Miete einzufordern. Doch er brauchte sie am kommenden Wochenende. Er konnte ohne sie nicht leben. Seit Wochen schon hatte er nicht mehr gearbeitet. Sein Buch war eine Pleite und eigentlich gar kein Buch, weil er alles, was damit zusammenhing, selbst seine anfänglichen Notizen, vernichtet hatte. Eigentlich hatte er nie eine Festanstellung haben wollen, doch inzwischen wünschte er sich eine. So hätte er wenigstens einen Grund gehabt, das Haus zu verlassen. Er las in der Zeitung und sah im Fernsehen, dass es sehr schwierig war, einen Job zu finden. Also war es sinnlos, es überhaupt zu versuchen.

Als Dermot am Freitagnachmittag von der Arbeit kam, klopfte er an Carls Wohnzimmertür. Carl schlief. Er stand vom Sofa auf und öffnete.

»Ja, was gibt es?«

»Ich wollte nur fragen, ob es in Ordnung wäre, hin und wieder Ihren Garten zu nutzen. Ich meine, nur um draußen zu sitzen. Ich habe zwei Gartenstühle.«

»Das hieße, dass Sie dazu durch meine Küche müssten«, entgegnete Carl.

»Stimmt. Ist das okay für Sie?« In der Frage schwang die Drohung *wehe, wenn nicht* mit. »›Ein Garten ist ein reizend Ding und ein Geschenk Gottes‹«, fügte Dermot hinzu.

Carl nickte, zuckte die Achseln und schloss die Tür. Er fragte sich, warum er überhaupt höflich zu Dermot war. Warum antwortete er ihm eigentlich noch? Schweigen wäre das beste gewesen, doch er wusste, dass er das nicht schaffen würde. Lag es daran, dass er sich an die unvernünftige Hoffnung klammerte, dass Dermot nachgeben und sagen würde, er habe es nicht so gemeint? Es sei nur ein Scherz gewesen, und bald werde er die Miete bezahlen, wie es schließlich seine Pflicht sei?

Als Nicola von der Arbeit kam, saß Carl auf der Vortreppe und wartete auf sie, vielleicht nur, um davor zu flüchten, dieselbe Luft atmen zu müssen wie Dermot. Das Geld wurde knapp. Die Finanzkrise machte sich allmählich deutlich bemerkbar, und das war etwas, das Carl Nicola nicht eingestehen konnte. Er war zwar in einer Welt aufgewachsen, in der Frauen und Männer zunehmend gleichberechtigt waren und die Gleichheit der Geschlechter fast täglich in Fernsehsendungen und Zeitungsartikeln abgehandelt wurde, stand jedoch trotzdem noch unter dem Einfluss einer Kultur der männlichen Überlegenheit. Wenn er Nicola von seinen Geldsorgen erzählte, würde sie sicher glauben, dass er sie um ein Darlehen oder sogar ein Geschenk bat. Und sie würde ihn wieder bedrängen, seinen Mieter zur Rede zu stellen.

Am Sonntag beobachteten sie durch ein Fenster, dass Dermot zur Kirche ging. Wie Kirchgänger in alten Zeiten hatte er ein Gebetbuch bei sich. Die halbe Nacht hatten sie über Dermot und darüber gesprochen, was er tun würde, wenn er seinen Willen nicht bekam, und was das für Konsequenzen haben könnte. Kurz vor drei hatten sie sich geliebt und bis kurz vor zehn fest geschlafen. Während der Nacht hatte der Regen vom Samstag aufgehört. Die Sonne schien, und der Wind hatte sich gelegt.

Mr Kaleejah machte mit seinem Hund einen Morgenspaziergang. Der Hund trottete stets brav neben ihm her und blieb ab und zu stehen, um Mr Kaleejah anzusehen und mit dem Schwanz zu wedeln. Carl hatte ihn noch nie bellen gehört. »Er wird die Gartenstühle durch die Küche zur Hintertür schleppen«, sagte Carl. »Wozu Gartenstühle? Einer für ihn, und für wen ist der andere? Vielleicht hat er ja Freunde, aber ich habe noch nie einen von ihnen gesehen. Als Nächstes wird er wohl eines meiner Zimmer einfordern. Er hat ein Wohnzimmer, eine Küche, ein Bad und ein Schlafzimmer. Möglicherweise braucht er ein zweites. Er könnte mein Gästezimmer übernehmen wollen. Warum nicht? Ich kann ihn nicht daran hindern.«

»Doch, kannst du, Carl. Soll er seine Geschichte erzählen, wem er will. Woher weißt du, ob es überhaupt jemanden interessiert? Wahrscheinlich werden sie nur ›Na und?‹ sagen. Falls sie mehr erfahren wollen, werden sie sehen, dass du gegen kein Gesetz verstoßen hast. Verlange die Miete von ihm. Und wenn er sich weigert, schmeißt du ihn raus. Das würde jeder andere Vermieter tun.«

Bei ihr klang das so einfach, dachte Carl. Er blickte Dermot nach, der in die Castellain Road einbog und verschwand. Dann schlug er die Hände vors Gesicht, was er in letzter Zeit immer öfter tat.

Das Wetter blieb schön und wurde sonniger und wärmer. »Lass uns essen gehen«, schlug Nicola fröhlich vor, obwohl sie alles andere als fröhlich war.

»Das kann ich mir nicht leisten.«

»Ja, aber ich. Du musst den Tatsachen ins Auge schauen, Carl. Wenn du meinem Rat folgst, hast du wieder etwas Geld und wirst dich viel besser fühlen, denn nichts wird so heiß gegessen wie gekocht. Wahrscheinlich wird es gar nicht so schlimm. Komm, wir gehen raus. Dann sind wir wenigstens nicht da, wenn Dermot zurückkommt.«

Also gingen sie ins Café Rouge, aßen Fischfrikadellen mit Pommes und danach Zitronenkuchen und tranken dazu eine Menge Rotwein. »Du magst mich für verrückt halten«, sagte Carl, »aber ich will nicht mehr nach Hause. Ich halte es nicht mit ihm unter einem Dach aus.«

»Ich wohne übrigens auch dort. Wenn du ihm vorschlägst, dass er deinetwegen ruhig Ärger machen kann, bin ich dabei. Wir stellen ihn gemeinsam zur Rede.«

Die Sonne brannte heiß vom Himmel, und als sie nach Hause kamen, war es dort warm und stickig. Nicola ging nach oben und schaute aus dem Schlafzimmerfenster. Sie rief nach Carl. »Auch wenn es dir sicher nicht gefällt, musst du dir das ansehen.«

Seit Carls Vater tot war, hatte sich niemand um den Garten gekümmert. Genau genommen, schon lange davor nicht mehr. Wo früher der Rasen gewesen war, war das Gras gewuchert und hatte sich in Heu verwandelt. In den früheren Blumenbeeten drängten sich drei Meter fünfzig hohe Brennnesseln. Im Heu standen zwei mit rotblau gestreiftem Leinen bezogene Liegestühle, und darin saßen Dermot und eine ziemlich beleibte junge Frau mit zotteligem dunklem Haar, die einen Dirndlrock und eine Folklorebluse trug. Carl stieß ein Geräusch aus, das wie ein Schmerzensschrei klang.

»Wer ist diese Frau?«

»Seine Freundin, würde ich annehmen.«

»Er hat keine Freundin.«

»Nun, jetzt hat er eine.«

Eigentlich waren Besuche ihrer Eltern Lizzie nicht sehr willkommen. Das hieß, normalerweise. Seit sie über Staceys wundervolle Wohnung verfügen konnte, hatte sich ihre Meinung grundlegend geändert. Das lag nicht nur an der Ausstattung und Möblierung, sondern auch daran, dass von Staceys Vorrat exotischer Getränke noch jede Menge übrig war; ebenso wie Dosen mit Keksen und anderen Knabbereien, die zu diesen Getränken passten.

Tom und Dot waren noch keine zehn Minuten in der Wohnung und hatten den Kühlschrank, den Gefrierschrank, die Waschmaschine, den Trockner und außerdem die Einrichtung von Wohnzimmer und Schlafzimmer sowie die beiden Flachbildschirmfernseher inspiziert, als sie schon mit trockenem Oloroso und Tequila Sunrise bewirtet wurden. Das Gespräch drehte sich hauptsächlich darum, wie Tom sich von dem Überfall am Haverstock Hill erholte. Lizzie, die selbst nicht sehr empfänglich für gute Ratschläge war, empfahl ihm, in Zukunft vorsichtiger zu sein und auf jeden Fall sein Mobiltelefon mitzunehmen, damit er beim kleinsten Zeichen von Gefahr sie oder ihre Mutter anrufen könne. Dot stimmte zu, fügte jedoch hinzu, dass jedes Wort zwecklos sei, da Tom niemals täte, was man ihm sagte.

Allerdings waren die Ermahnungen ohnehin überflüssig. Insgeheim dachten Mutter und Tochter, dass Tom es aufgegeben hatte, London mit dem Bus erkunden zu wollen. Sie hatten dieses Vorhaben von Anfang an für albern gehalten, und nun hatte der Angriff auf dem Haverstock Hill, zum Glück ohne größeren Schaden, einen Schlussstrich darunter gezogen. Dot und Lizzie überlegten sich bereits ein neues Hobby für ihn und hatten auch schon einige Ideen: Golf zum Beispiel, obwohl es von Willesden ziemlich weit bis zum nächsten Golfplatz war. Oder der Fahrradklub von Willesden, auch wenn Tom kein Fahrrad besaß. Außerdem musste man sich nur anschauen, wie viele Radfahrer von Lastwagen niedergewalzt wurden. Spazierengehen mit dem Hund, was angesichts dessen, dass sie keinen Hund hatten, nie ernsthaft in Erwägung gezogen wurde. Keine dieser Möglichkeiten wurde je gegenüber Tom erwähnt.

Bis jetzt hatte Tom Milsom ein ruhiges, berechenbares und friedliches Leben geführt. In seinem Beruf hatte es kaum Schwierigkeiten gegeben. Seine Frau liebte und achtete ihn oder machte wenigstens diesen Eindruck. Seine Tochter, nun, sie nahm sein Geld, dachte er ärgerlich, und noch dazu für eine Wohnung, die sie gar nicht nutzte. Was bildeten sich die beiden überhaupt ein, von ihm zu erwarten, dass er eine geliebte Freizeitbeschäftigung aufgab, nur weil zwei Jungen ihn verprügelt hatten? Einerseits wollte er nie wieder einen Fuß in einen Bus setzen, obwohl schließlich nicht der Bus schuld war. Tatsache war vielmehr, dass er bei dem Überfall ja nicht einmal in einem Bus gesessen hatte. Diese Logik trieb ihn aus dem Haus – obwohl der Grund vielleicht eher der war, dass Dorothy den Sessel, in dem er sich gerade ausruhte, mit dem Staubsauger umrundete.

Er ging etwa anderthalb Kilometer zu Fuß, weil er glaubte, dass ihm das guttun würde, und stieg dann in den Bus Nummer 139. Erst da fiel ihm ein, dass er das Londoner Busnetz im Internet hätte recherchieren sollen. Vielleicht würde er ja in der Baker Street einen 1er erwischen. Ein Bus, der die Nummer 1 trug, hatte etwas Spannendes und Faszinierendes an sich. Eigentlich hätte er der beste Bus von ganz London sein sollen. Er fragte den Fahrer, der ihm riet, bis Waterloo an Bord zu bleiben und dort den 1er zu nehmen, der ihn nach Bermondsey und Canada Water bringen würde. Wieder einmal machte Tom es sich im hinteren Teil des 139er bequem – es waren einige Plätze frei – und fühlte sich bereits viel besser. Er war schon immer neugierig gewesen, wie es in Canada Water aussah – und was Canada Water überhaupt war. Und nun würde er es herausfinden.

Die Sonne schien, und es würde noch stundenlang hell sein. Heute und auch an den kommenden Tagen würde nichts geschehen. Der Zusammenstoß mit diesen beiden Jungen war nichts als ein unschöner Zufall gewesen. Zum Glück war er nicht schwer verletzt worden, und alles würde gut werden.

15

Nicola wollte Carl vor Dermot beschützen, obwohl sie das Carl nicht verriet. Ganz gleich, wie weit die Emanzipation schon in Richtung Gleichberechtigung fortgeschritten war: Eine Frau konnte einem Mann sagen, dass sie ihn umsorgen wollte. Doch zuzugeben, dass sie vorhatte, ihn gegen einen anderen Mann zu verteidigen, kam nicht infrage. Außerdem sah sie Dermot kaum. Wenn sie ihn auf der Treppe hörte, blieb sie im Wohnzimmer, bis die Haustür ins Schloss fiel. Nur einmal waren sie sich vor Kurzem im Treppenhaus begegnet, als sie gerade ging und er eintrat. Er kam von der Tierklinik und hatte Einkaufstüten in der Hand. Sie war unterwegs, um etwas zum Abendessen zu besorgen.

»Sie wohnen jetzt wohl fest hier?«, merkte er an. Es gab viele verschiedene Wege, diese Frage zu stellen, und Dermots Ausdrucksweise klang ziemlich vorwurfsvoll, so, als habe sie hier nichts zu suchen. Am liebsten hätte sie sich erkundigt, ob er etwas dagegen habe, doch Carls Angst vor Dermot übertrug sich allmählich auf sie.

»Ja, in der Tat«, erwiderte sie.

Er schüttelte den Kopf, eine Geste, die eher Erstaunen als Missbilligung vermittelte. »Wie ich immer sage«, entgegnete er, »jedem Tierchen sein Plaisierchen.«

Sie erzählte Carl nichts davon. Als sie mit zwei Fertiggerichten und seiner Flasche Rosé zurückkehrte, war ihr zunächst beträchtlicher Ärger verraucht. Dermot war oben, verhielt sich aber still – mit Ausnahme eines Schwalls »Amazing Grace«, als er kurz seine Wohnungstür öffnete.

Der nächste Tag war ein Samstag, das Wetter besserte sich, und Dermot war mit seinen beiden Liegestühlen im Garten, auch wenn nur einer von beiden besetzt war. Sicher hatte er sich mit ihnen durch die Küche geschlichen – wie Carl es formulierte –, als sie nicht zu Hause gewesen waren.

»Du musst ihm sagen, dass du ihn nicht im Garten haben willst«, verkündete Nicola. Sie standen im Schlafzimmer und schauten hinunter auf Dermots Scheitel.

Carl schwieg.

»Du musst, Carl. Erst nimmt er den kleinen Finger, dann die ganze Hand.«

»Ich habe ihm bereits erlaubt, den Garten zu nutzen.«

»Glaubst du nicht, dass er, wenn er es jemandem verraten wollte – ich meine, dass du Stacey das Zeug verkauft hast ...«

»Ich verstehe dich. Jeden Tag grüble ich darüber nach. Es verfolgt mich. Mir ist klar, was du sagen wolltest: Wenn er sich an die Zeitungen, ihre Tante, ihre Cousins oder irgendjemanden hätte wenden wollen, hätte er es schon längst getan. Aber warum sollte er? Für ihn ist die Situation optimal. Er könnte es morgen oder nächste Woche ausplaudern. Das macht die Sache für mich nicht leichter, richtig? Die Zeitungen werden jemanden herschicken, um mich zu interviewen. Er spielt auf Zeit, wie er es ausdrücken würde. Er wartet darauf, dass jemand oder etwas den Stein ins Rollen bringt. Und wenn ich ihm verbiete, draußen im Garten zu sitzen, könnte genau das der Auslöser sein, den er braucht.«

Das Wetter blieb schön, und Dermot saß auch am nächsten Tag wieder im Garten. Carl und Nicola hatten das vorausgeahnt, denn er hatte die Liegestühle über Nacht stehen gelassen. Das, so fand Carl, war ein weiterer Übergriff, ein Versuch, sich hier breitzumachen. Natürlich war Dermot, bewaffnet mit seinem reformierten Gebetbuch, zur Kirche gegangen. Wie viele Atheisten lehnte Carl das reformierte Gebetbuch ab und bevorzugte das gute alte *Book of Common Prayer*. Am liebsten hätte er Dermot gegenüber eine bissige Bemerkung dazu gemacht, wagte es aber nicht. Sein Mieter – konnte man jemanden, der keine Miete zahlte, überhaupt als Mieter bezeichnen? – kehrte um halb zwölf mit dem dicken, dunkelhaarigen Mädchen zurück. Sie saßen eine Stunde lang im Garten. Dann wurden die Liegestühle geräumt, und bald wehte ein kräftiger Currygeruch durchs Haus.

Carl und Nicola gingen aus. Sie tranken etwas im Prince Alfred an der Ecke. Es war ein schöner, altmodischer Pub, den Nicola sehr liebte. Carl hatte ihn auch einmal geliebt, aber das war vorbei. Inzwischen liebte er gar nichts mehr.

»Bis auf dich«, sagte er. »Ich liebe dich sehr. Ich liebe dich wirklich. Aber wie soll ich dich heiraten?« Er hatte noch nie zuvor von Ehe gesprochen. »Diese Quälerei wird immer und ewig weitergehen. Für den Rest meines Lebens. Ich weiß, es klingt verrückt, doch es stimmt. Ob ich nun in diesem Haus oder in einem anderen wohne, er wird mich überallhin verfolgen. Er wird nie verschwinden, und ich kann ihn nicht loswerden. Manchmal überlege ich, ob ich mich umbringen soll.«

Yvonne Weatherspoon war schon seit Wochen nicht mehr in der Tierklinik gewesen. Sophie war gesund, und es waren auch keine Kontrolluntersuchungen fällig. Allerdings war es im Hause Weatherspoon zu einem Zwischenfall gekommen. Elizabeth öffnete gelegentlich abends die Terrassentür, um die Katze hinauszulassen. Diesmal war Sophie bis zum Morgen draußen geblieben und hatte unter Yvonnes Schlafzimmerfenster gejault, weil sie wieder ins Haus wollte. Dieses Abenteuer hatte Yvonne sehr verängstigt, und noch erschrockener war sie gewesen, als sie sah, dass Sophie eine Wunde am Hals hatte und dass an einem ihrer Ohren ein Felldreieck herausgerissen war. Sie hatte sich eindeutig mit dem Bengalen von nebenan geprügelt.

»So etwas passiert, wenn die Kinder noch bei einem zu Hause wohnen«, meinte Yvonne am nächsten Morgen zu Dermot, womit sie natürlich auf Elizabeth, nicht auf Sophie anspielte.

»Sie würden sie schrecklich vermissen«, erwiderte Dermot mitfühlend.

»Zweifellos. Hat Caroline Zeit für mich? Natürlich für *sie*, das arme Schätzchen.«

»Ich denke, wir können Sie dazwischenschieben. Sophie wird eine Antibiotikainfusion brauchen.« Dermot stellte gern medizinische Kenntnisse zur Schau, die er bei Caroline, Darren und Melissa aufschnappte, obwohl er in Wirklichkeit keine Ahnung hatte.

»Ich weiß, ich hätte zuerst anrufen sollen.« Über die Theke hinweg näherte Yvonne ihr Gesicht dem von Dermot. »Aber Sie verstehen mich sicher. Ich habe befürchtet, Sie könnten sagen, dass für uns kein Termin mehr frei ist.«

»Diesmal nicht.« Beim Lächeln fletschte Dermot gelbe Zähne. »Da ist ja schon Melissa, um Sie abzuholen. Caroline macht leider einen Hausbesuch.«

Als er wieder allein war – bis zum Nachmittag wurden keine weiteren Patienten erwartet –, ließ er seine Gedanken zu Stacey Warren und den Pillen schweifen, die Carl ihr gegeben – nein, verkauft – hatte. Ihm war völlig klar, dass er nicht darüber sprechen durfte. Es wäre anders gewesen, wenn Carl die Miete eingefordert oder mit Kündigung gedroht hätte. Aber das war ziemlich unwahrscheinlich, denn dazu hatte er viel zu große Angst.

Noch nie hatte jemand Angst vor Dermot gehabt, oder zumindest nicht in diesem Maße. Es befriedigte ihn, einen Menschen so in Furcht versetzen zu können, und das ohne die Anwendung oder auch nur Androhung von Gewalt. Wirklich ein Jammer, dass er die Situation nicht in beide Richtungen ausnutzen konnte: kein Wort zu Staceys Tante und Cousins oder zur Boulevardpresse, doch gleichzeitig Andeutungen gegenüber Carl, wie sehr er in Gefahr schwebte und immer schweben würde. Natürlich würde er das Spiel irgendwann beenden müssen. Er hatte keine Lust auf eine Zwangsräumung. Nach einer Weile würde er diskret anfangen müssen, wieder Miete zu zahlen. Aber nicht jetzt. Für den Moment würde er das Geld zurückhalten, den Angstfaktor steigern und Carl genau dorthin bringen, wo er ihn haben wollte.

Yvonne kehrte mit Sophie in die Rezeption zurück. Die Katze trug eine breite weiße Halskrause, die verhindern sollte, dass sie sich mit den Krallen die Wunde aufkratzte. Diese Absicht schien bereits zu scheitern.

»Ich werde mir ein Taxi nehmen müssen«, sagte Yvonne. »Ich bin schon mit dem Taxi hierhergefahren. Schließlich konnte ich Sophie nicht frei im Auto herumlaufen lassen.«

Dermot hätte ihr erklären können, dass das ohnehin verboten war, doch das hatte er bereits mehrfach getan. Er rief ein Taxi für sie. »In spätestens einer Viertelstunde ist es da.«

Diese Gelegenheit war zu einmalig, um sie einfach ungenutzt verstreichen zu lassen. Gut, Sophie wimmerte. Doch dieses Gebäude hallte ohnehin von dem Jaulen und Knurren der Tiere wider. Inzwischen hatte Yvonne sich gesetzt und murmelte der Katze tröstende Worte ins Ohr.

»Bestimmt vermissen Sie Ihre Nichte, Mrs Weatherspoon«, schnitt Dermot das Thema pietätvoll an.

Yvonne machte ein überraschtes Gesicht. »Ja, nun, natürlich. Es war sehr traurig.«

»Das war es wirklich. Mehr als das. Eine Tragödie. Heutzutage ist es ja so einfach, an Drogen heranzukommen.«

Die Katze war, zufrieden, dass die Tortur vorbei war und sich vermutlich nicht wiederholen würde, eingeschlafen.

Seufzend schüttelte Yvonne den Kopf. »Ich bin ja so froh, dass meine Kinder nie welche genommen haben.«

Dermot glaubte ihr nicht. »Da haben Sie Glück gehabt«, erwiderte er, als er sah, dass das Taxi eingetroffen war. »Für mich wäre es noch viel schlimmer, wenn ein Mensch, dem man vertraut – ein sogenannter Freund –, einem geliebten Angehörigen diese schrecklichen Substanzen gibt oder sogar verkauft.«

Der Zweifel war gesät. Yvonne lächelte geistesabwesend, pflichtete ihm bei und gestattete ihm, Katze und Katzenkorb hinaus auf den Gehweg zu tragen. Sie würde sich an seine Worte erinnern, dachte er. Aber er hatte nichts verraten. Wenn sich die Dinge weiter so entwickelten, würde er nichts preisgeben müssen.

Inzwischen hatte Sybil sich zu einem willigen Werkzeug entwickelt. Sie saß gern im Garten, da ihre Eltern in Jerome Crescent nichts dergleichen hatten. Soweit er hatte ermitteln können, gab es in Jerome Crescent nicht viel, was Sibyl gefiel. Als sie am letzten Sonntag zusammen nach Falcon Mews gegangen waren, hatte sie ihn gefragt, ob sie ein wenig Unkraut jäten dürfe. Sie formulierte ihre Bitte bescheiden und durchsetzt von vielen Entschuldigungen, weil sie befürchtete, ihn zu verärgern.

»Gute Idee«, erwiderte er.

»Du brauchst doch Mr Martin nicht zu fragen, oder?«

Sie nannte Carl stets Mr Martin.

»Gütiger Himmel, nein. Wir sind gute Freunde. Er wird mir dankbar sein.«

Während Dermot am folgenden Sonntagnachmittag also sanft in seinem Liegestuhl schlummerte – den aufgeschlagenen *Observer* auf dem Gesicht, um es vor der Sonne zu schützen, wie es schon sein Großvater getan hatte –, riss Sybil Nesseln, Leimkraut und Ampfer aus und beseitigte deren Wurzeln mit einer Harke.

Carl schaute vom Schlafzimmerfenster aus zu ihnen hinunter. Dass einem jemand den Garten jätete, war nicht unbedingt ein Grund, Einspruch zu erheben. Allerdings hätten sie immerhin fragen können. Außerdem würde die Tatsache, dass sie sich diese Freiheit nahmen, und Dermot sah das sicherlich so, ganz bestimmt zu weiteren Forderungen führen. Erst die Liegestühle, und nun buddelte dieses Mädchen in seinem Garten herum. Was kam als Nächstes? Er hatte Nicola gegenüber angedeutet, dass Dermots nächster Schritt sein könnte, eines von Carls Zimmern zu übernehmen. Gewiss würde das bald geschehen.

Allerdings geschah stattdessen etwas völlig Unerwartetes. Keine feindliche Übernahme, sondern eine aufdringliche Einmischung in sein Privatleben.

»Na, haben Sie heute im Luxus geschwelgt?« Carl und Nicola kehrten gerade aus Camden zurück, wo sie mit Carls Mutter Una zu Abend gegessen hatten.

Carl antwortete nicht. Er rechnete damit, dass Dermot nach oben gehen würde, doch sein Mieter meinte: »Dürfte ich einen Moment reinkommen? Ich möchte Ihnen etwas sagen.«

Er will das Gästezimmer, dachte Carl, darauf würde es hinauslaufen. Als er die Wohnzimmertür öffnete, ging Nicola in die Küche. »Diese Dinge sind immer so peinlich, nicht wahr?« Dermot lächelte mit geschlossenen

Lippen. »Aber ich bin nicht leicht in Verlegenheit zu bringen.«

»Was wollten Sie mir sagen?«

Nicola trat wieder ins Zimmer. Sie hatte ein Glas Wasser in der Hand.

»Tja, es ist mir unangenehm, doch es muss ausgesprochen werden. Als ich hier eingezogen bin, haben Sie allein gelebt, Carl. Nun aber wohnen Sie mit dieser … dieser jungen Dame zusammen. Miss Townsend. Das ist nicht richtig. Genau genommen, alles andere als richtig. Ich bin nicht altmodisch. Ich bin wirklich ein aufgeschlossener Mensch, doch da liegt bei mir die Grenze. Ich würde es nicht als in Sünde leben bezeichnen, das ginge zu weit. Aber es ist, um es klar auszudrücken, schlicht und ergreifend falsch. Nun, ich bin sicher, dass Sie meine Ansicht teilen werden, wenn Sie genauer darüber nachdenken.«

Nicola kippte das Glas Wasser mit einen Schluck hinunter. Später sagte sie, dass sie nun wisse, was die Redewendung »wie vor den Kopf geschlagen« bedeute.

»Und wie steht es damit, dass Sie mit der Frau zusammenleben, die Sie in dieses Haus mitbringen? Das ist wohl etwas anderes?«, fragte Carl.

»Ach, etwas völlig anderes, Carl. Wir leben nämlich nicht zusammen. Ich habe Sybil gerade nach Hause zu ihren Eltern in Jerome Crescent gebracht.« Dermot nickte weise. »So, jetzt habe ich es mir von der Seele geredet und schlage vor, dass Sie nach gründlicher Überlegung meine Meinung teilen werden.«

16

»Wo ist Jerome Crescent?«

Es war Viertel nach drei Uhr morgens, und Carl hatte kein Auge zugetan. Nicola schlief fest, wachte jedoch auf, als er die Frage ein zweites Mal und ein wenig lauter stellte.

Sie drehte sich im Bett um. »Was?«

»Diese Sibyl wohnt dort.«

»Carl, ich muss morgen früh zur Arbeit.«

»Ich weiß nicht, warum mir das wichtig ist«, antwortete er. »Es spielt keine Rolle. Schlaf weiter.«

Er glaubte, dass er nie wieder ein Auge zutun würde. Nachdem er noch eine Weile, vielleicht zehn Minuten lang, dagelegen hatte, stand er auf und ging nach unten in die Küche. Im Haus war es so still wie in einem Häuschen auf dem Dorf.

Oben, zwei Stockwerke über ihm, schlief Dermot sicher tief, fest, friedlich und sorglos in seinem Bett. Wahrscheinlich trank er abends Kakao oder Ovomaltine. Die Tasse stand bestimmt noch auf seinem Nachttisch. Gewiss hatte er in seinem Zimmer einen Wäschekorb, in den er vor dem Schlafengehen seine schmutzigen Sachen warf. Jede Nacht, eine nach der anderen, derselbe Ablauf, während er, Carl, wach durchs Haus schlich, zunehmend verarmte und irgendwann Arbeitslosengeld, oder wie das inzwischen heißen mochte, würde beantragen müssen. Für ihn

136

würde sich nie etwas ändern. Allerdings für Dermot. Der würde diese Sybil heiraten und Kinder mit ihr haben. Er würde einen besseren Job finden, erfolgreich sein, und eines Tages würde er ihn aufsuchen. Carl würde dann ein gebrochener, verzweifelter Mann in Lumpen sein, der in einem schäbigen, schmutzigen Zimmer wohnte. Und Dermot würde ihm anbieten, ihm das Haus abzukaufen, natürlich für den halben Preis, verglichen mit den anderen Häusern in Falcon Mews, einfach nur, weil er es konnte ...

Hör auf damit, schalt er sich, du machst dich noch ganz verrückt. Aber was tat man, wenn man, so wie er, in der Falle saß? Man musste sich entscheiden, was schlimmer (oder besser) war: eine öffentliche Blamage, der eigene Name in sämtlichen Zeitungen, Schluss mit der Schriftstellerkarriere, Interviews und Fotos, weil man der Mann war, der einem arglosen Mädchen ein tödliches Gift verkauft hatte, oder Flucht, indem man seinen gesamten Besitz und die einzige Möglichkeit, seinen Lebensunterhalt zu verdienen, aufgab. Er sah keinen Ausweg. Es gab nur zwei Alternativen.

Er ging ins Wohnzimmer, nahm eine Flasche Gin, den einzigen hochprozentigen Alkohol, den er im Haus hatte, und kippte den restlichen Inhalt – etwa ein Glas voll – hinunter. Ich bin wahnsinnig, ich spinne, dachte er beim Schlucken. Mir wird schlecht. Carl legte sich auf Dads Sofa und starrte an die Decke. Er atmete stoßweise, als hätte er gerade ein Rennen hinter sich. Falls er jemals wieder ein Buch veröffentlichte und falls dieses jemals rezensiert werden würde, würde der Journalist ihn als »Carl Martin, Autor mit düsterer Vergangenheit«, bezeichnen.

Der Gin hatte die Wirkung, dass sich das Zimmer um ihn drehte, bis er betäubt in Bewusstlosigkeit versank. Nicola fand ihn vier Stunden später, legte sich neben ihn und nahm ihn in die Arme.

Der alte Albert Weatherspoon, Großvater von Elizabeth und Gervaise, hatte stets gesagt, zwei Frauen könnten sich niemals eine Küche teilen. Das war nur eine seiner frauenfeindlichen Bemerkungen, und Elizabeth wäre die erste gewesen, die sich zornig gegen einen solchen Sexismus verwahrt hätte. Genau wie gegen seine anderen Aussprüche, wie dass Frauen schlechte Autofahrer seien. Doch nachdem sie zwei Monate bei ihrer Mutter gelebt hatte, war sie so weit zuzugeben, dass zwei Frauen sich nicht einmal ein Haus teilen konnten.

»Wenn du gewusst hättest, dass Gervaise gar nicht in Pinetree Court wohnen wollte, sondern Pläne hatte, nach Kambodscha zu gehen, hättest du die Wohnung dann mir und nicht ihm gegeben?«

»Du hattest ein Zuhause und einen Ehemann. Woher sollte ich ahnen, dass du und Leo euch trennen würdet? Es kam völlig aus heiterem Himmel.«

»Wie hätte ich dich vorwarnen sollen? Wenn man in einer Beziehung lebt, posaunt man nicht überall herum, dass die Dinge momentan zwar noch gut laufen, doch in ein paar Monaten vielleicht den Bach runtergehen könnten, oder?«

»Da kann ich nicht mitreden. Ich habe nie so gelebt wie du und bin nicht von einem Mann zum anderen geflattert.«

»Hier kann ich nicht bleiben, das steht für mich fest«, entgegnete Elizabeth. »Wir streiten jeden Tag. Und was diese Katze betrifft, würde ich sie ersäufen, wenn ich nah genug an sie heran käme, ohne von ihr in Stücke gerissen zu werden.«

»Wehe, wenn du meinem kleinen Lämmchen auch nur ein Haar krümmst.« Yvonne erhob sich; sie bebte am ganzen Körper. »Du kannst mit der Wohnung machen, was dir passt. Ich will sie nicht. Aber ich möchte keinen Ärger. Vergiss das nicht.« Sie überlegte einen Moment. »Mir wäre es ganz recht, wenn du diese Lizzie loswerden könntest. Milsom heißt sie. Gut, sie war eine Freundin von Stacey, aber es ist einfach nicht richtig, dass sie noch immer dort wohnt. Dein Bruder hat es ihr erlaubt. Erstaunlich, was man mit einem hübschen Gesicht so alles erreicht, oder?«

»Hübsch?«, erwiderte Elizabeth. »Das finde ich nicht.«

Yvonne brannte fast so sehr darauf, Elizabeth aus dem Haus zu haben, wie diese sich auf einen Umzug freute. Obwohl Sophie sehr wohl in der Lage war, sich zu verteidigen, befürchtete Yvonne, ihre Tochter könnte einen Weg finden, ihr ernsthaft Schaden zuzufügen. Elizabeth und Sophie konnten sich nachts frei im Haus bewegen. Allmählich bekam Yvonne Albträume, ihre Tochter könnte das Katzenfutter vergiften.

Also fuhr Yvonne zum Pinetree Court, um mit dem Hausmeister zu sprechen. Er kannte sie und hätte es vorgezogen, wenn sie in die Wohnung eingezogen wäre. Was ihn betraf, war sie die Eigentümerin dessen, was er als

»die Immobilie« bezeichnete. Je eher sie die Wohnung übernahm, desto besser. Yvonne konnte das nachvollziehen. Eine attraktive, eindeutig wohlhabende Frau in der Blüte ihrer Jahre – sie hätte nie vom mittleren Alter gesprochen – eignete sich doch viel besser zur Bewohnerin als eine Vierundzwanzigjährige. Dass in Wahrheit ihre Tochter dort leben würde, ging den Mann, wie sie fand, nichts an. Sie würde gern das Schloss auswechseln lassen – könne er sich darum kümmern? Natürlich verstehe sie, dass ein Austausch des Schlosses an der Eingangstür zum ganzen Haus nicht möglich sei.

»Ich tue mein bestes«, antwortete der Hausmeister. »Es könnte ein paar Tage dauern.«

Mrs Weatherspoon rief Lizzie an und forderte sie auf, die Wohnung am folgenden Tag zu räumen, da ihre Tochter einziehen und das Schloss ausgewechselt werden würde. Als Lizzie kleinlaut einwandte, sie wohne mit der Erlaubnis von Gervaise hier, entgegnete Yvonne, sie solle sich nicht lächerlich machen. Es war siebzehn Uhr, und Lizzie war gerade von der Vorschule zurück. Sie schenkte sich einen großen Wodka Orange – aus einer bislang unangebrochenen Flasche – ein und kam zu dem Schluss, dass ihr nichts anderes übrig blieb, als am nächsten Tag ihre Koffer zu packen.

Swithin Campbell verkündete ihr Telefon mit einem melodischen Läuten. »Gehst du heute Abend mit mir aus, Liz?«, fragte er. »Ich hole dich um sieben ab.«

Das war sehr wenig Zeit, um sich zurechtzumachen. Doch fünf Minuten hätten genügt. Sie hastete ins Schlafzimmer und zog einen knallroten BH mit passendem Höschen und Staceys schwarzes Kleid mit dem Spitzeneinsatz vorn an. Dann sprühte sie sich Pomegranate Noir von Jo Malone ins Dekolleté. Anschließend schlüpfte sie in Staceys unbequemste Schuhe, die roten mit dem sechzehn Zentimeter hohen Absatz. Als sie wieder saß und ihren Wodka austrank, läutete es an der Tür.

Es war nicht Swithin. Der Mann auf der Schwelle teilte Lizzie mit, er sei Mr Newmans Fahrer und habe den Auftrag, sie abzuholen. Mr Newman warte draußen im Wagen.

Swithin hieß nicht Newman, sondern Campbell, aber Lizzie hielt das nicht für weiter wichtig. Wahrscheinlich war Newman sein Geschäftspartner oder etwas in dieser Art.

Der Mann trat ein, und Lizzie spürte, wie ihr etwas gegen die Wirbelsäule gerammt wurde. Sie stieß einen Schrei aus, den allerdings niemand hörte. Er zeigte ihr die Pistole, hielt sie ihr dann wieder an den Rücken und sagte: »Wir gehen jetzt nach unten. Sie zuerst.«

Natürlich gehorchte sie, obwohl sie inzwischen zitterte. Die Pistole war nicht echt. Sie war ein Spielzeug, das der Fahrer sich von seinem fünfjährigen Neffen geborgt hatte, doch das konnte Lizzie nicht ahnen. Sie gingen am Hausmeisterbüro vorbei und hinaus auf die Primrose Hill Road. Ein Auto stand dort, aber den Mann darin hatte Lizzie noch nie gesehen. Es war ein bulliger Rothaariger, der einen Ledermantel und zerschlissene Jeans trug. Der Fahrer verfrachtete sie auf den Rücksitz.

In ihrer Angst bekam Lizzie keinen Ton heraus. Sie

versuchte es, stammelte zögernd und schnappte nach Luft, doch es kamen keine Worte. Sie wollte ihre Entführer fragen, wohin sie sie brachten, aber es war zwecklos. Der Rothaarige hielt ihr die Hände hinter dem Rücken fest und legte ihr etwas an, das sich wie Handschellen anfühlte. Unterdessen befahl ihr der andere Mannn, auf etwas zu beißen, was er ihr vor den Mund drückte. Sie hatte das zwar schon im Fernsehen gesehen, allerdings keine Ahnung gehabt, wie schrecklich es war. Der Verband oder Schal, oder was es auch immer sein mochte, wurde so fest zugebunden, dass sie glaubte, gleich würden ihr die Lippen aufplatzen. Dann versetzte der Fahrer ihr einen heftigen Schubs, sodass sie quer über die Rückbank fiel, ohne sich mit ihren gefesselten Händen abstützen oder wehren zu können.

Der Rothaarige nahm dem Fahrer die Pistole ab und stieß sie ihr in die Rippen. Sie fuhren los. Es waren nur wenige Passanten unterwegs, doch selbst wenn die Straße belebt gewesen wäre, wusste Lizzie, dass die Leute nicht in geparkte Autos schauten. Auch nicht in fahrende. Da sie ihre Hände nicht benutzen konnte, war sie völlig hilflos. Das war das Schlimmste daran. Der Knebel war eine Qual, aber nur, weil er wehtat, nicht weil er es ihr unmöglich machte, einen Mucks von sich zu geben. Ihr hatte es schon davor die Sprache verschlagen, und sie ahnte, dass sie auch jetzt nichts würde sagen können, selbst wenn sie ihn wieder entfernten. Würden sie ihr Knebel und Handschellen abnehmen, wenn sie ihr Ziel erreicht hatten? Falls nein, würde irgendwann der Zeitpunkt kommen, an dem sie nicht mehr allein durch die

Nase würde atmen können? Die Vorstellung sorgte dafür, dass sie leise wimmerte. »Maul halten«, zischte der Rothaarige.

Wie die meisten Londoner kannte Lizzie nur die nähere Umgebung ihrer Wohnung, in ihrem Fall das Gebiet zwischen Willesden und Marylebone Road. Offenbar hatten sie diese Gegend rasch verlassen. Sicher läutete Swithin gerade an der Tür. Würde er Hilfe holen? Unwahrscheinlich. Obwohl Lizzie voll bei Bewusstsein war, breitete sich eine Art Nebel in ihrem Verstand aus, und sie begann zu weinen. Tränen rannen ihr die Wangen hinunter und versickerten im elastischen Baumwollstoff des Knebels.

17

»Ich weiß, was du sagen willst«, meinte Carl. »Ich kann es inzwischen auswendig runterbeten. Also spar dir die Mühe. Ich kenne es Wort für Wort. Du brauchst es nicht auszusprechen.«

Es war Sonntagnachmittag. Sie saßen in Carls Schlafzimmer, und Nicola hatte gerade zwei Tassen Tee geholt. Ihre war halb leer, seine unberührt. Unten im Garten bearbeitete Sybil Soames Brennnesseln mit der Gartenschere, während Dermot in einem der Liegestühle saß und las. Nicola tippte darauf, dass es der Gemeindebrief war.

»Ich würde ihm durchaus zutrauen, dass er von mir verlangt, einen Rasenmäher anzuschaffen.«

»Du brauchst dich nur zu weigern.«

»Schau, die Miete war schon vor Wochen fällig. Er hat nicht gezahlt, und das wird er auch nicht. Er wird nicht zahlen, richtig? Niemals. Wenigstens kümmert er sich um die Gas- und Stromrechnung. Aber bald wird er selbst das nicht mehr tun. Er wird mich um einen Gefallen bitten, und der wird lauten, dass ich diese Rechnungen übernehme.«

»Trinkst du deinen Tee nicht?«

»Nein, ich trinke meinen Scheißtee nicht, verdammt.« Er drehte sich um und legte die Arme um sie. »Tut mir leid. Ich sollte nicht so mit dir reden.«

Es war ein wunderschöner Tag. Sie spazierten zum Regent's Park, wo sich offenbar ganz London – mit Ausnahme derer, die sich unter anderem im Hyde Park, St James's Park und Green Park aufhielten – versammelt hatte. Die Menschen lagen im Gras, spielten Ball, aßen, tranken und bewunderten den Rosengarten. Die Sonne schien heiß, die Blätter waren grün. Die Natur verkündete, dass der Winter mild und feucht und Frühjahr und Sommer überdurchschnittlich warm gewesen waren.

»Was, wenn er anfängt, mein Privatleben auf den Kopf zu stellen?«, fragte Carl. »Was, wenn er mir droht, dieser Weatherspoon zu erzählen, was ich getan habe, falls du weiter mit mir zusammenlebst? Was, wenn er das Gästezimmer, das neben meinem, einfordert? Was mache ich dann? Ich kann nicht ablehnen, oder?«

Nicola seufzte auf. »Carl, du kennst meine Antwort darauf.«

Selbst für eine wöchentlich erscheinende Lokalzeitung hatte der *Paddington Express* nur eine geringe Auflage. Allerdings verkaufte sich die aktuelle Ausgabe besser als alle anderen seit Jahren. Auf der Titelseite prangte ein Foto von Stacey Warren, das der *Evening Standard* und verschiedene weitere Tageszeitungen bereits gebracht hatten. In dem Begleitartikel hieß es, Stacey habe das Dinitrophenol nicht im Internet, sondern aus einer »unbekannten Quelle« erworben.

Dermot erhielt eine Ausgabe des Blattes von Sybil, die nichts von der DNP-Story ahnte. Sie wollte Dermot eine Anzeige für ein gebrauchtes Bett zeigen, um das defekte zu ersetzen, das Carls Vater gehört hatte. Carls Mieter, falls er das überhaupt noch war, legte die Zeitung mit Bedacht auf das Tischchen, das einzige Möbelstück in der Vorhalle von Falcon Mews.

Der Artikel im *Paddington Express* verriet nicht unbedingt viel Neues. Doch Carl, der die Zeitung, wie von Dermot beabsichtigt, mit der Titelstory nach oben vorfand, las alles Mögliche in sie hinein, was gar nicht da stand. Er fühlte sich, als würde er gleich in Ohnmacht fallen, obwohl er noch nie in Ohnmacht gefallen war. Da es nirgendwo eine Sitzgelegenheit gab, taumelte er benommen ins Wohnzimmer und sank in einen Lehnsessel. Nicola war in der Arbeit. Dermot ebenso.

Die Vernunft verließ ihn. Carl hatte das Stadium, in dem er die Sache noch ruhig hätte betrachten können, längst hinter sich gelassen. Das Wissen, dass er sich irrational verhielt, war der letzte Rest geistiger Gesundheit, an den er sich klammerte. Ihm war bewusst, dass Nicola recht hatte. Ein Mensch, der bei klarem Verstand war, hätte auf ihren Rat gehört. Doch sein wachsender Widerwille gegen Dermot hatte sich erst in Furcht verwandelt und wurde allmählich zu Todesangst. Inzwischen malte er sich die schrecklichsten Dinge aus, die Dermot gegen ihn unternehmen konnte. Der Zeitungsbericht war nur der Anfang, daran bestand kein Zweifel. Dermot hatte die Geschichte dem *Paddington Express* gesteckt. Wahrscheinlich wandte er sich in diesem Moment mit seinen Anschuldigungen an den *Evening Standard* oder die *Mail* von morgen. Man brauchte nicht viel Fantasie, um zu verstehen, was die Okkupation seines Gartens, das Fallenlassen von Gegenständen, das geräuschvolle Rücken von Möbelstücken und die dröhnende Musik, die immer wieder fünf Minuten lang aus der geöffneten Tür der Wohnung in der obersten Etage hallte, zu bedeuten hatten.

Carl stellte fest, dass es irgendwie beruhigend wirkte, das Haus zu verlassen und spazieren zu gehen, insbesondere im Grünen unter dicht belaubten Bäumen. Hier konnte er sich vor Augen halten, dass ihm seine Gesundheit, seine Kraft, die grünen Bäume, um darunter einherzuschlendern, und der Anblick der Rasenflächen erhalten bleiben würden, ganz gleich, was auch zu Hause geschah und wie stark Dermot die Daumenschrauben anzog und ihn dadurch bis auf den letzten Penny seines Einkommens beraubte. Am heutigen Vormittag führte ihn sein Spaziergang durch Maida Vale und ein Stück den Lisson Grove hinunter, bis zur Rossmore Road. Wenn er auf der Rossmore Road weiterging, würde er zur Park Road und danach zum Outer Circle des Regent's Park kommen. Viel Grün, gewaltige Bäume und Büsche mit rosafarbenen und weißen Blüten.

Als er die Rossmore Road entlangspazierte, rief ein Schild mit der Aufschrift Jerome Crescent eine Erinnerung in ihm wach. Natürlich – hier wohnten Dermots Freundin Sybil Soames und ihre Eltern. Er bog in den Jerome Crescent ein, wo auf einem dreieckigen Stück Rasen Bäume wuchsen, und beschloss, sich hinzusetzen und auf Sibyl zu warten. Auf diesem Weg würde sie kommen, wenn sie zum Mittagessen nach Hause wollte. Er nahm an, dass sie zu den Mädchen gehörte – Einzelkind und behütet und verwöhnt von ihren Eltern aus der Arbeiterschaft –, die mit ihren Müttern am Samstagvormittag Arm in Arm zum Einkaufen gingen. Und wochentags erschien sie unweigerlich zum Mittagessen, das sie, typisch Unterschicht, sicher als »Dinner« bezeichnete, während das Abendessen bei ihr »Tea« hieß. Dermot hatte sie mit seinen altmodischen und unzeitgemäßen Moralvorstellungen bestimmt mühelos überreden können, seinem Wunsch nach einer keuschen Beziehung zu entsprechen. Carl fragte sich, warum er mit ihr reden, ja, sie überhaupt sehen wollte, doch ihm fiel darauf keine Antwort ein.

Sie kam tatsächlich, ließ sich allerdings dabei Zeit. Ihr Blick verriet ihm, dass sie ihn erkannte und sich vielleicht ein wenig vor ihm fürchtete. Sie hätte einen Bogen um ihn gemacht, indem sie nicht den Pfad über die Grünfläche nahm, hätte er nicht »Sybil« gerufen.

Inzwischen war er aufgestanden und baute sich vor ihr auf. »Sibyl, ich habe auf Sie gewartet.«

»Ist etwas passiert? Ist er krank?«

Sie wissen doch, was er mit mir macht, oder?, hätte Carl am liebsten gesagt. Sie wissen, dass er mir keine Miete mehr zahlt und dabei ist, sich im Haus auszubreiten. Er wird mich zwingen, in einem Zimmer zu leben, und mich irgendwann vollends hinausdrängen. Aber als er nun vor Sybil, diesem armen, arglosen Geschöpf, stand, brachte er es nicht über sich. »Es ist nichts«, erwiderte er. »Ich habe nur einen Spaziergang unternommen, und da ist mir eingefallen, dass Sie hier wohnen.« Mit leiser, schwacher Stimme, die ganz und gar nicht zu so einer fröhlichen Bemerkung passte, fügte er hinzu: »Ein wunderschöner Tag heute.«

»Ich gehe besser nach Hause«, antwortete sie. »Meine Mum macht sich sonst Sorgen.«

Er blickte ihr nach, als sie die Straße überquerte und durch einen Torbogen trat. Langsam kehrte er zum Lisson Grove zurück und ließ die vielen pastellfarbenen Mietshäuser mit ihren grünen Gärten hinter sich zurück. Dabei wurde ihm klar, was ihn an Dermots Drohungen am meisten ängstigte. Er fürchtete sich nicht vor dem Einkommensverlust, sondern vor der Demütigung. Mit dieser Schande konnte er nicht leben.

18

Wenigstens konnte sie etwas sehen. Sie hatten ihr zwar die Sprache und den Großteil ihrer Bewegungsfreiheit genommen, doch zumindest hatte ihr keiner der beiden Entführer die Augen verbunden. Also konnte sie den Kopf weit genug heben, um einige Straßenschilder zu entziffern.

Wenn – falls – jemand kam, um sie zu retten, würden diese Hinweise auf ihren Aufenthaltsort sicher wichtig sein. Das Auto hatte eine der Brücken über den Fluss überquert und kurz neben einem Bus Nummer 36 gestoppt, der in entgegengesetzter Richtung nach Norden fuhr. Für einen Moment dachte Lizzie an ihren Dad: Saß er womöglich auf dem Rückweg in den Mamhead Drive in diesem Bus? Was würde geschehen, wenn er zufällig zur Seite schaute und sah, dass sie – seine einzige Tochter – gefesselt und geknebelt auf dem Rücksitz lag? Aber die Ampel schaltete um, und der Bus setzte sich in Bewegung. Es gab keine Hilfe, keine Chance, dass jemand sie befreite. Während ihre Augen sich wieder mit Tränen füllten, gab sie sich Mühe, die Straßenschilder zu lesen, an denen sie vorbeikamen, bis der Fahrer schließlich in eine Seitengasse einbog.

Lizzie hatte den Eindruck, dass diese beiden Männer keine sehr begabten Verbrecher waren. Sie sprachen zwar die richtige Sprache und hatten sich richtig verhalten, zum Beispiel sie zu fesseln und zu knebeln. Allerdings hätten professionelle Entführer, wahre Kriminelle, sicher nicht die Augenbinde vergessen. Sie hätten nicht zugelassen, dass sie sah, wohin genau sie sie brachten. In die von der Abbotswood abgehende Seitengasse mit den abschließbaren Garagen zum Beispiel.

Offenbar besaß der Fahrer eine Fernbedienung, denn das Tor von Nummer 5 öffnete sich. Das Innere der Garage war leer, und soweit Lizzie feststellen konnte, gab es keinen anderen Ein- oder Ausgang. Sie glaubte, dass sie jetzt mit ihr reden würden, aber nein. Sie stiegen aus, zuerst der Fahrer, dann der Rothaarige. In diesem Moment erinnerte sie sich an einen Film, in dem jemand gestorben war, weil man ihn in einem Auto in einer Garage zurückgelassen hatte, wo überall giftiges Kohlenmonoxid herumwaberte. Schreien oder Weinen waren zwecklos. Sie beobachtete, wie die Männer aus der Garage gingen und sie im Auto ließen, und prägte sich ihre Größe, ihren Körperbau und ihr Haar ein. Und sie dachte an Swithin.

Als das Garagentor sich senkte und zufiel, war es plötzlich stockfinster. Bei ihren Überlegungen, womit sie rechnen musste, hatte Lizzie die Dunkelheit ganz vergessen. Auch den Sauerstoff. Aber offenbar wollten die beiden nicht, dass sie starb, denn der Fahrer hatte seine Tür nicht ganz geschlossen, und der Motor lief nicht.

Sie würden wiederkommen. Sie mussten einfach.

Auf dem Oberdeck des Busses Nummer 36 nach Norden dachte Tom über seine Tochter nach. So lange hoffte er schon darauf, dass sie ihre Lebensweise und ihren

Charakter ändern würde. Inzwischen klammerte er sich an die kleinsten Schritte in Richtung Besserung. Sie musste nur einen netten jungen Mann kennenlernen, der einen Job hatte. Keinen guten Job, noch nicht, das wäre heutzutage zu viel verlangt gewesen, sondern einen Mann, der von neun bis fünf in einem Büro saß. Am besten blieb Lizzie zu Hause und kochte das Abendessen. Diese Tagträume dauerten an, bis der Bus Queen's Park erreicht hatte, wo er ausstieg, um auf den zu warten, der ihn nach Willesden bringen würde.

Nachdem der Bus ihn am Ende des Mamhead Drive abgesetzt hatte und er wieder zu Hause war, erfuhr er von Dot, dass Lizzie zum Abendessen kommen würde. Außerdem eingeladen war Eddy Burton von nebenan. Seine Eltern waren vor einem Monat eingezogen. Da seine Mutter heute Abend unterwegs war, hatte sie Dorothy gefragt, ob sie so nett sein würde, ihn zu verköstigen. In Toms Augen bedeutete es eine Verhätschelung ersten Grades, einen achtundzwanzigjährigen Mann durchzufüttern, der weder an einer Behinderung noch an einer geistigen Beeinträchtigung litt. Oder betätigte Dot sich etwa als Kupplerin? Tom war ziemlich verärgert, denn er wollte seine Tochter allein sehen.

Er wusste nicht, wie oft er Lizzie gepredigt hatte, dass Pünktlichkeit die Höflichkeit der Könige sei. Und dennoch war es zwecklos, um eine bestimmte Uhrzeit mit ihr zu rechnen. Er fragte sich, ob Prinz Charles wohl pünktlich war. Ganz sicher, denn immerhin wimmelten Dutzende von Leuten um ihn herum und sorgten dafür, dass er seine vielen Termine einhielt. Die Milsoms aßen immer um Punkt sieben. Und da Lizzie eine Milsom war, hätte sie das eigentlich wissen müssen.

Eddy kam zu früh und brachte seinen Mops mit, noch ein ungebetener Gast. Er hatte bereits einiges an Wein intus und schob sein Glas nach vorn, wo seine Gastgeberin es nicht übersehen konnte. Der Mops, der Brutus hieß, flitzte im Zimmer herum, sprang den Leuten auf den Schoß und leckte ihnen das Gesicht ab. Dot füllte Eddys und Toms Gläser nach. Sie schnalzte missbilligend mit der Zunge und rief Lizzie mobil an.

Die einzige Antwort, die sie erhielt, lautete, der Anruf sei auf eine etwa fünfzehnstellige Nummer umgeleitet worden.

»Sie hat es vergessen«, sagte Tom. »Oder sie ist mit irgendeinem Typen unterwegs.«

Eddy wirkte verlegen. Er hatte seinen Gastgebern bereits die verschlungene Lebensgeschichte seines Hundes geschildert, zu verschlungen, wenn man bedachte, dass das Tier erst acht Monate alt war. Tom und Dot versuchten, sich ihre Langeweile nicht anmerken zu lassen.

»Wahrscheinlich essen wir jetzt am besten«, verkündete Dorothy und überredete Eddy, den Hund in die Küche zu sperren.

Als sie gerade bei den Zitronenbaisers waren, läutete es an der Tür. Tom war sicher, dass es Lizzie sein musste, und ging, ein »Hast wohl deinen Schlüssel verloren?« auf den Lippen, zur Tür.

Vor ihm stand der fahrende Fischhändler und fragte Tom, ob er Interesse an einem wunderbaren frischen Kabeljau, erst heute Morgen im Atlantik gefangen, habe.

Dorothy rief Lizzie noch einmal an, doch wieder hörte sie nur den Hinweis auf die Rufumleitung. Sie und Tom wussten beide, dass Lizzie entweder mit ihrem männlichen Begleiter nach Hause gegangen oder ihr Telefon abgeschaltet hatte. Ihnen gefiel die Vorstellung nicht, dass sie die Nacht mit einem Mann verbrachte, aber sie verloren nie ein Wort darüber, nicht einmal zueinander. Heutzutage verhielten sich Mädchen eben so. Man war machtlos dagegen.

Südlich des Flusses betraten der Rotschopf und der kleine, gedrungene Mann, der den Fahrer gespielt hatte, die Garage, machten Licht und öffneten die rückwärtige Autotür. Lizzie hörte, dass der Rotschopf den anderen Mann Scotty nannte, und dachte, was für ein Idiot er doch sein musste, ihr seinen Namen preiszugeben. Im nächsten Moment wurde ihr mit einem Aufschluchzen klar, dass es ihn möglicherweise gar nicht kümmerte, ob sie wusste, wie er hieß. Es war ihm egal, weil er vorhatte, sie umzubringen.

Der Rotschopf nahm auf dem Fahrersitz Platz, während Scotty hinten bei ihr einstieg. Als er den Knebel entfernte, hatte Lizzy ein seltsames Gefühl in Mund und Kehle. Ihre Stimme war wie blockiert. So sehr sie sich auch bemühte, sie brachte nichts als ein tierähnliches Keuchen und Grunzen heraus.

»Durchgeknallt«, sagte Scotty.

»Sehr gut. Wir wollen ja nicht, dass sie die ganze Gegend zusammenschreit.«

Die Uhr auf dem Armaturenbrett verriet Lizzie, dass es

Viertel nach drei Uhr morgens war. Der Rotschopf rangierte den Wagen rückwärts aus der Garage auf die Abbotswood Road. Stumm lehnte Lizzie den Kopf ans Polster.

Die Angst, auf die Toilette zu müssen, sorgte dafür, dass sie sich wortlos verkrampfte. Sie spannte die Muskeln an wie eine geballte Faust. Das nannte man Schließmuskel, dachte sie; ihm war es zu verdanken, dass ihre Blase den Urin bei sich behielt. Sie wäre vor Scham gestorben, wenn sie vor den beiden in die Hose gemacht hätte. Tränen rannen ihr aus den Augen. Wenn auf diesem Weg nur ein Teil der Flüssigkeit mitgekommen wäre, die sich aus ihrer Blase ergießen wollte. Funktionierte das so? Der Rotschopf bog in eine der markierten Parklücken vor einem schäbigen Sozialwohnungsblock ein. Lizzie hatte keine Ahnung, wo sie sich befanden. Es kümmerte sie nicht, denn sie war voll und ganz damit beschäftigt, ihren Schließmuskel fest zusammenzuziehen.

Kein Mensch war in Sicht. Der Rotschopf und Scotty flankierten sie und schleppten sie ins Haus und eine Steintreppe hinauf. Wenn jemand ihnen gefolgt wäre, hätte er die Handschellen bemerkt, die Lizzie immer noch an den Handgelenken hatte. Doch niemand sah es.

Als Scotty sie in eine Wohnung führte, sagte sie »Toilette«. Der Rotschopf stieß sie durch eine Tür und knallte sie hinter ihr zu. Einen Moment lang waren Erleichterung und Freude so groß, dass sie beinahe glücklich war. Ohne auf ihre gefesselten Hände zu achten, atmete sie tief durch, beugte den Oberkörper vor und presste ihn auf ihre Knie.

Obwohl sie ohnehin nirgendwo hinkonnte, wartete Scotty vor der Tür. Die Hände hinter dem Rücken gefesselt zu haben war so schlimm, als hätte man einem die Füße zusammengebunden. Vielleicht sogar noch schlimmer. Scotty hielt sie an den Schultern fest und brachte sie in ein Wohnzimmer. Der Rotschopf stand da und telefonierte. Bei ihrem Anblick legte er das Telefon weg. Hatte er mit ihren Eltern gesprochen?

»Sie haben kein Geld«, sagte Lizzie.

»Was laberst du da?« Scotty schubste sie auf ein abgewetztes, zerschlissenes Sofa. »Er hat mit seinem Ehemann geredet.«

Also waren die beiden schwul. Zumindest der Rotschopf. Und Scotty wahrscheinlich auch. Das beruhigte sie, denn die ganze Zeit im Auto und in der Garage hatte sie befürchtet, dass einer von ihnen oder alle zwei sie vergewaltigen könnten. Schwule würden das nicht mit ihr tun. »Was haben Sie mit mir vor?«, fragte sie.

»Weißt du was?«, entgegnete der Rotschopf. »Wir sind wie die Bullen. Wir stellen hier die Fragen, nicht du. Und jetzt halt dein Maul.«

Er förderte ein Mobiltelefon zutage und warf es ihr auf den Schoß. Anscheinend hatte er vergessen, dass sie es ohne Hände nicht benutzen konnte. Als er sich vorbeugte und ihr Gesicht bedrohlich dem ihren näherte, roch sie den Curry in seinem Atem. »Sag mir die Nummer von deiner Mum.«

»Die kann ich nicht auswendig.«

Natürlich glaubte er ihr nicht. Danach verabreichten sie ihr zwei Tabletten, eigentlich Kapseln, halb rot und halb grün. Der Rotschopf drückte sie aufs Sofa, während Scotty ihr die rot-grünen Dinger in den Mund zwang, indem er sich auf ihre Beine setzte und ihr mit beiden Händen die Lippen auseinanderzog. Sie schluckte sie mit Speichel, weil sie nicht wagte, sie im Mund zu behalten. Lizzie dachte, dass sie ein paar Minuten haben würde, um sich das Zimmer in all seinen schäbigen Einzelheiten einzuprägen, da es inzwischen hell wurde. Doch die Bewusstlosigkeit kam schnell. Ihr blieb gerade noch die Zeit, um sich zu wundern, warum der Rotschopf sich nach der Telefonnummer ihrer Mum, nicht nach der von ihren Eltern, erkundigt hatte. Dann knallte eine schwarze Tür vor ihren Augen zu, und sie verlor die Besinnung.

19

Tom und Dot waren ein wenig besorgt, weil sie noch immer nichts von Lizzie gehört hatten. Allerdings hatten sie sich daran gewöhnt, dass sie häufig tagelang verschwand. Letztlich stellte sich immer heraus, dass sie gar nicht verschwunden, sondern ihrer eigenen Wege gegangen war. Außerdem war sie ja eine junge Frau über zwanzig und kein Teenager mehr.

Tom war zu dem interessanten Schluss gekommen, dass man sich Sorgen machte, wenn die Tochter im elterlichen Zuhause wohnte und, sagen wir mal, um elf noch nicht zurück war. Wenn es nach Mitternacht wurde, zermarterte man sich regelrecht. Man starrte auf die Uhr, tigerte hin und her und öffnete alle zehn Minuten die Haustür, um auf der Straße Ausschau nach ihr zu halten. An Schlafen war nicht zu denken. Zog sie hingegen aus, machte man sich kaum noch Sorgen, obwohl man wusste, dass sie noch immer häufig abends ausging und genauso lang, wenn nicht gar länger, wegblieb. Man legte sich ins Bett und schlief. Morgens beim Aufwachen zweifelte man nicht daran – wenn man überhaupt daran dachte –, dass sie um zwölf, eins oder zwei wohlbehalten nach Hause gekommen war. Woran lag das? Warum war man in Sorge, wenn sie bei einem wohnte, und kümmerte sich nicht darum, sobald sie es nicht mehr tat?

Er hatte mit anderen Eltern darüber gesprochen, und die empfanden alle ganz genauso.

»Wahrscheinlich hat sie den Tag verwechselt und glaubt, dass sie am Freitag, nicht gestern Abend, bei uns isst«, meinte er zu Dot. »Die taucht schon wieder auf.«

Als Lizzie aufwachte, war es heller Tag. Sie war nicht auf natürlichem Wege aufgewacht. Einer der beiden – Scotty, wie sie vermutete – hatte sie geschüttelt, während der andere ihr einen eiskalten Lappen ins Gesicht gedrückt hatte. Er fühlte sich an wie tiefgefroren.

»Wir wollen eine Telefonnummer«, forderte der Rotschopf.

»Aber meine Handtasche ist weg. Mein Telefon auch. Woher soll ich da eine Nummer haben?«

»Du hast doch ein Gedächtnis, oder? Du kennst die Nummer deiner eigenen Mutter.«

Was hatte ihre Mutter bloß damit zu tun?, fragte sich Lizzie. Und warum sollte sie diesen eindeutig gewalttätigen Männern die Nummer ihrer Eltern geben? »Ich weiß es nicht«, log sie. »Ich weiß es nicht. Ich kann mich nicht erinnern.«

Wieder versagte ihr die Stimme. Sie wollte hinzufügen, dass sie nicht klar denken konnte, brachte aber kein Wort heraus. Als Scotty ihr heftig ins Gesicht schlug, fing sie laut zu schluchzen an. Ihre Hände zitterten in den inzwischen schweißnassen Handschellen. Yvonne, fiel ihr plötzlich ein. So langsam wie möglich atmete sie tief ein und aus und dachte an Staceys wunderschöne Wohnung und daran, wie ungerecht es war, dass Yvonne, die bereits eine Villa in Swiss Cottage besaß, diese auch noch geerbt hatte.

Nein, beschloss sie in einem Anflug von Trotz. Sie würde Scotty und dem Rotschopf nicht die Nummer ihrer Mum geben, sondern die von Yvonne. Deren Telefonnummer kannte sie auch. Beinahe konnte sie visualisieren, wie sie sie an jenem Tag vom Computerbildschirm in der Tierklinik abgelesen hatte. Sie schloss die Augen, konzentrierte sich so gut wie möglich und diktierte ihren Entführern die Nummer.

Von Lisson Grove führte ein schmaler Pfad bergab. Eine Abkürzung zu den rosafarben, grün und blau gestrichenen Wohnblocks, die sich nördlich der Rossmore Road drängten. Nicola und Carl waren zu Fuß zum Markt in der Church Street gegangen und hatten etwas Obst und einige Avocados gekauft, die Carl in seinem Rucksack verstaute.

Es erstaunte Nicola, dass es am anderen Ende der Church Street Antiquitätenläden gab. Sie war noch nie hier gewesen und wollte sich jeden Laden ansehen. Eigentlich interessierte sich Carl nicht dafür, doch als er erst mal drinnen war, erregten die verschiedenen Vasen und kleinen Möbelstücke seine Aufmerksamkeit und lenkten ihn kurz von seiner misslichen Lage ab. Ein Schachspiel, die Hälfte der großen Figuren aus goldfarbenem Holz, die andere aus weißem, begeisterte ihn so, dass er es gern gekauft hätte, hätte er nur das Geld gehabt. Allerdings hätte der Preis seine Möglichkeiten so oder so überstiegen.

Nicola verliebte sich, wie sie es ausdrückte, in eine grüne Gans in einem Laden namens Tony's Treasury. Sie war ein absolut nutzloses Objekt, hatte jedoch einen gewissen Charme. Das Material war grün lackierter Ton; jede Feder war mit einer weißen Kante abgesetzt; der Kopf war violett mit roten Kehllappen und einem roten Schnabel. Die Gans war groß, beleibt, etwa so groß wie ein Fußball und ziemlich schwer.

»Die würde wundervoll auf dem Flurtischchen aussehen«, meinte sie. »Ich schenke sie dir.«

Es gelang ihm weder abzulehnen noch große Begeisterung zu mobilisieren. Er fragte nicht nach dem Preis, fand ihn aber heraus, als er beobachtete, wie Nicola dem Ladeninhaber zwei Zwanzigpfundscheine und einen Zehner überreichte. Die Gans war so schwer, dass er sie zusammen mit den Einkäufen in seinem Rucksack transportieren musste.

Sie durchquerten Lisson Grove, und er ging voran den kleinen Pfad hinunter, der sie schließlich nach Jerome Crescent brachte. Die Straßen hier konnte man, wie Carl fand, mit Fug und Recht als gutbürgerlich bezeichnen. Sie waren sauber, die Gebäude gut in Schuss, und die Postleitzahl gehörte zu den begehrtesten in London. Niemand nannte diese Häuser mehr Sozialbauten. Das wäre nicht politisch korrekt gewesen, obwohl es zutraf.

»Da oben wohnt Sybil Soames.« Das waren Carls erste Worte, seit sie den Antiquitätenladen verlassen hatten. »Die Freundin von diesem Dreckschwein. Sie lebt mit ihrer Mum und ihrem Dad in dem grünen Haus.«

Nicola folgte seinem Blick und bemerkte das Fahrrad

auf dem Balkon und die Stores vor den Fenstern. »Du nennst sie nur so, weil du ein Snob bist. Wenn du sie nicht verachten würdest, hättest du sie als ihre Mutter und ihren Vater bezeichnet.«

Er schwieg und betrachtete die gelbe Kapuzinerkresse im Blumenbeet, das Gerüst an dem Haus gegenüber von dem grünen und die Backsteinstapel auf dem Gehweg. Die Gans in seinem Rucksack drückte ihm schwer auf die Schultern.

»Warum sind wir hier?«, fragte Nicola.

»Irgendetwas zieht mich hierher«, erwiderte er. »Ich kann ihm nicht entrinnen, verstehst du? Und er ist da. Vielleicht ist er sogar gerade oben. Ich will ihn nicht aus den Augen lassen. Und dennoch hasse ich ihn. Ich verabscheue ihn.«

»Oh, Carl.« Sie nahm ihn am Arm und umfasste fest seine Hand. »Was sollen wir tun?«

»Das, was du von mir verlangst, schaffe ich nicht. Ich werde es nie schaffen. Komm, wir gehen nach Hause.«

Als sie durch die sonnenbeschienenen Straßen unter grünen Baumen zurück nach Falcon Mews schlenderten, wuchs Carls Zorn. Er stieß üble Verwünschungen gegen Dermot aus und wiederholte insgesamt dreimal, was geschehen war und was sein Mieter ihm angetan hatte.

Nicola schwieg. Sie hatte nichts zu sagen, weil alles gesagt worden war. Inzwischen überlegte sie, was sie unternehmen sollte. Sollte sie Carl zu einem drastischen Schritt zwingen? Sollte sie das Haus in Falcon Mews aufgeben, irgendwo ein Zimmer für sie beide mieten und ihn dazu bringen, sich einen richtigen Job zu suchen? Oder

162

sollte sie sich von ihm trennen und ihn zurücklassen?
Ich habe ihn einmal geliebt, dachte sie – liebe ich ihn
immer noch? Er redet kaum ein Wort, wenn er nicht gerade auf Dermot schimpft. Er schläft kaum, hat Albträume, schreit und fährt hoch, um gegen etwas zu kämp-
fen, das nicht da ist. Ohne ihn würde es mir besser gehen,
aber wäre es umgekehrt genauso? Sie kannte die Antwort
nicht.

Wie hübsch Falcon Mews an einem sonnigen Tag war.
Jedes der kleinen Häuser hatte eine andere Form und
Höhe. Die Dächer waren mit grauem Schiefer oder roten
Ziegeln gedeckt. Die Fenster hatten Rautenmuster oder
bestanden aus glatten Glasscheiben in weißen Rahmen.
Einige Mauern waren mit verschiedenen Efeusorten oder
langblättriger Clematis bewachsen. Überall waren Blu-
men. In Dolden und Büscheln rankten sie inmitten von
Girlanden aus dunkelgrünen Blättern an Gerüsten. Alles
war so reizend, ein wunderschöner Ort, um zu leben und
glücklich zu sein. Im Haus empfing sie dämmrige Stille.
Carl räumte die Einkäufe in den Kühlschrank, nahm
seinen Rucksack mit nach oben und warf ihn auf den
Boden.

Nicola schaute aus dem Küchenfenster in den Garten
hinaus, wo sie sah, dass Dermot in einem seiner Liegestühle saß und eine Zeitschrift las. Sybil hatte eine Ra-
senschere aufgetrieben und schnitt das Gras an den Kan-
ten der Blumenbeete ab, wo die Nesseln gewesen waren.
Sie gehörte zu den Frauen, die immer etwas zu tun haben mussten, dachte Nicola: Unkraut jäten, schneiden,
hacken, kochen, putzen – ein wahres Geschenk für einen

Mann. Momentan hatte Carl sich beruhigt, doch wenn er die beiden bemerkte, was unweigerlich früher oder später geschehen würde, würden seine hasserfüllten Tiraden von vorn anfangen. Sie konnte ihn nicht verlassen. Doch sie konnte ihn auch nicht mehr lange ertragen.

Was, wenn sie tat, was Dermot noch nicht getan hatte und vielleicht niemals tun würde? Nur sie und er wussten, was an dem Tag geschehen war, als Carl Stacey Warren das DNP verkauft hatte. Wenn sie die ganze Geschichte einer Zeitung erzählte und wenn, zum Beispiel, der *Padding Express* sie druckte und an den *Evening Standard* weitergab? Dann würde die Story öffentliches Eigentum sein – nannte man das nicht so? –, genauso, als ob Dermot alles ausgeplaudert hätte. Auch wenn sie und nicht Dermot für das Erscheinen des Artikels verantwortlich sein würde, war die Wirkung dieselbe. Dermot würde keine Macht mehr über Carl haben. Seine umgekehrte Erpressung würde nicht mehr funktionieren. Dann würde er entweder wieder Miete zahlen oder ausziehen müssen. Carl konnte sogar Mietnachzahlungen einfordern und würde sie sicher bekommen. Und nachdem das erledigt war, konnte er Dermot kündigen.

Und was war mit ihr? Sie würde Carl beichten müssen, dass sie ihn, nun, verraten hatte. Vielleicht würde er sie nie mehr wiedersehen wollen, doch nach dem derzeitigen Stand der Dinge konnte sie so nicht mit ihm weiterleben. Sie ging zum Kühlschrank und öffnete den noch warmen Weißwein, den sie in der Church Street gekauft hatten – gut, nicht sie beide, sie, Nicola, hatte ihn gekauft. Carl hatte fast kein Geld mehr.

Sie schenkte den Wein ein und ging mit den Gläsern zu Carl, der hinten an einem Fenster stand und durch eine Barriere aus Laub, Geäst und Buchenhecken beobachtete, wie Sibyl die Rasenkante bearbeitete und Dermot offenbar in seinem Liegestuhl schlief.

Carl nahm sein Glas und kippte die Hälfte des Inhalts hinunter. So trank er in letzter Zeit immer. Nicola nippte an ihrem Wein, betrachtete den Mann, den sie noch liebte, und fragte sich, was sie tun sollte.

20

Dermot war nicht in Sybil verliebt, obwohl ihm einige ihrer Eigenschaften sehr gut gefielen. Sie erinnerte ihn an seine Mutter. Stets war sie beschäftigt und blieb nie lang sitzen – nur in der Kirche. Eine Frau sollte gläubig sein, dachte er nun. Frauen brauchten die Religion mehr als Männer. Obwohl Sybil viel Zeit in seiner Wohnung verbrachte, sah er sie nur selten zur Ruhe kommen. Waschmaschinen, Mikrowellen und Gefrierschränke lehnte sie ab. »Die sind etwas für faule Leute«, lautete ihr Urteil. Nachdem sie seine Wäsche mit der Hand gewaschen und eine Leine zum Aufhängen gespannt hatte, fing sie an zu stopfen. Selbst seine Mutter stopfte keine Socken mehr oder nähte Knöpfe an, obwohl er sich erinnerte, dass sie es für seinen Vater getan hatte, als er noch ein kleiner Junge gewesen war. Am Samstag und auch am Sonntag kochte Sybil das Abendessen für ihn, altmodische Gerichte, die er mochte: Roastbeef, Yorkshire Pudding und Kartoffelpastete. Bis jetzt hatte er nie ans Heiraten gedacht, doch vielleicht lag das auch daran, dass er noch nie einem Mädchen begegnet war, das als Ehefrau für ihn infrage gekommen wäre.

Was er an Sybil besonders mochte, war, dass sie noch nie ein irgendwie geartetes sexuelles Interesse an ihm gezeigt hatte. Er hatte angefangen, sie zu küssen, weil man das bei Mädchen eben so machte, allerdings nur auf die

Wange. Er hielt auch mit ihr Händchen, was ihr zu gefallen schien. Er wusste nicht, weil er es noch nie ausprobiert hatte, wie es sein mochte, mit ihr oder sonst jemandem eine sexuelle Beziehung zu haben. Allerdings war er überzeugt, dass er erst dann seinen ehelichen Pflichten würde nachkommen können, wenn sie verheiratet waren. Dann würde es richtig sein. Doch es war alles andere als richtig und würde scheitern, wenn er es vor der Ehe versuchte, denn das war unmoralisch.

Gerade dachte er darüber nach und nahm sich vor, Sybil einen Heiratsantrag zu machen, als Yvonne Weatherspoon mit Sophie in ihrem Katzenkorb in die Tierklinik kam.

»Ich weiß, ich habe keinen Termin«, sprudelte sie hervor. »Eigentlich fehlt ihr nichts, aber ich dachte, Caroline könnte ihr vielleicht ihre Spritzen gegen Würmer, Flöhe und so weiter geben, obwohl ich ein paar Wochen zu früh dran bin.«

»Möglicherweise hat Melissa Zeit. Ich erkundige mich.« Dermot tat es und erntete ein Aufseufzen und eine Zustimmung. Yvonne war eine ihrer anstrengenderen Kundinnen. Sie brauchte mehr Aufmerksamkeit als Sophie.

Yvonne holte Sophie aus dem Körbchen und kuschelte sie fest an sich.

»Lieber nicht«, warnte Dermot. »Uns ist letzte Woche eine Katze davongelaufen, als ein Kunde die Tür aufgemacht hat. Nur wenige Zentimeter weit, doch sie kennen ja Katzen.«

Ja, sie kannte Katzen. Sie waren hochintelligent, wunderschön und die Krönung der Schöpfung. Sehr widerstrebend verstaute Yvonne Sophie wieder in ihrem Körbchen. »Der böse Dermot ist ein richtiger Spielverderber. Wir wollen doch gestreichelt werden, oder?«

Dermot überlegte noch immer, wie er die Frage, die er Sybil stellen würde, formulieren sollte. Natürlich würde er es nicht sofort tun. Es war Dienstag, und sie trafen sich nur an den Wochenenden und am Freitagabend. Recht früh in ihrer Beziehung hatten sie festgestellt, dass sie sich in dieser Sache ziemlich einig waren. Sie arbeiteten beide hart, gingen früh zu Bett und standen früh auf. Wie anders sollten sie sonst ihren Job richtig erledigen? Die Wochenenden waren dazu da, sich zu entspannen (in seinem Fall) und um die liegen gebliebene Hausarbeit nachzuholen (in ihrem). Ja, dachte er, sie würde ihm eine gute Ehefrau sein. Eine gute altmodische Ehefrau, keine dieser post-impressionistischen, feministischen Partnerinnen, oder wie man sie sonst nannte. Würde er ihr einen Ring schenken müssen? Das war eine gründliche Überlegung wert. In den ersten Jahren konnten sie ja in der Wohnung leben. Dann würde er es vielleicht schaffen, in Winchmore Hill oder Oakwood ein Haus zu kaufen.

Nicola hatte die Webseite des *Paddington Express* entdeckt. Die Redaktion befand sich in Eastbourne Terrace, also in Laufnähe zu Falcon Mews. Als sie alle Kontaktdaten in der Hand hatte, erschien ihr ihr Plan plötzlich real. Sie konnte hingehen und um ein Gespräch mit dem Chefredakteur (oder dem Nachrichtenredakteur oder dem Lokalredakteur) bitten. Er oder sie würde sehr interessiert sein und aufzeichnen, was Nicola zu sagen hatte.

Vielleicht sogar mitstenografieren. Stenografierte man heute überhaupt noch? Man würde sie fragen, ob man einen Fotografen schicken dürfe. Dann würden sie herausfinden, dass Carl ahnungslos war. Er wusste nicht, dass sie ihnen von seiner Tat erzählt hatte. Also war es nicht so einfach, wie es ihr anfangs erschienen war. Stattdessen kam es ihr nun beinahe verräterisch vor. Wenn sie das tat, würde sie ihn verlieren. Das wäre das Ende.

Aber vielleicht musste sie ja nicht selbst in Erscheinung treten. Zumindest nicht persönlich. Sie konnte einen anonymen Brief schreiben. Es entsetzte Nicola, dass sie, die wirklich ein aufrichtiger und ehrlicher Mensch war, so etwas überhaupt in Erwägung ziehen konnte. Vielleicht dachten aufrichtige und ehrliche Menschen an so etwas nur als Gedankenspiel, taten es jedoch nicht. Natürlich taten sie es nicht. Wenn der Zeitpunkt da war, würde sie selbst hingehen und die ganze Wahrheit sagen. Einen anderen Weg gab es nicht. Die einzige Frage lautete, wann.

Yvonne Weatherspoon drapierte die mit weißer Schokolade überzogenen runden Butterkekse, die sie eigentlich nicht essen durfte, weshalb sie sich auf einen pro Tag beschränkte, auf einem ovalen Porzellanteller. Sie stellte den Teller auf ein Tablett, wo sich bereits die Kaffeekanne, zwei Tassen, ein Kännchen mit fettarmer Milch und zwei Tütchen Süßstoff befanden. Die Magermilch und die asketischen Süßstofftütchen waren der Ausgleich für die Kekse.

Gerade setzte Yvonne das Tablett auf dem Tisch neben

der offenen Terrassentür ab, als das Festnetztelefon läutete.

»Mrs Weatherspoon?«, fragte eine raue, ziemlich derbe Männerstimme. »Mrs Yvonne Weatherspoon?«

»Ja?«

»Wir haben Ihre Tochter. Momentan geht es ihr gut, und Sie bekommen sie zurück ...« – der Mann hielt inne, um mit jemandem zu sprechen –, »wenn Sie uns eine Menge Geld zahlen.«

Yvonne lachte. »Das ist wirklich amüsant, denn meine Tochter sitzt hier neben mir. Sie können mit ihr sprechen, falls Sie möchten.«

Abrupt wurde aufgelegt.

Yvonne und Elizabeth waren sich nur in wenigen Dingen einig, doch diese Situation war eines davon. Sie lachten beide, Elizabeth krümmte sich, Yvonne zeigte mehr Zurückhaltung. »Meinst du, wir müssen das der Polizei melden?«

»Ich glaube nicht«, erwiderte Elizabeth. »Schlafende Polizisten soll man nicht wecken.«

21

»Schenken Sie mir jetzt die Freiheit?«, benutzte Lizzie einen Satz aus einem Fernsehdrama über die Königshäuser des dreizehnten Jahrhunderts.

Sie fand, dass Scotty und der Rotschopf etwas verdattert wirkten, so als sei ihre Aktion nicht so ganz nach Plan gelaufen.

»Warum sollten wir das? Das war nicht deine Mum, und das hast du genau gewusst.« Der Rotschopf holte ihr einen Becher Wasser. »Wir müssen dich verlegen. Deshalb geben wir dir genug Pillen, um dich vierundzwanzig Stunden schachmatt zu setzen.« Ein leises Lächeln huschte über sein Gesicht. »Sag nicht, wir würden nicht gut auf dich aufpassen.«

»Könnten Sie mir die Hände bitte vorn fesseln?«, fragte sie, plötzlich verängstigt. »Bitte.«

Aber die Handschellen blieben, wo sie waren, und bald schienen die beiden Männer aufbruchbereit zu sein. Der Rotschopf hatte einen Koffer und eine Reisetasche in der Hand, Scotty ein Döschen, das vermutlich die Schlaftabletten enthielt. Er schüttelte sich nicht nur zwei, sondern gleich drei davon in die Handfläche und bedeutete ihr, den Kopf in den Nacken zu legen und den Mund aufzumachen.

Was ist die Höchstdosis, ab der es gefährlich wird?, dachte Lizzie. Doch sie öffnete den Mund, schluckte die

Tabletten und spülte sie mit dem restlichen Wasser im Becher hinunter.

Sie stützten sie und führten sie nach unten. Dabei unterhielten sie sich ärgerlich darüber, für wen sie sie gehalten hatten und was sie nun mit ihr machen sollten. Das Auto stand hinten vor einem Seiteneingang. Allmählich verlor Lizzie das Bewusstsein, torkelte die letzten Schritte und fragte sich benommen, wie viel Uhr es war – früh oder spät? –, als es wieder schwarz um sie wurde.

Als sie wieder zu sich kam, waren ihre Hände vor dem Leib gefesselt. Um ihre Füße hatte man fest ein Kabel gewickelt.

Während ihrer Gefangenschaft hatte sie einiges gelernt. Wenn man sich in seinem Körper wohlfühlte, nahm man ihn den Großteil der Zeit gar nicht wahr. Doch wenn Teile davon verschnürt waren und man immer steifer wurde, kamen die Schmerzen. Man fragte sich, ob es im Alter auch so sein würde. Nach dem Aufwachen war man nicht sofort klar im Kopf; lange Zeit war man schwach und benommen, und das Zimmer drehte sich um einen.

Um ihr Gewicht in Schach zu halten, hatte Lizzie schon seit Monaten, eigentlich seit Jahren, sehr sparsam gegessen. Deshalb hatte sie sich an kleine Mahlzeiten gewöhnt und nicht oft Hunger. Allerdings hatte sie in der Vergangenheit jeden Tag etwas zu sich genommen und so etwas noch nie erlebt. Der Hunger war wie ein Wesen, das sie verschlang. Obwohl sie wusste, dass es eine dumme Idee war, konnte sie nicht aufhören, an die Koch-künste ihrer Mutter zu denken, bis sie das Essen tatsäch-lich vor sich sah: die berühmten Zitronenbaisers, die saf-tige Lammkeule auf einem Bett von in Gänseschmalz gebratenen Kartoffeln, die Apfeltorte mit der Gitter-kruste. Bis jetzt hatte sie nicht gewusst, was es bedeu-tete, wenn einem das Wasser im Munde zusammenlief. Jetzt schon.

Es wunderte sie, dass sie ohne ein Bad oder eine Du-sche auskam. Sie hatte immer noch dieselben Sachen an, in denen Scotty und der Rotschopf sie entführt hatten. Ihr Körper in Staceys schwarzem Kleid, dessen weißer Spitzenbesatz inzwischen schmutzig und zerrissen war, stank wie ein kranker Hund, und ihr Haar fühlte sich an, als hätte man es in staubiger Erde begraben. Doch das kümmerte sie weniger als erwartet. Wenn sie schlecht roch, galt das auch für den Rotschopf und Scotty.

In dem neuen Versteck wurde sie allein gelassen und unter Drogen gesetzt und erhielt Wasser, wenn sie auf-wachte, jedoch nichts zu essen, bis auf eine Scheibe Weißbrot von einem vorgeschnittenen Laib und ein Stück Käse, jeweils morgens und abends. Wenn sie das Brot brachten, begleitete sie einer zur Toilette, knallte die Tür zu und wartete draußen. Wegen ihrer gefesselten Knöchel musste sie langsam hinterherschlurfen. Die bei-den redeten nicht mehr mit ihr.

Sie hatte keine Ahnung, wie viel Zeit vergangen war, als sie sie wieder nach unten brachten, ins Auto verfrach-teten und durch dunkle, kurvige Straßen zu ihrem nächs-ten Gefängnis fuhren.

Vor einem Jahr Ende Juli zu Beginn der Sommerferien, in denen die Kleinen ehrenamtlich von Müttern beaufsichtigt wurden, war Lizzie mit einem Freund oder Freunden irgendwohin in Urlaub gefahren. Das hatte sie wenigstens behauptet, doch man wusste ja nie, ob sie die Wahrheit sagte oder nicht.

So dachte zumindest Tom, ganz im Gegensatz zu Dot. Inzwischen glaubte Tom seiner Tochter fast kein Wort mehr, während Dot noch immer Vertrauen zu ihrer Tochter hatte. Mehr als das, obwohl sie natürlich auch ihrem Mann glaubte und vertraute. Wenn Tom sagte, dass Lizzie sich irgendwo in Cornwall oder am Mittelmeer aufhielt, war das eben so. Es ärgerte ihn zwar, dass seine Tochter einfach mit Freunden irgendwohin verschwand, ohne ihm oder ihrer Mutter Bescheid zu geben; Dorothy hingegen machte es zu schaffen.

»Sie ist erwachsen«, beharrte er. »Sie führt ihr eigenes Leben.«

»Ich wusste, dass du das sagen würdest. Selbstverständlich hast du recht, aber ich meine, sie hätte wenigstens anrufen können. Das ist doch nicht zu viel verlangt.«

»Aber du hast sie nie darum gebeten, oder? Vielleicht solltest du das tun. Vermutlich spielt es keine Rolle, aber es würde dich in Zukunft beruhigen, wenn du wüsstest, wo sie ist.«

»Oh, ich bin ganz ruhig. Ich mache mir keine Sorgen, sondern bin böse auf sie.«

Allerdings machte sie sich sehr wohl Sorgen, und er ebenfalls. Sie hätten offen zueinander sein können, doch das waren sie nie. Und so taten sie beide so, als sei Lizzie wohlauf und nur irgendwo unterwegs. Jeden Tag stießen jungen Mädchen hässliche Dinge zu, so stand es in den Zeitungen. Aber sie bemühten sich nach Kräften, diesen Gedanken beiseitezuschieben. Ihrer Lizzie würde nie etwas Schreckliches geschehen.

22

Es war zur Zwangsvorstellung geworden. Carl war klar, dass er sich verhielt wie ein besessener Liebhaber oder ein Mensch, der seinen Hass nicht loslassen konnte. Er beobachtete Dermot, wann immer sich die Gelegenheit ergab, und belauschte vor der Tür oben an der Treppe alles, was er von ihm hören konnte: seine Musik, seine Schritte, seine Telefonate und seine Gespräche mit Sybil Soames. Wenn Dermot sich der Tür näherte, rannte Carl die Treppe hinunter und versteckte sich in seinem Schlafzimmer.

Anfangs tat er das nur, wenn Nicola in der Arbeit war, doch mit der Zeit kümmerte er sich kaum noch darum. Sie wusste es ohnehin. Sie hatte ihm geraten, was er tun sollte, jedoch inzwischen damit aufgehört. Sie sagte, es sei zwecklos. Vermutlich würde irgendwann der Tag kommen, an dem sie genug von ihm hatte und ging. Es war ihm gleichgültig. Manchmal glaubte er, er würde es nicht einmal bemerken.

Ein- oder zweimal war er Dermot zur Arbeit gefolgt. Es wäre ihm egal gewesen, wenn Dermot sich umgedreht und ihn erkannt hätte. Doch er tat es nie. Carl beobachtete, wie Dermot die Tierklinik durch eine Hintertür betrat. Als drinnen die Lichter ansprangen, ging er weg.

Außerdem hatte er angefangen, Dermot zum Haus von Sybils Eltern zu folgen, wenn er sie abends nach Hause begleitete. Manchmal, wenn es regnete oder kühl war, rief Dermot ein Taxi für sie. Inzwischen konnte er sich Taxis mühelos leisten. Aber meistens machte er sich gegen halb zehn mit ihr zu Fuß auf den Weg. Sie hielten Händchen. Oder besser, Dermot hielt ihre Hand. Sie hätte nie gewagt, nach seiner zu greifen, dachte Carl.

Der Spaziergang dauerte etwa zwanzig Minuten, und sie nahmen stets denselben Weg: die Castellain Road hinunter, in die Clifton Gardens, über Maida Vale in die St John's Wood Road und von da aus nach Lisson Grove. Sie blieben immer auf den breiten Straßen und nutzten nie die Abkürzung über den Pfad am Kanal entlang. Obwohl er beleuchtet war, war es viel dunkler dort, ein Platz unter Bäumen, wie geschaffen für Liebespärchen. Mied Dermot ihn deshalb, wenn er mit Sybil unterwegs war? Weil der Pfad, abgeschieden und vor Blicken geschützt, ein Ort war, um sich zu küssen?

Nur, dass er auf dem Rückweg genau dort entlangging. Nachdem er Sybil auf die Wange geküsst und ihr nachgeblickt hatte, als sie das Haus betrat, drehte er sich um und nahm den schmalen Pfad, der über die Kanalbrücke und am düsteren Wasser vorbeiführte. Er schritt sehr langsam aus und blieb stehen, um in den funkelnden Kanal hinunterzuschauen.

Carl sah von der anderen Seite des Lisson Grove aus zu. In der Universität war er Mitglied der Theatergruppe gewesen. Der Höhepunkt im zweiten Jahr war die Aufführung von *Maß für Maß*. Ihm fiel eine Zeile, eher ein Ausdruck, ein: »Der Fürst der Finsternis.« Dermot mit seinen runden Schultern und dem langen dünnen Hals erinnerte ihn daran; in seiner dunklen Jacke und der in schwarzen Stiefeln steckenden Jeans wirkte er wie eine Gestalt aus dem Mittelalter. Unter der Brücke am Lisson Grove und der am Aberdeen Place gab es viele finstere Ecken, wo Fußwege in der Dunkelheit verschwanden.

Während Carl sich fragte, warum Dermot stets auf dem einen Weg zum Jerome Crescent ging und zurück den Fußpfad nahm, wunderte er sich auch über sich selbst. Aus welchem Grund verfolgte er Dermot? Wie brachte ihn das weiter? Er wusste es nicht. Es war wie ein Zwang.

Nicola verbrachte die Nacht bei ihren früheren Mitbewohnerinnen in ihrer alten WG. Carl saß in seinem dunklen Schlafzimmer, als er Dermot nach Hause kommen hörte. Inzwischen dachte er an fast nichts anderes mehr als an Dermot und selten auch an Sybil. Doch als er seinen Rucksack mit dem Fuß in die Ecke schob, bemerkte er, dass Nicola die Gans nicht herausgenommen hatte, um sie auf das Flurtischchen zu stellen.

Es war Sonntag. Dermot war mit Sybil und einigen anderen Leuten aus der Kirche zurückgekehrt. Carl beobachtete von oben, dass er die Haustür aufschloss und alle hereinbat. Es war wieder ein schöner Tag, Wölkchen an einem blauen Himmel und dazu jede Menge Sonnenschein. Außer Sybil waren noch zwei Frauen dabei. Alle trugen bunte Blümchenkleider. Das von Sybil hatte ein Muster aus rosafarbenen Kohlrosen auf schwarzem Untergrund. Die Tür fiel mit einem Knall zu.

Nicola war mit zweien ihrer ehemaligen Mitbewohnerinnen beim Brunch. Carl hatte vergessen, die Gans zu erwähnen. Egal. Es war nicht weiter wichtig. Es zählte nichts außer Dermot und vielleicht dem Geld.

Er ging ins Schlafzimmer, spähte aus dem Fenster und hoffte, dass Dermot und seine Gäste den Garten nicht betreten würden. Niemand war draußen, doch sobald er sich umdrehte, hörte er von unten Geräusche, als sie alle zu den Blumenbeeten hinausströmten. Gelächter wehte zu ihm hinauf. Sybil erschien mit einem Servierwagen, der Carls Vater gehört hatte. Er war mit Flaschen, Dosen, Imbissplatten und Chipstüten beladen. Alle fingen an zu essen und zu trinken. Sybil schlenderte zwischen ihnen umher und hielt die linke Hand hoch, um ihnen etwas zu zeigen. »Ich weiß, dass ihr sehr glücklich sein werdet«, sagte einer. Nicht etwa »ich hoffe«, sondern »ich weiß«.

Eine Verlobungsfeier. Carl wurde übel. Er ließ sich in einen Sessel sinken. »Er darf dich nicht sehen«, flüsterte er. »Wenn er dich sieht, wird er dich nach unten bitten. Er wird dir die gute Nachricht überbringen und dich einladen.«

Ganz leise, als ob alle ihn belauschten, schlich er ins Bad und trank kaltes Wasser aus dem Hahn.

Obwohl Nicola nicht erwähnt hatte, ob sie am Abend zurück sein würde, rechnete er mit ihr. Diese Leute machten sich zwar noch immer essend und trinkend in seinem Garten breit, doch Nicolas Anwesenheit wäre ein Trost für ihn gewesen. Er würde sie nach der Gans fragen – wollte sie sie wirklich behalten? Ihm war es einerlei, ob auf dem Flurtischchen ein Deko-Objekt stand oder nicht.

Er hatte weder zu Mittag noch sonst etwas gegessen, und es war kein Wein im Haus. In der Küche befanden sich noch ein halber Laib Brot und ein Stück Käse, übrig geblieben vom gestrigen Abendessen. Von Verzweiflung ergriffen, legte er sich aufs Bett und schlief ein. Irgendwann am Nachmittag oder am frühen Abend – es war noch hell – wurde er davon geweckt, dass die Festgäste nach Hause gingen. Er musste einräumen, dass sie nicht übermäßig laut waren. Doch im Moment hätte ihn das leiseste Geräusch gestört. Er stand auf und blickte ihnen nach.

Der Himmel hatte sich bewölkt, und ein Wind war aufgekommen. Die Äste der Bäume in Falcon Mews schwankten, und alle Blätter erbebten. Eine Amsel sang irgendwo ihr Lied, während eine Elster ihre monotonen Schreie ausstieß. Er griff nach seinem Telefon, aber der Akku war leer. Wenn Nicola nichts zu essen mitbrachte, würde er losgehen und sich selbst etwas kaufen müssen. Obwohl es Sonntag war, hatten die Läden in dieser Gegend lang geöffnet.

Als er den Rucksack anhob, verriet ihm sein Gewicht, dass die Gans noch darin steckte. Er beschloss, sie zu Tony's Treasury zurückzubringen und festzustellen, was er dafür bekommen konnte.

Er hörte Dermots und Sybils Schritte auf der Treppe. Er würde sie noch nicht nach Hause bringen, sondern sie irgendwohin zum Abendessen einladen. Vermutlich zu einem Imbiss in einem der Cafés in der Edgware Road, dachte Carl verächtlich. Heute Abend würde er ihnen nicht folgen. Nicola hatte ein wenig Geld in einer Jackentasche zurückgelassen: einen Zwanzigpfundschein und fünf Pfundmünzen. Er schrieb eine Notiz auf ein oranges Post-it von einem Block, den er in der anderen Jackentasche fand: *25 Pfund geliehen*. XX. Das würde reichen, um sich etwas Essbares zu besorgen, nur für den Fall, dass Tony sich weigern sollte, die grüne Gans zurückzukaufen.

Als er aus dem Haus trat, waren Dermot und Sybil verschwunden. Außer Mr Kaleejah und seinem Hund war niemand zu sehen. Er führte den Hund drei- oder viermal täglich Gassi. Das Tier hatte einen Gummiknochen im Maul. Carl schlenderte die Sutherland Avenue entlang, über Maida Vale in die Hall Road und von dort aus nach Lisson Grove, wo eine Menschenmenge aus der katholischen Kirche strömte. In der Church Street gab es einen Tesco, der noch geöffnet sein würde. Ganz im Gegensatz zu Tony's Treasury. Damit hatte Carl nicht gerechnet. Damit, dass Tony die Gans nicht zurücknehmen würde, schon, ja, das war möglich. Aber nicht damit, dass sein Laden geschlossen war. Allerdings hatte Tesco geöffnet, und draußen im Zeitungsständer steckten noch ein paar Sonntagszeitungen. Von Nicolas Geld kaufte Carl einen Laib Brot, ein Stück Cheddar, einen Schokoriegel und eine kleine Flasche Rosé.

Carl wollte ein Zusammentreffen mit Dermot vermeiden. Er glaubte nicht, dass sich Dermot in der Nähe des Kanals aufhalten würde. Nach seinem Abendessen mit Sybil würden sie auf dem kleinen Pfad, der in Lisson

Grove begann, zum Jerome Crescent zurückkehren. Deshalb entschied sich Carl für eine Strecke, die neu für ihn war, und zwar die nach Lisson Green, wo der Canal unter der Aberdeen-Place-Brücke hindurchfloss. Er bemerkte auch, dass man den Pfad von Lisson Grove aus sehen konnte, genau wie die Stelle, wo der Kanal auf dem Weg durch den Regent's Park unter der nächsten Brücke verschwand.

Er setzte sich auf eine Holzbank und aß etwas von dem Brot und dem Käse. Es wunderte ihn, dass er solchen Hunger hatte. Der Pfad blieb weiterhin menschenleer. Nach einer Weile ging er weiter zur Paveley Street. Als er sich dort nach einem Fußpfad umschaute, bemerkte er vor sich Dermot und Sybil, die am Jerome Crescent Sybils Haus betraten. Jetzt wird die Verlobungsfeier wohl fortgesetzt, dachte Carl höhnisch.

In einigen Fenstern von Sybils Häuserblock brannte Licht. Carl setzte sich auf den Stapel Backsteine. Er wusste nicht, warum. Ganz sicher wartete er nicht auf Dermot. Er begriff nicht, was ihn ständig hierherlockte, um zu beobachten, was Dermot so trieb, was die beiden so trieben. Als seien die beiden höchst interessante Menschen, deren Aktivitäten von größter Wichtigkeit gewesen wären – obwohl das genaue Gegenteil der Fall war.

Er stand auf, ging um den Block, umrundete Jerome Crescent und kehrte zurück. Während er hinschaute, wurde in einem, dann in einem anderen Fenster das Licht gelöscht. Als Dermot im Eingang erschien, versteckte Carl sich im dunklen Schatten. Doch Dermot trat in die

Dämmerung hinaus, überquerte die Straße und kam auf ihn zu.

»Aber hallo. Was führt Sie denn hierher?« Dermot klang überrascht.

»Ich muss Ihnen etwas zeigen«, erwiderte Carl. »Ich habe Ihnen ein Geschenk mitgebracht.«

»Das ist aber wirklich prima von Ihnen«, antwortete Dermot wie ein Internatsschüler von vor Hunderten von Jahren. »Zu meiner Verlobung, richtig?«

»Richtig.« Spontan beschloss Carl, ihm die Gans zu schenken. Er wusste nicht, weshalb er von einem Geschenk gesprochen hatte. Nichts als ein unerklärlicher Impuls. Er beugte sich über den Rucksack und fing an, den Reißverschluss aufzuziehen. Einen kurzen Moment, während Dermot, voller Vorfreude auf sein Geschenk, zusah, begann Carl, die Gans herauszuholen. Im nächsten Moment hob er den Rucksack so hoch er konnte und ließ ihn mit Wucht auf Dermots Schädel niedersausen. Er war größer als Dermot. Knochen knirschten.

Dermot stieß ein lang gezogenes, dumpfes Stöhnen aus. Es war das einzige Geräusch, das er von sich gab, als er auf dem Gehweg zusammensackte.

Carl achtete darauf, Dermot nicht zu berühren, als er sich über ihn beugte, um festzustellen, ob er noch atmete. Offenbar nicht. Dann griff Carl nach dem Rucksack. Er konnte kein Blut erkennen. Entweder lag es an der Dunkelheit, oder es war wirklich keines da. Er schulterte den Rucksack und schaute aus irgendeinem Grund zu den Fenstern hinauf, die erleuchtet gewesen waren. Beide waren noch dunkel, doch er bildete sich ein, hinter dem oberen eine leichte Bewegung wahrgenommen zu haben. Warum bin ich nicht schon früher auf diese Idee gekommen?, dachte er. Seit Monaten sehne ich mich schon verzweifelt danach, diese schreckliche Bedrohung, diese Last loszuwerden. Er empfand weder Schuld noch Bedauern. Nur Erleichterung.

Er ging los und den Pfad nach Lisson Grove hinauf. Es war ein Glück, dass er den Rucksack auf dem Rücken hatte, denn seine Hände zitterten so sehr, dass er unmöglich etwas hätte tragen können. Er erklomm den Hügel neben der katholischen Kirche, bog in die Lodge Road ein und marschierte neben den hohen Mauern über der Bahnlinie entlang. Das Gehen funktionierte wie auf Autopilot, seine Füße trugen ihn automatisch an einen sicheren Ort. Ein einsamer Radfahrer strampelte an ihm vorbei und überquerte die Park Road. Carl folgte ihm einen Pfad in die Grünanlage hinein. Die dicht belaubten Bäume am Kanalufer raschelten im Wind. Das Wasser war schwarz, reglos und glänzend.

Er nahm den Rucksack ab, öffnete ihn und holte die grüne Gans heraus. Er hatte etwas Dunkles an den Händen, konnte jedoch nicht ermitteln, ob es Blut war oder nicht. Er schaute sich um und hinauf ins leise raunende Blätterdach. Das Geäst, das die Straße entlang Regent's Park vor Blicken verbarg, war dicht und dunkel. Der Mann auf dem Fahrrad war verschwunden. Zweifellos war er schon weit weg und unterwegs nach Primrose Hill oder Camden Town. Carl kniete sich ans Kanalufer und warf den Rucksack ins Wasser. Er trieb einige Momente lang und ging dann mit einem schmatzenden Gluckern unter.

Etwa zwei Minuten lang verharrte er, die Gans in den Händen, auf den Knien. Dann rappelte er sich, so schwerfällig wie ein alter Mann, auf und tastete vergeblich in alle Richtungen nach etwas, an dem er sich festhalten konnte. Die Gans unter einen Arm geklemmt, machte er sich auf den Heimweg. Er ging die Park Road hinauf und beschloss, ohne genau zu wissen, warum, dass es besser war, die St John's Wood Road statt der Lodge Road zu nehmen.

Es begann zu regnen. Anfangs nieselte es nur, die Tropfen wurden vom Wind umhergeweht. Doch bald öffnete der Himmel seine Schleusen. Gut, dachte Carl. Der Regen würde Dermots Blut abwaschen, obwohl er ziemlich sicher war, dass sich die wenigen Spuren auf dem Rucksack befunden hatten. Er spürte, wie der Regen ihn umtoste und wie ihm das Wasser Arme und Beine hinunter lief. Auf einmal fühlte er sich nicht mehr leicht erhitzt, sondern fror erbärmlich. Eine gewaltige Erschöpfung bemächtigte sich seiner, eine Kraftlosigkeit von solcher Wucht, dass er ins Taumeln geriet.

Der Regen hatte die Passanten nach Hause gejagt. Die Sutherland Avenue war menschenleer, bis auf den Tesco-Supermarkt, wo abfahrende und ankommende Autos durch Pfützen schlitterten. Als er in die Castellain Road einbog und um die Ecke in die Mews stolperte, ertappte er sich bei der Furcht, Dermot könnte ihm hinter der Haustür auflauern, um wieder eine abfällige Bemerkung von sich zu geben. Dann fiel es ihm ein.

Kein Dermot. Niemals wieder. Doch Nicola war da. Sie öffnete die Tür, als er gerade den Schlüssel ins Schloss

stecken wollte. Sie warf einen Blick auf seine durch-
weichten Kleider, schlang die Arme um ihn und zog ihn
ins Haus, ohne zu fragen, warum er ihre grüne Gans mit
sich herumschleppte.

23

Sie wollten Lizzie wieder verlegen. Aus irgendeinem Grund waren sie sehr in Eile, verstauten Sachen in Taschen und Kartons und hatten vergessen, ihr die Tabletten zu verabreichen. Allerdings nützte das nicht viel – sie war noch immer an Händen und Füßen gefesselt –, aber wenigstens war sie klar im Kopf. Gleich fällt es ihnen ein, und dann betäuben sie mich wieder, dachte sie. Doch offenbar glaubten sie, dass sie die Tabletten schon geschluckt hatte, denn sie packten sie grob und schmerzhaft an den Armen, schleppten sie die Treppe hinunter und verfrachteten sie auf den Rücksitz ihres Autos. Obwohl es taghell war, war niemand in Sicht. Hätte sie jemand bemerkt, hätte man sie nur für eine Betrunkene gehalten und sich nicht weiter darum gekümmert.

Sie hatte keine Ahnung, wohin sie sie brachten, nur, dass es hier aussah wie auf dem Land mit großen Wiesen und hohen Bäumen. Lizzie kannte die Gegend nicht, aber offenbar vermuteten die Entführer, dass sie es tat, denn der Rotschopf stoppte am Straßenrand. Scotty stieg hinten ein und verband ihr die Augen mit einem Schal. Aus der Nähe stank er abscheulich, doch sicher roch sie auch nicht besser, denn in dem Moment, als sie noch sehen konnte, bemerkte sie, dass er zurückzuckte.

Da sie nun wieder klar im Kopf war, durchdachte sie ihre Lage, und das nicht zum ersten Mal. War es möglich, dass Swithin Campbell hinter der Entführung steckte?, fragte sie sich. War das überhaupt sein richtiger Name? Sie hatte ihn in Staceys Wohnung eingeladen und ihm weismachen wollen, dass sie wohlhabend war. Hatten er, der Rotschopf und Scotty sie mit Yvonnes Tochter verwechselt, die auch Elizabeth hieß? Und was würde aus ihr werden, da sie nun wussten, dass sie sie mit der anderen Elizabeth verwechselt hatten?

Sie fuhren weiter, ob übers platte Land oder durch Straßen, konnte sie nicht feststellen. Sie waren alle ausgestiegen und ein Stück weit einen Pfad hinaufgegangen, als sie glaubte, eine Chance zur Flucht zu haben. Doch ihre Knöchel waren noch immer gefesselt, und der erste unbeholfene Schritt sorgte dafür, dass sie auf dem Boden landete. Der Rotschopf zerrte sie grob hoch, und sobald sie eine Tür hinter sich hatten, schlug er sie heftig auf beide Wangen. Der Schal wurde abgerissen, und dann zerrten sie sie in ein kleines Zimmer in der obersten Etage.

Die meisten Menschen in Lizzies Alter hätten nicht versucht zu registrieren, in was für einer Art von Gebäude sie sich befanden. Sie hätten nur wahrgenommen, dass es alt und klein war, mehr aber auch nicht. Lizzie konnte nicht sagen, warum sie sich den Kopf mit all diesen Informationen vollstopfte. Was interessierte sie das? Doch vielleicht konnte dieses Wissen ja nützlich sein, wenn sie erst einmal draußen war. Falls ihr die Flucht gelang.

Sie stand von dem Bett auf, auf das die zwei sie geworfen hatten. Zum ersten Mal seit ihrer Entführung hellwach, humpelte sie zum Fenster.

Sie war in einem Häuschen, wie ihre Großmutter eines bewohnt hatte. Die kleinen Reihenhäuser oder Doppelhaushälften fanden sich – versteckt hinter Wohnblocks, hohen viktorianischen Reihenhäusern und frei stehenden Villen – in jeder Londoner Vorstadt. Einige wurden noch von einem alten, verwitweten Eigentümer bewohnt, andere von jungen Paaren gekauft, die sie renovierten und mit der neuesten Technik ausstatteten.

Wie Lizzie feststellte, hatte jemand aus der Generation ihrer Großmutter in diesem Häuschen gewohnt. Das erkannte sie an dem Einzelbett, der Daunenoberbett genannten Decke darauf, den beiden kleinen Lehnsesseln mit wie Doughnuts geformten Kissen auf den Sitzflächen und den zwanzig oder dreißig winzigen Dekorationsstücken auf dem Kaminsims: Porzellanhunde, eine Messingglocke, zwei gerahmte Fotos und eine Reihe nicht zu identifizierender Objekte. Sie dachte, dass diese alte Dame – denn es war eindeutig eine Frau – vermutlich gestorben war und das Haus einem Angehörigen hinterlassen hatte. Vielleicht dem Rotschopf oder Scottys Mutter. Und deshalb hatten sie hier Zutritt.

Das Fenster war groß, viel zu groß für das Häuschen. Obwohl es vor höchstens zehn Jahren eingebaut worden war, wirkte der Rahmen zusammengeschustert und morsch. Die Vorhänge, pinkfarbene Rosen auf einem blaugrünen Hintergrund, waren zugezogen. Lizzie öffnete sie und schaute auf etwas hinunter, das anscheinend ein öffentlicher Park war. Wie ihr klar wurde, befand sie sich irgendwo südlich der Themse, einem riesigen Bereich Londons, in dem sie sich kaum auskannte. Unter sich sah sie hohe Bäume, niedrigere Bäume und Büsche, Tennisplätze, Pfade, die sich zwischen Blumenbeeten hindurchschlängelten, und Spaziergänger. In den Bäumen wimmelte es von Vögeln: englische und auch diese grünen Sittiche, die inzwischen auch zu England gehörten und sich gut hier eingelebt hatten.

Morgen lassen sie mich frei, dachte sie und fühlte sich auf einmal viel glücklicher. Das weiß ich, auch wenn ich keine Ahnung habe, warum. Sie setzte sich in einen der beiden kleinen Lehnsessel und legte die gefesselten Beine auf den anderen. Mit Handschellen war es fast so einfach, einen Knoten in einem Seil zu lösen wie ohne, und sie hatte es innerhalb weniger Sekunden geschafft. Da jeden Moment jemand hereinkommen konnte, blieb sie, das Seil locker um die Knöchel geschlungen, sitzen und wartete. Tatsächlich erschien bald jemand. Es war der Rotschopf mit einem Teller Pommes und einer Dose Cola Light. Wortlos nahm er ihr die Handschellen ab, damit sie essen konnte. Ihre Knöchel würdigte er keines Blickes.

»Wo ist das Bad?«, fragte sie, als er gehen wollte.

»Unten. Aber ich bringe dich nicht hin.«

Früher hätte sie ihn angefleht oder sogar geweint. Jetzt nicht mehr. Sie dachte an die alte Frau, die hier gewohnt hatte, wartete, bis der Rotschopf fort war, und schaute dann unter dem Bett nach. Und da war er, ein Nachttopf aus Porzellan. Sie würde ihn benutzen und, was noch schlimmer war, stehen lassen müssen, damit sie ihn ausleerten. Die Alternative war, den Inhalt aus dem Fenster zu kippen. In einem Geschichtsbuch hatte sie gelesen, dass die Leute das früher in den Zeiten vor der Kanalisation so gemacht hatten.

Sie genoss es, zum ersten Mal seit Tagen die Hände frei zu haben, benutzte den Nachttopf und schob ihn wieder unters Bett, um ihn nicht ansehen zu müssen. Dann legte sie sich unter die Daunendecke und dachte über die alte Frau und die armen Leute nach, die vor gar nicht so langer Zeit Nachttöpfe verwendet und sich mit großen Keramikkrügen mit heißem Wasser abgeschleppt hatten, um Waschschüsseln zu füllen. Es war das erste Mal, dass sie sich mit etwas anderem als ihrer misslichen Lage beschäftigte. Aus unerklärlichen Gründen erschien es ihr nicht mehr als ein grauenhaftes Schicksal, mit fast leerem Magen über einem Nachttopf in einem stickigen Zimmer zu schlafen. Sie wusste, dass es irgendwann enden würde, bald würde es vorbei sein.

Gegen vier oder fünf Uhr morgens wurde sie von einem Knall geweckt. Draußen wurde es hell, und eine große Scheibe des Fensters in ihrem Zimmer war zerschmettert worden. Der Großteil der Scherben war auf ihrem Bett gelandet.

Lizzie stand auf und zog die Schuhe an, bevor sie zum Fenster ging. Glas knirschte unter ihren Füßen. Während sie dastand und nach unten spähte, hörte sie lautes Gepolter, als Scotty und der Rotschopf die Treppe hinunterrannten. Wenige Sekunden später erschienen sie, mit Taschen und Rucksäcken bepackt, vor dem Haus und hasteten die Straße hinauf zu ihrem Auto. Sie ließen sie im Stich.

Was hatte den Knall verursacht? Hatte jemand auf die Fensterscheibe geschossen? War etwas explodiert? Offenbar gingen Scotty und der Rotschopf davon aus. Lizzie war klar, dass sie sich trotz der frühen Stunde und Staceys besudeltem schwarz-weißem Kleid so schnell wie möglich aus dem Staub machen musste. Sie öffnete die Schranktür – nur sicherheitshalber, wie ihre Großmutter gesagt hätte. Drinnen hing nur eine wattierte Jacke, abgewetzt, violett, aber nicht verschmutzt. Sie hätte jedem X-Beliebigen gehören können, doch das spielte keine Rolle. Sie zog sie an.

Erst jetzt fiel ihr ein, dass sie weder Geld noch eine Fahrkarte für die öffentlichen Verkehrsmittel oder eine Kreditkarte besaß. Aber das kümmerte sie nicht. Nun zählte nur die Freiheit, und die hatte sie jetzt. Sie ging nach unten. Die Haustür war offen, und draußen war niemand zu sehen, bis auf einen jungen Mann, der einen Behälter auf Rädern einen Weg im Park entlangschob. Welche Richtung sie einschlug, war eigentlich nicht wichtig. Hauptsache, es war die entgegengesetzte von der, die Scotty und der Rotschopf genommen hatten.

Nun stellte sie fest, was das Fenster zertrümmert hatte. Die größte Taube, die ihr je untergekommen war, war geradewegs gegen die Scheibe geflogen und lag nun – eine schillernde blaue, grüne, goldene und braune Masse aus Federn – tot auf dem Gehweg.

»Ach, du armer Vogel«, sagte Lizzie, und Tränen traten ihr in die Augen. Sie bückte sich, hob die tote Taube auf, legte sie gleich hinter dem Tor des Parks ins Gras und bedeckte sie so gut sie konnte mit Laub.

Jeder Schritt in Staceys lächerlich hohen Hacken war eine Qual. Auf einem Straßenschild las sie die Postleitzahl SE13. Sie hatte keine Ahnung, wo das war, nur dass sie sich im Südosten von London befinden musste. Allerdings gab es hier vermutlich eine U-Bahnstation und sicher Busse. Nur dass die ihr ohne Fahrkarte, Kreditkarte und Geld nichts nützten.

Plötzlich hatte sie eine Idee, und sie schalt sich für ihre Dummheit, weil es ihr nicht schon früher eingefallen war. Das einzige Transportmittel, in dem man erst am Ende der Fahrt bezahlen musste, war ein Taxi.

24

Tom und Dot versuchten immer noch, sich keine Sorgen um Lizzie zu machen.

Dot war überzeugt, dass sie irgendwo im Urlaub war. Cornwall war die wahrscheinlichste Alternative, weil Lizzie jemanden kannte, dessen Eltern dort lebten. Tom hatte sich auf Barcelona eingeschossen, das bei jungen Leuten sehr beliebt war; er hatte sogar gelesen, dass die Besucherzahlen – früher etwa eine Million Touristen pro Jahr – sich in den letzten Jahren versiebenfacht hatten. Doch wieder war ein Tag vergangen, ohne dass Lizzie aufgetaucht wäre.

Am Wochenende standen sie etwa eine Stunde später auf als sonst, so wie sie es gehalten hatten, als Tom noch berufstätig gewesen war. Deshalb befand sich Dot zufällig am Sonntagmorgen um zwanzig nach acht am Schlafzimmerfenster und zog die Vorhänge auf, als ein schwarzes Taxi vor ihrem Haus hielt. Ein Mädchen, das sie zunächst nicht erkannte, stieg aus und rannte den Gartenweg hinauf. Sie war jung und hatte strähniges karamellfarbenes Haar. Über ihrem kurzen schwarz-weißen Kleid trug sie eine billige glänzende Steppjacke, die vermutlich von einem Wochenmarkt stammte. Selbst aus dieser Entfernung sah sie schmutzig aus. Sehr schmutzig.

Es war Lizzie.

Tom saß im Bett und trank den Tee, den Dot ihm ge-

194

bracht hatte. »Unsere Tochter steht vor der Tür«, teilte Dot ihm mit. Und dann benutzte sie einen Lieblingsausdruck ihrer Mutter. »Sie sieht aus, als hätte man sie rückwärts durch eine Hecke geschleift.«

Die Haustür öffnete sich, um eine Lizzie einzulassen, die sogar noch schmutziger war, als es von oben gewirkt hatte. »Mum, kannst du den Mann bezahlen?«, fragte sie. »Es ist schrecklich viel, aber ich habe kein Geld.«

»Wie viel?«

»Fünfunddreißig Pfund.«

»Ich glaube es nicht«, erwiderte Dot, obwohl sie das sehr wohl tat.

Im Haus versprach Lizzie, das Geld zurückzuzahlen. Doch zuerst müsste sie baden und sich die Haare waschen. Dot erkundigte sich nicht, wo sie gesteckt hatte oder warum sie verdreckt und bargeldlos war. Und Lizzie wiederum war sich nicht sicher, was sie ihren Eltern über ihr Erlebnis erzählen sollte.

In der Badewanne fasste sie einen Entschluss. Wenn sie ihren Eltern die Wahrheit sagte, würden sie nur ein Riesentheater veranstalten. Sicher würden sie die Polizei verständigen. Man würde ihr peinliche Fragen stellen, die sie nur schwer beantworten konnte. Zum Beispiel, warum sie in Staceys Wohnung gelebt, ihren Alkohol getrunken und ihre Kleider getragen hatte. Außerdem wurde sie den Gedanken nicht los, dass sie an ihrer Entführung nicht ganz unschuldig war. Hatte sie es nicht darauf angelegt, dass die Leute sie für eine andere hielten, die viel wohlhabender war, als es den Tatsachen entsprach? Inzwischen wollte sie nur noch in Ruhe gelassen werden, ihr eigenes Leben führen und die schreckliche Episode vergessen.

Obwohl es im Badezimmer dampfig und heiß war, erschauderte sie. Sie tauchte mit dem Kopf unter und massierte das Shampoo ein. Nein, im Moment wollte sie nichts weiter, als sich die Haare zu föhnen und sich ein wenig zu schminken. Da sie wusste, dass ihre Mutter einige ihrer alten Sachen aufbewahrt hatte, würde es nicht weiter schwierig sein, etwas Sauberes zum Anziehen zu finden. Sie würde ausgehen und ihre Freiheit genießen. Vielleicht ein Spaziergang durch Willesden. Sie konnte auch dem Beispiel ihres Vaters folgen und mit dem Bus herumfahren.

»Keine Erklärungen« war ein gutes Lebensmotto, beschloss sie. Es würde für alle Beteiligten viel einfacher sein, wenn niemand erfuhr, wo sie in den letzten Tagen gewesen war.

Sie griff nach dem widerlichen schwarz-weißen Kleid, knüllte es zusammen und nahm sich vor, es in den nächstbesten Mülleimer zu werfen.

Carl entschied, es niemandem zu verraten. Er schlief ein, sobald er im Bett lag, und wachte die ganze Nacht nicht auf.

Keine Träume, kein plötzliches Hochschrecken wegen einer grausigen Erkenntnis, keine Erinnerungen an das, was er getan hatte, die ihn in der warmen Dunkelheit überfielen. Als er am Vorabend nach Hause gekommen war, hatte Nicola ihm ein Glas Wasser und irgendein Heißgetränk gebracht, aber er hatte keines von beidem angerührt. Beim Aufwachen hatte er keine Ahnung, wie viel Uhr es war, nur, dass es Morgen sein musste, vielleicht sehr früher Morgen. Natürlich konnte es auch schon seit Stunden hell sein.

Das Läuten der Türglocke durchbrach die Stille. Dermots Glocke, hier unten ebenso gut zu hören wie in der Wohnung oben. Er würde nicht reagieren. Er war sicher, dass er es nicht würde ertragen können, über Dermot zu sprechen. Möglicherweise würde er ihn nie wieder erwähnen. Doch es läutete noch einmal, und Nicola machte auf. Da sie die Schlafzimmertür offen gelassen hatte, konnte er jedes ihrer Worte verstehen.

»Er wohnt im Obergeschoss. Am besten gehen Sie rauf und läuten oben an der Tür.«

Bestimmt die Polizei. Natürlich. Jemand hatte Dermots Leiche gefunden, und die Beamten hatten ermittelt, wo er wohnte. Nun waren sie hier, um sich nach ihm zu erkundigen und um seiner Ehefrau, Freundin, seinen Eltern oder welchen Angehörigen auch immer die Nachricht zu überbringen. Carl hörte ihre Schritte auf der Treppe. Dann läutete es an Dermots Wohnungstür. Carl drehte sich um und vergrub das Gesicht im Kissen. Er erinnerte sich an einen von Dermots Lieblingssprüchen, die er für so witzig gehalten hatte: »Kein Kommentar, lautete die wortreiche Antwort.«

Nicola hatte eine sehr klare und ziemlich hübsche Sprechstimme. Er belauschte, wie sie den Polizisten erzählte, Dermot könnte früher zur Arbeit gegangen sein. Sie berichtete ihnen von der Tierklinik und beschrieb ihnen den Weg. Es folgten einige Sätze, worauf Nicola

»Oh, nein!« ausrief. Da wusste er, dass sie ihr mitgeteilt hatten, Dermot sei tot.

Sie gingen. Die Haustür fiel zu, und Nicola kam ins Schlafzimmer.

»Ich habe es gehört.« Seine Stimme klang stumpf und brüchig, wie es nach allgemeiner Auffassung auch angemessen gewesen wäre.

»Sie haben keine Ahnung, wie es passiert ist. Oder sie haben es zumindest nicht verraten. Von Fremdverschulden war nicht die Rede. So nennen sie es doch immer, oder?«

»In der Zeitung, nehme ich an.«

»Er wurde in Jerome Crescent gefunden. Wirklich ein Schock, muss ich sagen. Ein plötzlicher Todesfall ist immer ein Schock, auch wenn man den Verstorbenen nicht sonderlich gemocht hat. Ich muss jetzt zur Arbeit. Aber wahrscheinlich werden sie wiederkommen. Sicher werden sie seine Wohnung durchsuchen wollen, wenigstens, wenn sie glauben, dass er unter verdächtigen Umständen gestorben ist. Redest du mit ihnen? Meiner Ansicht nach weißt du mehr über Dermot als jeder andere.«

Er lauschte, als sie ging. Ihre hohen Hacken auf der Treppe, die Pause, als sie nach ihrer Handtasche griff, das Knarzen der Haustür und dann das Klicken, wenn sie sie so leise wie möglich hinter sich schloss.

Carl nahm an, dass es Montagmorgen war. Er stand auf, trat in die Dusche, ohne abzuwarten, bis das Wasser warm wurde, und erschauderte unter dem kalten Guss. Jeans, Sweatshirt, Turnschuhe. Alles ganz normal, obwohl es ganz und gar nicht normal war, oder? Essen war unmöglich. Er würde nie wieder etwas herunterbringen. Als er sich auf dem Sofa seines Vaters ausstreckte, fragte er sich, warum er dieses Möbelstück noch immer als das von Dad betrachtete. Fast alles in diesem Haus stammte aus dem Besitz seines Vaters, und dennoch bezeichnete er Tische, Stühle und Betten nicht als seine. Nur dieses Sofa. Sicher wusste die Polizei inzwischen, dass Dermot getötet worden und dass sein Tod kein Unfall gewesen war. »Ermordet«, warum sprichst du es nicht aus?, dachte er. Doch das darfst du nicht tun, wenn sie kommen. Beantworte nur ihre Fragen.

Sein Mund und seine Kehle waren staubtrocken, ganz gleich, wie viel Wasser er auch trank. Dafür musste es einen Grund geben, aber welchen? Lange Zeit wartete er auf die Polizei. Vielleicht würden sie ja gar nicht kommen. Vielleicht vermuteten sie, Dermot sei Opfer eines Verkehrsunfalls geworden, und suchten nun nach dem schuldigen Autofahrer. Allerding war so etwas im schmalen, gewundenen Jerome Crescent ziemlich unwahrscheinlich.

Die Polizisten kamen um zehn vor eins, als Carl schon fast nicht mehr mit ihnen gerechnet hatte. Auf dem Weg zur Haustür sagte er sich vor, dass er nicht ungefragt mit ihnen reden, keine Meinung über Dermot äußern, sich nicht nach ihm erkundigen und vor allem weder von Mord noch von Dermot als dem »Ermordeten« sprechen durfte.

Sie eröffneten ihm recht schonungslos, was geschehen war, und hatten nur eine Frage, nämlich, ob sie Dermots Wohnung betreten dürften. Ein Grund wurde ihm nicht genannt. Würde er sich als Unschuldiger, der nichts weiter als Dermots Vermieter war, nicht erkundigen, ob sie mit Miss Soames gesprochen hätten? Ob sie wüssten, dass er verlobt gewesen sei? Sei sie bereits im Bilde? Oh, ja, sie würden sie noch benachrichtigen, erwiderte der Ältere der beiden. Carl gab ihnen den Schlüssel, und sie gingen nach oben.

Bis jetzt hatte Carl keinen Gedanken an Sybil verschwendet. Er malte sich aus, wie sie die Nachricht erhielt und begreifen musste, dass ihr zukünftiger Ehemann auf der Straße, mehr oder weniger vor ihrer eigenen Haustür, getötet worden war. Das war etwas, das die Zeitungen als »tragisches Ereignis« bezeichneten. Arme Sybil. Vielleicht hatte sie Dermot geliebt, war in ihn verliebt gewesen. Mach dich nicht lächerlich, schalt sich Carl. Reiß dich zusammen.

Die Polizisten kamen wieder nach unten. Der Jüngere hatte eine Aktentasche bei sich, die nach Carls Eindruck voller zu sein schien als vorhin beim Hinaufgehen. Papiere, Urkunden, irgendwelche Unterlagen? Das brauchte ihn nicht zu interessieren, hatte nichts mit ihm zu tun und konnte ihn nicht belasten. Der Ältere meinte, es könnte hilfreich sein, seine Telefonnummer zu haben, nur für den Fall, dass noch Fragen auftauchten. Carl gab sie ihm. Er begleitete die zwei zur Tür, ging ins Wohnzimmer und setzte sich. Nach dem, was er aus Kriminalromanen und Fernsehsendungen wusste, hätten sie sich eigentlich erkundigen müssen, wo er am Vorabend gewesen sei. Doch das hatten sie nicht. Offenbar nahmen sie an, dass zwischen ihm und Dermot nur das übliche Verhältnis zwischen Vermieter und Mieter bestanden hatte: eine distanzierte Geschäftsbeziehung. Der eine zahlte die Miete, der andere nahm sie in Empfang. Natürlich war es ganz und gar nicht so gewesen, aber wie sollten sie das ahnen?

Als er auf dem Wohnzimmersofa lag, hatte er nichts zu tun und fast nichts, um darüber nachzudenken. Nach einer Weile jedoch erfüllten Szenen des gestrigen Abends seinen Kopf: das dunkle Wasser des Kanals, sein Rucksack, der erst trieb und dann mit einem seltsam schmatzenden Geräusch unterging, die dicke, runde Gans, so grün wie das Gras und die Blätter der Eichen, die auf dem Flurtischchen stand und ihn stumm verhöhnte.

25

Nicola kam früher nach Hause, um kurz nach fünf, und brachte den *Evening Standard* mit. Carl hatte keine Lust darauf, die Einzelheiten zu lesen, betrachtete jedoch das Foto von Dermot – zu Lebzeiten natürlich, es gab kein Foto von ihm als Totem – und studierte dann den Artikel, um Nicola eine Freude zu machen.

Genauso wie nahezu alle in Maida Vale, die im Moment den Fall erörterten, wollte sie über das Ereignis sprechen. Warum sollte jemand Dermot umbringen wollen? Die allgemeine Auffassung lautete, um ihm sein Geld oder sogar sein Telefon zu stehlen. Fehlte sein Telefon? Das stand nicht in der Zeitung. Ein Mensch mit einer besonders blühenden Fantasie deutete an, ein ehemaliger Liebhaber von Sybil Soames sei eifersüchtig auf den neuen Verlobten gewesen und habe ihn getötet. Einige Einwohner von Falcon Mews, die nie zuvor ein Wort mit Carl gewechselt hatten, sprachen ihn auf der Straße an, als er und Nicola zum Essen gingen, und brachten zum Ausdruck, wie erstaunt, entsetzt, erschrocken oder fassungslos sie seien. Was für ein Schock für ihn und die junge Dame, sagte Mr Kaleejah, der heute schon zum dritten Mal seinen Hund spazieren führte. In der Umgebung der Elgin Avenue sei noch nie etwas Derartiges geschehen, merkte ein anderer an. Carl verbesserte ihn nicht mit dem Hinweis, die Tat habe überhaupt nicht in der Nähe der Elgin Avenue stattgefunden. Er lächelte und nickte nur. Nicola schüttelte den Kopf und bedankte sich bei den Leuten für ihre Anteilnahme.

Sie gingen ins Canal Café in der Edgware Road, wo sie Fish and Chips aßen und Bier tranken. Bald, dachte Carl, suche ich mir einen neuen Mieter und kann meine Rechnungen wieder selbst bezahlen.

Zwei Tage verstrichen, ohne dass die Polizei zurückkehrte. Sie rief auch nicht an. Die einzige Besucherin war Sybil. Carl wunderte sich nicht sonderlich, obwohl er genau genommen nicht damit gerechnet hatte. Was ihn jedoch erstaunte, war ihr Äußeres. Sie war in Trauerkleidung gehüllt: langer schwarzer Rock, große schwarze Umhängetasche, hochgeschlossene schwarze Bluse und schwarze Jacke. Auf dem Kopf hatte sie ein schwarzes Tuch wie eine Muslimin. Er wusste, dass er ihr sein Beileid ausdrücken musste, doch als er es tat, kamen die Worte nur stockend, und er geriet fast ins Stammeln.

Sie trat in den Flur. »Ja, es war eine Tragödie für mich«, erwiderte sie. »Ich werde nie darüber hinwegkommen.«

Er hielt es für angebracht, ihr einen Platz und etwas zu trinken anzubieten, und ihm fiel ein, dass sie keinen Alkohol anrührte. Allerdings erübrigten sich Stuhl und Orangensaft, denn sie ging sofort nach oben und öffnete mit dem Schlüssel, den Dermot ihr offenbar gegeben hatte, die Wohnungstür. Carl nahm an, dass sie ihre Sachen abholen wollte. Das war die wahrscheinlichste Erklärung, denn schließlich hatte sie viele Tage hier mit Dermot verbracht. Und tatsächlich kehrte sie etwa zehn

Minuten später, die schwarze Tasche vollgestopft mit offenbar schweren Gegenständen, zurück. Als sie die Tür öffnete, sagte sie – Carl fand das seltsam –, dass er sie sicher noch öfter wiedersehen würde.

Er wurde das Gefühl nicht los, dass das auch Dermots Worte hätten sein können.

Lizzie hatte es geschafft, den ganzen Tag ihrer Rückkehr hinter sich zu bringen, ohne ihren Eltern von ihrer Entführung zu erzählen. Sie war sicher, richtig gehandelt zu haben. Nun musste sie sich noch eine Ausrede für die Schule überlegen, in der sie arbeitete. Vermutlich war sie ihren Job los. Doch das war ihr ziemlich gleichgültig. Es kam überhaupt nicht infrage, dass sie denen die Wahrheit sagte.

Sie rief die Festnetznummer von Staceys Wohnung in Pinetree Court an. Elizabeth Weatherspoon war am Apparat. War sie bereits eingezogen? Als Lizzie fragte, ob sie vorbeikommen und ihre Handtasche abholen könne, die sie vor einigen Tagen vergessen habe, entgegnete Elizabeth, die Tasche befinde sich beim Hausmeister. Falls Lizzie wolle – sie klang, als zweifle sie daran –, werde sie sie in seinem Büro finden.

Lizzie wurde vom Hausmeister ausgesprochen kühl empfangen, aber sie bekam ihre Tasche. Ihr Telefon war noch darin, außerdem der Schlüssel zu ihrer eigenen Wohnung und auch noch etwas Geld, auch wenn sie sich nicht erinnern konnte, wie viel es gewesen war.

Sie kehrte in ihre Wohnung in der Iverson Road zurück. Sie war fest entschlossen, einen möglichst großen

Bogen um ihre Eltern zu machen, damit sie sie nicht mehr mit Fragen wegen ihres Verschwindens löcherten, aber dann rief ihre Mutter an. Eddy von Nebenan, wie die Milsoms ihn normalerweise nannten, habe eine Virusgrippe und müsse das Bett hüten. Auch der Mops sei krank, weshalb Eddys Mutter ihn zum Tierarzt bringen wolle.

»Warum tut sie es dann nicht?«

»Sie sagt, sie kann Eddy nicht allein lassen.«

»Er ist kein Baby, sondern ein erwachsener Mann«, entgegnete Lizzie.

»Das waren nicht meine Worte, sondern ihre. Dein Vater ist mit dem 7er-Bus irgendwo hingefahren, und ich habe einen Zahnarzttermin.«

»Jetzt sag nicht, du erwartest von mir, dass ich den verdammten Hund zum Tierarzt schleppe.«

»Eddy, dieses Dummerchen, ist in einem schrecklichen Zustand. Eva hat erzählt, er hätte geweint.«

Also setzte sich Lizzie in den Bus Nummer 6 und holte Brutus, den Mops, missmutig bei den Nachbarn ihrer Eltern ab. »Ich habe einen Termin mit jemandem vereinbart. Wegen der ganzen Tragödie habe ich vergessen, mit wem, aber das geht schon in Ordnung«, verkündete Eddys Mutter.

Lizzie hatte keine Ahnung, wovon sie redete.

»Ich bitte Sie nicht herein, um Eddy zu besuchen, denn er könnte noch ansteckend sein. Ich habe für Sie und Brutus ein Taxi bestellt.«

Das Taxi kam, und Lizzie stieg mit dem Hund in einem ziemlich protzigen Tragekorb ein.

In der Sutherland-Tierklinik saß die Tierärztin Melissa an der Rezeption und wirkte abgehetzt.

»Wo ist denn der Mann, der hier gearbeitet hat?«, fragte Lizzie.

»Dermot?«, erwiderte Melissa. »Haben Sie es noch nicht gehört? Es war ein schlimmer Schock: Er wurde ermordet.«

Lizzie fehlten die Worte.

»Entsetzlich, finden Sie nicht?«, fuhr Melissa fort. »Es klingt so gefühllos, so bald darüber zu sprechen, aber wir suchen händeringend einen Nachfolger für ihn. Wenn Sie jemanden kennen, sagen Sie uns doch Bescheid?«

Melissa ging mit Brutus in den Behandlungsraum, während Lizzie an der Rezeption wartete. Natürlich war es nicht ihr erster Besuch in der Klinik, denn sie war hier gewesen, um mit Dermot zu sprechen und sich die Telefonnummer der Weatherspoons zu beschaffen. Allerdings hatte sie damals kaum auf den Raum selbst geachtet. Jetzt fand sie, dass er ziemlich hübsch war. Ruhig, und anders als erwartet roch es hier auch nicht nach Hund. Hinter der Theke stand ein Bürostuhl, und da war auch der Computer, mit dem sie bereits Bekanntschaft gemacht hatte. In einer Ecke gab es einen Wasserspender, ganz sicher für Menschen, nicht für Hunde. An der Wand prangte ein Foto des aktuellen »Haustier des Monats«, einer dänischen Dogge, die im Regent's Park in den See gesprungen war, um den Teddy eines Kindes zu retten. Sicher war es nett, hier zu arbeiten, dachte Lizzie. Kein Vergleich damit, den halben Nachmittag lang einer Horde Fünfjähriger nachzujagen, worauf sie wirklich keine Lust mehr hatte.

206

Melissa kam mit Brutus zurück, teilte Lizzie mit, sie habe ihm ein Antibiotikum gegeben, und riet ihr, ihn warm zu halten.

»Dieser Job«, begann Lizzie. »Ich meine den früheren von Dermot ...« Sie zögerte. »Das soll heißen, ich will ja nicht aufdringlich sein, aber könnte ich ihn haben?«

»Tja, ich weiß nicht. Da muss ich erst Rücksprache mit Caroline halten.«

Lügen kamen Lizzie leicht über die Lippen. »Ich habe schon in zwei Tierarztpraxen am Empfang gearbeitet. Einmal in London und einmal in ...« Sie überlegte rasch. »Peterborough. Ich kenne mich aus.«

»Könnten Sie um drei wiederkommen? Dann hat Caroline Zeit für ein Gespräch mit Ihnen.«

Lizzie rief sich ein Taxi und dachte darüber nach, welche Referenzen sie fälschen und mit einem mühelos aus dem Internet gepflückten Namen unterschreiben musste. Wie um alles in der Welt hatten die Menschen in der Zeit vor dem World Wide Web überlebt?

Um drei ging sie von der Iverson Road aus zu Fuß in die Klinik. Sie hatte sich den Namen der Stadt, in der sie angeblich gearbeitet hatte, nicht notiert und ihn deshalb vergessen. Soweit sie noch wusste, fing er mit einem P an. Portsmouth, Pontypridd, Penge? Aber egal. Caroline interessierte sich nicht dafür und hakte auch nicht nach. Nachdem sie die von Lizzie gefälschten Referenzen gelesen hatte, fragte sie, wann sie denn anfangen könne. Was halten Sie von morgen?, antwortete Lizzie. So viel zur Schule und der Notwendigkeit, sich eine Ausrede für ihre Abwesenheit einfallen lassen zu müssen.

Auf dem Heimweg begegnete sie ihrem Vater, der gerade aus einem Bus stieg, und erzählte ihm, die Tierklinik habe sie über einen Headhunter abgeworben.

Frauen, die von Headhuntern empfohlen wurden, hatten es nicht mehr nötig, dass ihre Väter ihnen die Miete bezahlten, dachte Tom voller Hoffnung. Allerdings sagte Lizzie kein Wort über finanzielle Unabhängigkeit, sondern meinte nur, sie habe einen langen Tag hinter sich und müsse die Füße hochlegen.

26

In den Tagen nach dem Mord dachte Carl an fast nichts anderes mehr. Nur ein Psychopath, ein Auftragskiller oder vielleicht ein Soldat im Krieg konnte jemanden töten und die Tat verdrängen. So sehr er Dermot auch gehasst hatte, war es ihm dennoch unmöglich, eine abgeklärte Haltung zu dem Mord zu entwickeln. Wenn Dermot einfach umgezogen wäre oder geheiratet und sich mit Sybil irgendwo eine Eigentumswohnung gekauft hätte, wäre das eine um einiges zufriedenstellendere Lösung gewesen. Wirklich eine seltsame Vorstellung, dass Dermot durch seine Weigerung, die Miete zu bezahlen, seine eigene Ermordung buchstäblich herausgefordert hatte. Trotzdem konnte er nicht aufhören, täglich ununterbrochen darüber nachzugrübeln. Nicola wusste, wie sehr der Mord ihn gedanklich beschäftigte, und riet ihm, einen Schlussstrich zu ziehen.

»Du hast nichts damit zu tun«, meinte sie. »Ich will ja nicht sagen, dass du dich darüber freuen solltest. Natürlich nicht. Doch es hat eine Last von dir genommen. Du bist eine Sorge los.«

»So etwas möchte ich nicht einmal denken«, erwiderte er, sich seiner eigenen Heuchelei bewusst. »Es widerspricht doch sämtlichen moralischen Grundsätzen, wegen des Todes eines anderen Menschen erleichtert zu sein, insbesondere dann, wenn es ein gewaltsamer Tod war.«

In jener Nacht fingen die Träume an. Er hörte von oben ein Stöhnen, das immer lauter wurde und plötzlich abbrach. Als er die Treppe hinaufstieg, kam er nur langsam voran, weil eine unsichtbare Macht dafür sorgte, dass seine Füße bleischwer waren. Dennoch erreichte er endlich die oberste Etage und ging ins Wohnzimmer. Alles war still. Dermot lag auf dem Boden. Sein Gesicht und sein Kopf waren eine blutige Masse aus aufgeplatzter Haut und zersplitterten Knochen. Carl wollte weinen, brachte jedoch nur ein leises Wimmern heraus. Als er aufwachte, saß er aufrecht im Bett und wimmerte immer noch. Nicola fragte, was los sei. Er antwortete ihr nicht.

Er zwang sich, sich wieder hinzulegen und gleichmäßig durchzuatmen. Sie griff nach seiner Hand. Ich habe jemanden umgebracht, dachte er. Ich habe einen Mann ermordet. Das wird niemals verschwinden. Es wird mich für den Rest meines Lebens und auch noch danach begleiten. Falls es ein »Danach« gibt. Ich kann nichts unternehmen, um es loszuwerden, denn ich habe es getan, und nun ist es Teil meiner Vergangenheit.

Die Trauerfeier für Dermot am Tag seiner Beerdigung fand in einer der Kirchen statt, die er besucht hatte. Carl erfuhr erst davon, als Sybil mit zwei älteren Frauen bei ihm erschien und an der Tür läutete.

»Ich hätte selbst aufschließen können«, sagte sie. »Ich habe Dermots Schlüssel, aber ich wollte nicht unhöflich sein.«

Sie stellte die Frauen nicht vor. Die eine, die Dermot

sehr ähnlich sah, meinte: »Nett, Sie kennenzulernen. Ich bin Dermots Mum, und das ist seine Tante. Eigentlich müsste es ja ›ich war seine Mum‹ heißen. Wir gehen nach oben und helfen, seine Kleider und andere Sachen auszuräumen, falls Sie nichts dagegen haben.«

Genauso hatte Carl sich Dermots Mutter und Tante vorgestellt. Beide waren klein und gedrungen und trugen schwarze Strohhüte und schwarze Mäntel. Sybil hatte dieselben schwarzen Kleider an wie bei ihrem letzten Besuch; keinen Hut, sondern ein unter dem Kinn zugebundenes schwarzes Kopftuch. Die drei blieben über eine Stunde oben.

Für Carl war es unmöglich, sich zu entspannen, solange sie im Haus waren. Aber wie sollte er jetzt überhaupt noch an Entspannung denken? Er stand vor der schrecklichen Wahrheit, dass sich die Mutter des Mannes, den er ermordet hatte, in der oberen Etage seines Hauses aufhielt. Es war gleichzeitig unwirklich und wahr. Er fing wieder an, auf und ab zu tigern, ging hinauf und wieder hinunter, öffnete Türen, schloss sie, setzte sich, stand auf und tigerte weiter, genau wie damals, als ihm klar geworden war, dass Dermot die Miete zurückhalten würde.

Er fragte sich, ob er ihnen Tee kochen oder wenigstens welchen anbieten sollte, wenn sie herunterkamen. Die Vorstellung, sich mit ihnen zusammenzusetzen und über Dermot zu sprechen – worüber sollten sie sonst sprechen wollen? –, war so entsetzlich, dass er nach Luft schnappte. Als er ihre Schritte auf der Treppe hörte, trat er hinaus in die Vorhalle. Sie trugen alle Taschen, die offenbar Dermot gehört hatten. Die Taschen waren vollgestopft mit den Sachen, die Dermots Mutter erwähnt hatte. Carl fragte sich, wie viel davon sein Eigentum sein mochte, denn das traf auf fast die gesamte Einrichtung der Wohnung zu. Alles Erbstücke von seinem Vater. Doch das kümmerte ihn nicht.

Dermots Mutter fasste seinen größten Wunsch in deutliche Worte: »Wir gehen jetzt und lassen Sie in Ruhe.«

»Nett, Sie kennenzulernen«, fügte die Tante hinzu, und Sybil nickte, als wolle sie diese abgedroschene Phrase bestätigen. »Wir sehen uns bald«, ergänzte sie.

Durch das Fenster beobachtete er sie, wie sie durch Falcon Mews in Richtung U-Bahnstation oder vielleicht zur Bushaltestelle marschierten. Sie hatten keine offene Trauer gezeigt, nur stumpfe Schicksalsergebenheit. Carl wurde flau. Er fragte sich, ob es weitere Entwicklungen geben würde, noch mehr Besuche, polizeiliche Ermittlungen, Verwandte oder Freunde von Dermot, die plötzlich vor der Tür standen. Wenn ja, würde er sich dem stellen müssen. Eine Kleinigkeit verglichen damit, was er in den letzten Monaten durchgemacht hatte.

Jetzt bist du frei, sagte er sich. Du hattest ja nicht vor, ihn zu töten, zumindest anfangs nicht. Und als du es getan hast, hat niemand dich gesehen oder dich mit seinem Tod in Verbindung gebracht. Es ist vorbei. Halt dich daran fest.

Nicola kam früher als sonst nach Hause. Sie hatte zwei Tüten voller Lebensmittel bei sich: ein Brathähnchen, verschiedene Käsesorten, eine große Ananas und die Zutaten für einen ganz besonderen Salat. Der Wein, den sie gekauft hatte, würde geliefert werden, erklärte sie. Bis auf die Flasche Rosé, die sie gleich mitgebracht hatte.

»Bald habe ich wieder Geld«, erwiderte Carl. »Ich warte noch ein paar Wochen und inseriere dann die Wohnung. Diese Gegend ist so beliebt, dass ich sie sicher rasch loswerde.«

Sie schlang die Arme um ihn. »Es besteht kein Grund zur Eile, Liebling. Gedulde dich noch ein bisschen. Es würde ziemlich … nun, nicht nach mir und dir aussehen … irgendwie gierig. Wir könnten zuerst wegfahren. Du hast Erholung nötig, und ich habe noch einige Wochen Urlaub ausstehen.«

Am liebsten hätte er sie gebeten, ihn nicht daran zu erinnern, dass er weder Arbeit noch Geld hatte, doch er nahm sich zusammen. Vielleicht würde er bald wieder zu schreiben anfangen können. »Schauen wir mal«, antwortete er. »Ich würde jetzt gern essen gehen – um zu feiern.«

Sie machte sich los und starrte ihn an. »Was willst du denn feiern?«

»Keine Ahnung, warum ich das gesagt habe. Ich habe nicht richtig nachgedacht.« Er schilderte ihr den Besuch von Dermots Mutter und Tante an diesem Nachmittag. »Ich glaube, sie leben irgendwo im Norden. Sie haben riesige Tragetaschen voller Krimskrams mit zum Zug genommen.«

»Bestimmt warst du freundlich zu ihnen, Carl«, meinte sie. Allerdings verriet ihr Tonfall, dass sie eher an das Gegenteil glaubte.

Man konnte es zwar nicht als Streit bezeichnen, aber

dennoch war er gekränkt und verärgert. Nicola räumte die eingekauften Lebensmittel und Getränke weg und öffnete den Wein, der noch kalt vom Kühlschrank im Laden war. Als sie nebeneinander auf dem Sofa saßen, sagte sie: »Lass uns in eines der Bootcafés auf dem Kanal gehen. Das würde dein Gewissen nicht allzu sehr belasten, denn sie sind preiswert.«

Das Telefon läutete. Er wusste, dass es seine Mutter sein musste, sonst rief nämlich niemand die Festnetznummer an. Ihrem Erstaunen und Entsetzen über Dermots Ermordung hatte sie bereits Ausdruck verliehen. Diesmal wollte sie ihm von der Gürtelrose seiner Großmutter erzählen. Carl gab die angemessenen Geräusche von sich.

»Und jetzt zum Wichtigsten, Schatz: Ich habe einen Mieter für deine Wohnung. Bin ich nicht schlau? Die geborene Immobilienmaklerin, und ich verlange keine Gebühren.«

»Nein, Mum, noch nicht, es ist zu früh. Das heißt, danke, wirklich wunderbar. Aber ich möchte noch nicht vermieten.«

»Warum denn nicht, Schatz? Du brauchst die Miete, oder? Das hast du mir wenigstens gesagt.«

»Natürlich brauche ich sie. Doch ich kann noch ein paar Wochen warten. Du hast dieser Person nicht etwa erzählt, dass sie sie haben können?«

»Nein, selbstverständlich nicht. Übrigens ist es grässlich, dass du den Plural benutzt, wenn du den Singular meinst. Damit bist du nicht allein. Alle unter dreißig und sogar einige Ältere tun das.«

»Entschuldige, Mum«, erwiderte Carl. »Ich werde mir Mühe geben, kann dir aber nichts versprechen.«

Als Nicola fragte, worüber sie geredet hätten, erzählte er es ihr. »Du hattest völlig recht abzulehnen. Komm, wir gehen.«

Zuerst tranken sie noch ein Glas Rosé. Obwohl er sich über Nicolas Zustimmung freute, fragte er sich, warum er das Angebot seiner Mutter zurückgewiesen hatte.

»Warum war es richtig, dass ich Nein gesagt habe?«, erkundigte er sich bei Nicola, als sie durch die Mews schlenderten. »Allmählich bereue ich es.«

»Aus Pietät gegenüber Dermot. Ich weiß, dass er dir übel mitgespielt hat, aber er ist auf so tragische Weise gestorben. Jeder anständige Mensch würde Mitgefühl und, tja, Empörung empfinden. Du wolltest noch keinen neuen Mieter; du wolltest warten.«

Carl schwieg. Eigentlich war es nicht weiter wichtig, ob er sich noch ein paar Wochen in Geduld übte.

Am nächsten Tag ließ Sybil sich nicht blicken. Carl hoffte, dass sie mit ihren Eltern in den Urlaub gefahren war, obwohl die Ferienzeit anscheinend vorbei war und die meisten Leute wieder arbeiteten.

Während Nicola in seinem Bad duschte, ging er nach oben, um Dermots ehemaliges Badezimmer zu benutzen. Er stellte fest, dass der Raum voller Gegenstände war, die Sybil als »Toilettenartikel« bezeichnet hätte. Die Flaschen und Dosen stammten anscheinend aus kleinen Apotheken oder der Körperpflegeabteilung eines Supermarkts. Auch wenn sie sie nicht mehr haben wollte, brauchte sie sich nicht einzubilden, dass sie ihm damit die Wohnung zumüllen konnte. Als er überlegte, wie er sie bitten sollte, die Sachen abzuholen, wurde ihm klar, dass er ihre Telefonnummer nicht hatte. Er wusste zwar, wo sie wohnte, kannte aber weder ihre E-Mail- noch ihre Postadresse.

Gerade hatte er beschlossen, zum Jerome Crescent zu gehen und ihr einen Zettel unter der Tür durchzuschieben, als er ihre Schritte auf der Treppe hörte. Doch nun, als die Gelegenheit da war, war es ihm ziemlich peinlich, ihr zu gestehen, dass er gerade in Dermots ehemaligem Bad geduscht hatte. Er wartete und lauschte, und als er sie gehen hörte, war er sicher, dass sie nicht wiederkommen würde. Gewiss hatte sie nun alles erledigt, was sie in Dermots Wohnung geführt hatte. Er kehrte nach oben zurück und fand das Bad unverändert vor. Voll mit ihren Sachen. Was spielte es für eine Rolle, ob ein paar Flaschen Badeöl oder Beutelchen mit Billigshampoo hiergeblieben waren? Er würde sie einen oder zwei Tage liegen lassen und sie dann entsorgen.

Carl stellte fest, dass er Sybils Anwesenheit zunehmend spürte, obwohl er nicht wusste, warum. Am Samstagabend fragte Nicola, wie er darauf käme, dass Sybil im Haus sei. Doch er konnte es nicht erklären, er wusste es einfach. Nicola hatte nichts gehört. Aber sie räumte ein, dass er recht gehabt hatte, als sie Sybil am nächsten Morgen, das Gebetbuch in der Hand, durch die Mews zur Kirche gehen sah. Sie hatte die Nacht eindeutig oben verbracht. Wieder war es ein schöner sonniger Tag. Carl und Nicola machten einen Ausflug nach Hampstead Heath.

Carl war sich schmerzlich bewusst, dass jeder Bissen Essbares und jeder Tropfen eines Getränks noch immer mit Nicolas Geld bezahlt wurden.

Diese finanzielle Benachteiligung schien am Montagmorgen zu Ende zu sein, denn mit der Post kam ein Brief von Carls Agentin, in dem stand, eine Kurzgeschichte, die er vor drei Jahren geschrieben und längst vergessen hatte, solle im Radio vorgelesen werden, wofür er hundert Pfund erhalten würde.

Obwohl Susanna sich für die geringe Summe entschuldigte, fühlte sie sich für Carl wie ein Vermögen an. Einkommen aus seiner schriftstellerischen Tätigkeit! Anerkennung seines Talents! Ein wundervoller Start in den Tag, den er sich nicht von Sybils Schritten in klobigen Schuhen stören lassen wollte, die aus der obersten Etage zu hören waren. Also war sie immer noch nicht weg. Sie hatte zwei Nächte dort oben verbracht. Es war Zeit, ihr mitzuteilen, dass sie verschwinden und ihre Fläschchen und Döschen mitnehmen musste. Er marschierte nach oben und klopfte an die Tür.

Sie blickte ihn so ausdruckslos an, als habe sie ihn noch nie gesehen. Er stellte fest, dass sie keine Schuhe trug, sondern schwere braune Lederstiefel.

»Was wollen Sie?«

Nicht auf der Türschwelle herumstehen, dachte er.

»Könnte ich reinkommen?«

»Wenn Sie möchten.«

Er trat über die Schwelle. Sybil ließ die Tür offen. Sie trug noch immer Trauerkleidung, die vielleicht zum Dauerzustand werden würde.

»Ich will, dass Sie Ihre Sachen aus dem Bad entfernen«, begann er. »Wenn Sie nach Hause gehen.«

»Ich muss jetzt los zur Arbeit.«

»Ja, natürlich. Aber später müssen Sie wiederkommen und Ihre Sachen abholen.«

Sie nickte, eine bedeutungslose Geste. »Als Dermot und ich anfingen, einander den Hof zu machen, hat er mir gesagt, dass wir hier zusammenleben würden.«

Den Hof machen, der Ausdruck erschreckte ihn mehr als der Inhalt ihrer Worte. Er war noch nie jemandem begegnet, der ihn tatsächlich benutzte.

»Ja, es ist sehr traurig, was geschehen ist. Wir sehen uns später«, erwiderte er.

Durch das vordere Fenster beobachtete er, wie sie ging. Ihr Schritt hatte etwas Selbstsicheres, eine Vertrautheit mit der Umgebung, an sich, als habe sie ihr ganzes Leben hier verbracht. Ihm fiel ein, dass er gar nicht wusste, wo sie arbeitete oder was sie von Beruf war. Warum sollte ihn das auch interessieren? Heute Abend würde sie verschwunden sein, und er würde sie nie wiedersehen müssen.

Sybil kam vor Nicola nach Hause. Carl hätte es nicht bemerkt, wenn er nicht Ausschau nach ihr gehalten hätte. Er trat in die Vorhalle hinaus, als sie gerade ihren schweren Stiefel auf die unterste Stufe stellte.

»Sybil?« Hatte er sie je mit dem Namen angesprochen, der sicherlich ihr Taufnamen war? »Ich nehme an, Sie werden heute Abend nach Hause gehen. Vergessen Sie Ihre Sachen im Bad nicht.«

»Das hier ist mein Zuhause. Ich wohne hier«, entgegnete sie ruhig und geradeheraus.

»Nein, nein.« So nervös er auch sein mochte, er musste sie behandeln, als ob sie ein wenig geistesschwach sei. Ein Ausdruck seines Vaters, auch einer aus der Ära vor der Political Correctness. »Sie wohnen bei Ihren Eltern in Jerome Crescent. Und jetzt geben Sie mir den Schlüssel. Sie werden ihn nicht mehr brauchen.«

»Ich wohne hier«, antwortete sie. »Ich muss jetzt nach oben, ich habe Dinge zu erledigen.«

»Nein, Sybil. Das mit Dermot tut mir sehr leid, aber bald zieht ein neuer Mieter ein. Deshalb müssen Sie gehen, und darum brauche ich den Schlüssel.«

»Ich bin der neue Mieter«, erwiderte sie. »Ich habe Ihnen doch schon erklärt, dass Dermot gesagt hat, ich solle hier wohnen.« Plötzlich schlug sie den Tonfall einer völlig gesunden, fest entschlossenen Frau an, die genau wusste, was sie tat oder sagte. »Ich muss den Schlüssel behalten. Ich übernehme den Mietvertrag meines Verlobten.«

Er schwieg. Nicht zu fassen, dass er sie für ein naives Dummerchen gehalten hatte. Er ging ins Bad und übergab sich. Weil er den ganzen Tag nichts gegessen hatte, erbrach er nur gelbe Flüssigkeit.

Er war noch immer im Bad, als Nicola nach Hause kam. Inzwischen hatte er ein Stadium erreicht, in dem er sich ständig vor Augen halten musste, dass sie nichts von seinem Mord an Dermot ahnte. Wenn er manchmal darüber nachdachte, schien er sich daran zu erinnern, es ihr gebeichtet zu haben. Sie hatte ihm dann verziehen, darüber hinweggesehen oder sonst etwas in dieser Art.

Sie weiß es nicht. Halt dich dran, sagte er sich. Aber ich kann ihr von Sybil und von seinem Gespräch mit ihr erzählen. Ich muss sie fragen, was ich tun soll. »Sybil ist hier«, begann er. »Sie behauptet, sie sei die neue Mieterin. Sie rückt den Schlüssel nicht raus.«

»Sie muss aber. Droh ihr damit, dass du die Polizei holst, damit die sie rauswirft.«

»Das kann ich nicht.«

»Dann erledige ich das.«

»Nein.« Die Vorstellung, dass die Polizei hier erschien, bedeutete für ihn nur eines: Dermots Ermordung. Sie würden sich im Haus aufhalten und wissen, was dem früheren Mieter zugestoßen war. Sie würden Verdacht schöpfen. »Nein, Nic. Das können wir nicht. Wäre sie als neue Mieterin denn so schlimm? Immerhin ist sie zuverlässig und ruhig und führt ein geregeltes Leben. Ich weiß, dass ich jetzt wie eine altmodische Pensionswirtin klinge, aber sie wird keine Schwierigkeiten machen.«

»Ich höre mir das nicht an«, entgegnete Nicola.

»Oh, doch, das wirst du. Ich bin dafür, Sybil als neue Mieterin zu behalten. Das würde die Dinge vereinfachen. Es wird wieder Geld in die Kasse kommen. Sie wird allein sein und keine Herrenbekanntschaften mit nach Hause bringen.«

»Was ist denn in dich gefahren, Carl? Du bist ein junger Mann. Du denkst nicht so und redest auch nicht so daher.« Höhnisch fügte sie hinzu: »*Sie wird keine Herrenbekanntschaften mit nach Hause bringen. Sie wird keine Schwierigkeiten machen. Sie ist ruhig und zuverlässig.*« Sie wartete seine Antwort nicht ab. »Was ist nur los mit dir? Du musst sie rausschmeißen, und zwar sofort. Sie kann zurück zu ihren Eltern. Ich will sie nicht im Haus haben. Wir werden jemand anderen finden.«

Er schlug einen Ton an, den er nie für möglich gehalten hätte. »Das ist mein Haus. Ich entscheide, an wen ich vermiete, nicht du.«

Sie widersprach nicht und erbleichte. »Tut mir leid«, erwiderte sie. »Lass sie bleiben. Ich hoffe nur, dass du es nicht bereust.«

Sie hatte »du« und nicht »wir« gesagt. Was auch geschieht, dachte Carl, das ist der Anfang vom Ende unserer Beziehung.

27

Die meisten Tierhalter in der Klinik fanden sich mit Lizzies Anwesenheit ab, ohne Fragen zu stellen. Eine der wenigen Ausnahmen war Yvonne Weatherspoon, die sie als Freundin von Stacey kennengelernt hatte. Yvonne hatte Lizzie schon damals nicht gemocht, und daran hatte sich offenbar nicht viel geändert.

»Wo ist Dermot?«, fragte sie.

Lizzie wusste nicht, was sie antworten sollte. Yvonne musste doch davon gehört haben. Es hatte in sämtlichen Zeitungen gestanden und war sogar in den lokalen Fernsehnachrichten erwähnt worden. »Haben Sie es nicht im Fernsehen gesehen?«

»Was meinen Sie mit Fernsehen?«

»Nun, er wurde ermordet. Es kam im Fernsehen, und alle Zeitungen haben darüber berichtet. Sie haben noch immer keinen Täter.«

»Ich habe etwas über *einen* Dermot gesehen«, erwiderte Yvonne, »habe ihn aber nicht mit *unserem* Dermot in Verbindung gebracht. Mein Gott, wie schrecklich. Ich bin wirklich schockiert.« Sie wies auf die Insassin des Katzenkorbes. »Sophie spürt das. Du merkst es, oder? Auch für sie war es ein Schock, das arme Engelchen.« Sie hauchte Luftküsse durch die Gitterstäbe des Tragekorbs. »Ein böses Tier unten vom Hügel hat sie gekratzt, und ich glaube, die Wunde hat sich entzündet. Ich hoffe sehr, dass Caroline Zeit für sie hat. Wahrscheinlich hat Sophie Fieber.«

Diesmal hatte Caroline Zeit für Sophie und wollte sie dabehalten, um den Abszess aufzuschneiden. Ob Mrs Weatherspoon sie vielleicht hierlassen und sie um vier wieder abholen wolle? Von »wollen« konnte keine Rede sein, doch Yvonne blieb nichts anderes übrig.

Da die Klinik über Mittag für eine Stunde schloss, ging Lizzie über die Straße ins Sutherland Café, um sich ein Sandwich und eine Cola Light zu gönnen. Es fiel ihr noch immer schwer, allein stillzusitzen. Ihr Verstand trieb hinterhältige Spielchen mit ihr, und immer wieder erinnerte sie sich an die grauenhaften Tage, die sie so gern vergessen wollte.

Als sie wieder zu Hause gewesen war, hatte sie überlegt, ob sie Swithin Campbell anrufen und ihn mit ihrem Verdacht konfrontieren sollte, er stecke mit Scotty und dem Rotschopf unter einer Decke. Aber was würde passieren, wenn er sich als gefährlich entpuppte? Wahrscheinlich war es besser, die Dinge auf sich beruhen zu lassen und Scotty und den Rotschopf weit weg zu wissen.

Wenn sie nur einen klugen Menschen gekannt hätte, der ihr einen Rat geben konnte.

Als sie wieder in der Tierklinik war, verlief die Zeit bis vier ziemlich ereignislos. Im Operationssaal, einem kleinen Raum im hinteren Teil des Gebäudes, stach Caroline Sophies Abszess auf und legte sie bequem in ihren Transportkorb schlafen, bis Yvonne Weatherspoon sie abholen würde. Allerdings war es Yvonnes Sohn Gervaise, der um fünf nach vier in der Klinik erschien.

»Hallo, Gervaise«, sagte Lizzie. Sie war freudig überrascht, ihn zu sehen. Offenbar hatte er seine Reise nach Kambodscha, oder wo immer er auch hingewollt hatte, gestrichen. Oder war noch gar nicht abgefahren.

»Na, wenn das nicht die kleine Lizzie ist«, rief Gervaise Weatherspoon aus. »Was machst du denn hier?«

»Ich arbeite hier.«

»Wirklich? Das hat meine Mutter gar nicht erwähnt.« Caroline kam mit der noch immer im Transportkorb schlafenden Katze heraus. »Kann ich mit Kreditkarte bezahlen?«

»Natürlich. Das macht hundertachtzig Pfund.«

»Das muss ich bei meiner Mum wieder einfordern«, erwiderte er und sah noch einmal Lizzie an. »Lizzie, ich muss mich bei dir entschuldigen.«

»Wofür?«

Er steckte seine Karte ins Lesegerät. »Bei unserem letzten Treffen habe ich dir versprochen, dass du während meiner Abwesenheit in Staceys Wohnung wohnen kannst. Aber dann wollte meine Schwester die Wohnung, und du musstest vermutlich ausziehen.«

»Stimmt«, entgegnete Lizzie. »Aber das ist Schnee von gestern.« Seine Worte hatten sie auf eine Idee gebracht. »Darf ich dich etwas fragen?«

»Klar doch.«

»Ich brauche einen Rat.«

Gervaise wirkte interessiert, womit Lizzie auch mehr oder weniger gerechnet hatte. »Okay«, sagte er. »Treffen wir uns im Café gegenüber, wenn du hier fertig bist? Ich muss zuerst dieses Tier nach Hause schaffen.«

Am nächsten Morgen beobachtete Carl Sybil im Garten, wo sie, bevor sie zur Arbeit musste, die wenigen Unkräuter auszupfte, denen sie gestattet hatte, dort Wurzeln zu schlagen, und welke Blüten von Blumen abschnitt, deren Namen er nicht kannte.

Wahrscheinlich war sie irgendwo Putzfrau, dachte er. So sah sie nämlich aus. Vielleicht würde sie ja auch bei ihm putzen. Möglicherweise war sie im Dekorieren ja genauso gut wie im Gärtnern. Allmählich hatte er den Eindruck, dass es eine weise Entscheidung gewesen war, sie nicht vor die Tür zu setzen.

Er musste ein Mietbuch für sie besorgen, etwas, das er bei Dermot nie getan hatte. Es war offizieller so. Außerdem würde er einen neuen Vertrag aufsetzen und ihn von Nicola bezeugen lassen. Eigentlich hatte er gehofft, die Miete erhöhen zu können, doch nun wurde ihm klar, dass das wohl kaum möglich war. Sybil verdiente sicher nicht sehr viel, zehn Pfund waren, wie er gehört hatte, der gängige Putzfrauenlohn. Nein, er würde die Miete bei dem Betrag belassen, den Dermot in den letzten Monaten bezahlt – oder nicht bezahlt – hatte.

Also setzte er sich an seinen Laptop und verfasste eine Art Vertrag, laut dem Sybil Soames eintausendzweihundert Pfund pro Kalendermonat – eine hübsche Formulierung, Kalendermonat – an Carl Martin zu zahlen hatte, und zwar für eine Zweizimmerwohnung in Falcon Mews 11, London W9. Die Unterzeichnung würde hier unten in seinem Wohnzimmer stattfinden. Wenn Nicola von der Arbeit nach Hause kam, ging sie normalerweise sofort nach oben ins Schlafzimmer, um Jeans und T-Shirt anzuziehen. Danach würden er und Sybil das Dokument unterschreiben.

Er fragte sich, warum er die Sache so gewichtig und formell behandelte. Dermots Vertrag war er viel lockerer angegangen. Seine Mutter hatte gesagt, er könne inzwischen viel mehr als zwölfhundert pro Monat verlangen, doch er hatte abgelehnt. Sie hatte angenommen, dass er nur großzügig sein wolle und dass es für ihn Wucher sei, mehr Miete einzufordern. Niemand wusste – und niemand würde es je erfahren –, dass er beim bloßen Gedanken erschauderte, vom Tod eines Mannes, den er ermordet hatte, auch noch zu profitieren.

Sybil kehrte um fünf zurück. Ihre Schuhe schlappten, als sie die Treppe hinaufstieg. Knapp eine Stunde später erschien Nicola. Sie brachte einen Korb Erdbeeren, einen Behälter Sahne und einen Strauß rosafarbener und violetter Blumen mit, die ihrer Aussage nach Zinnien hießen. Carl zeigte ihr den Vertrag.

Sie nickte. »Also willst du die Sache durchziehen?«

»Du fandest auch, dass es eine gute Idee war.«

»Ich denke nicht, Carl. Wie du gesagt hast, steht mir ein Urteil nicht zu. Es ist dein Haus.«

»Nun, wirst du bezeugen, dass Sybil und ich diesen Vertrag unterzeichnet haben?«

»Wenn du das möchtest.«

Sie ging nach oben in ihr Schlafzimmer, um sich umzuziehen. Der Anfang vom Ende ihrer Beziehung, hatte er nach ihrem Streit gedacht. Doch die Krise war vorbei, und vielleicht würde es nicht zu einem Ende kommen. Das hoffte er wenigstens. Er griff zum Telefon und wählte Dermots Nummer. Er konnte sie noch immer nicht als die von Sybil betrachten.

»Können Sie nicht raufkommen?«, fragte sie.

»Kann ich schon, wenn Ihnen das besser passt.«

Als er auf dem Weg an seiner Schlafzimmertür vorbeikam, rief er Nicola zu, er brauche sie in wenigen Minuten in Sybils Wohnung und werde sich dann melden. Es war ein heißer Tag. Stickige Schwüle hatte sich auf dem Treppenabsatz angestaut. Carl brach im Gesicht und auf der Oberlippe der Schweiß aus, als er die Stufen hinaufstieg. Er hatte eine starke und eigentlich grundlose böse Vorahnung.

Sybil öffnete die Tür, noch ehe er sie erreicht hatte, und blieb dahinter stehen. Sie trug ein blassrosafarbenes Kleid, das über und über mit geometrischen Formen gemustert war. Ihre Arme und Schultern waren nackt.

»Es ist sehr heiß hier oben«, stellte er fest, als er sich in ihrem noch stickigeren Wohnzimmer befand. »Möchten Sie nicht die Fenster aufmachen?«

»Ich öffne nie Fenster«, erwiderte sie. »Dann kommen Insekten herein.«

Inzwischen war er in Schweiß gebadet. »Darf ich mich setzen?«

»Fühlen Sie sich wie zu Hause«, antwortete sie.

Das ist doch lächerlich, dachte er. Das hier ist *mein* Haus. Er entfaltete das Blatt Papier, auf das er den Vertrag getippt hatte, und legte es auf den runden Tisch. Sie blieb stehen. »Ich habe den Mietvertrag hier. Wollen Sie ihn lesen?«

Sie setzte sich immer noch nicht, sondern warf nur einen kurzen Blick auf den Vertrag. »Ich brauche ihn nicht zu lesen. Ich habe Ihnen doch gesagt, dass ich hier wohne. Dermot wollte das so.«

»Ja, mag sein. Aber Sie müssen mir trotzdem Miete bezahlen.«

Sie schüttelte heftig den Kopf. »Ich bezahle keine Miete. Warum sollte ich? Ich habe bereits gesagt, dass ich hier wohne.«

Der Schweiß rann ihm vom Gesicht wie Tränen. »Ich glaube, Sie verstehen mich nicht richtig. Wenn man Räumlichkeiten in einer Immobilie bewohnt, die jemand anderem gehört, muss man dafür zahlen. Darum geht es in diesem Vertrag. Ich rufe Nicola als Zeugin, falls Sie wissen, was das bedeutet. Dann unterschreiben Sie, ich unterschreibe, sie sieht dabei zu und unterschreibt ebenfalls. Okay?«

»Nein«, entgegnete sie. »Es ist nicht okay. Ich habe das Geld nicht. Ich arbeite bei Lidl an der Kasse.«

»Tja, das tut mir leid, doch das heißt, dass Sie ausziehen müssen. Sie können nicht mietfrei hier wohnen.«

Wieder fing sie mit ihrem grässlichen Kopfgeschüttel an. »Ich bleibe hier, genau wie Dermot. Er hat nie Miete bezahlt, keinen Penny, und das werde ich auch nicht tun. Das hier ist jetzt mein Zuhause.«

»Nein, ist es nicht, Sybil. Wenn Sie nicht ausziehen, muss ich die Polizei verständigen, damit die Sie vor die Tür setzt.«

Sie trat einen Schritt auf ihn zu, und ein tückischer Ausdruck – eine Mischung aus Verschlagenheit und einem leichten Lächeln – breitete sich auf ihrem Gesicht aus. »Ich habe gesehen, wie Sie Dermot mit dieser Tasche geschlagen haben, die Sie immer bei sich haben«, sagte sie. »Offenbar war etwas Schweres darin. Ich war in meinem Zimmer und habe Sie vom Fenster aus beobachtet. Er lag einfach da. Ich bin ins Bett gegangen. Am nächsten Morgen war er immer noch da. Ich bin um fünf raus und habe ihn gefunden. Sie haben ihn umgebracht wie ein Mörder im Fernsehen.«

Carl starrte sie an.

»Wenn Sie mich zwingen auszuziehen, verrate ich alles der Polizei. Ich habe mich nicht früher an sie gewendet, weil ich schon immer eine eigene Wohnung ohne meine Eltern haben wollte, mir aber keine leisten konnte. Jetzt habe ich diese Wohnung, und ich muss überhaupt keine Miete zahlen.«

Wenn etwas Schreckliches geschah, benutzten die Leute gern den Ausdruck, es sei ein Albtraum gewesen. Carl befand sich in einem Zustand, der schlimmer war als ein Albtraum. Ein Grauen, das nur erträglich wurde, weil er wusste, dass er aufwachen würde. Er hatte keine Kraft mehr zu sprechen, was sie sehr wohl bemerkte. Sie beobachtete ihn eindringlich, nicht gerade mit einem Lächeln, sondern mit ruhiger, selbstzufriedener Miene.

»Ich bereite Ihnen keine Schwierigkeiten«, sagte sie. »Ich zahle für Strom und Gas, da brauchen Sie sich keine Sorgen zu machen. Und ich kümmere mich um den Garten, das kostet Sie keinen Penny.«

Noch immer brachte Carl keinen Ton heraus. Als er aufstand und ging, taumelte er ein wenig. Nicola war unten und beschäftigte sich in der Küche. Vielleicht kochte sie ja etwas. Die Blumen, die sie gekauft hatte, standen in einer Vase auf dem Fensterbrett – pinke und malvenfarbige steifblättrige Gänseblümchen. Wenn in Filmen jemand in Rage oder Verzweiflung geriet, nahm er – es war immer ein Mann – die Blumenvase und schleuderte sie gegen die Wand. Carl sah die Blumen an, legte sich auf den Boden und schlug die Hände vors Gesicht. Nicola kam mit den Erdbeeren in einer Schale und einem Krug Sahne herein.

»Oh, Carl, Liebling, was ist passiert?«

Er hob den Kopf und rappelte sich mühsam auf. Er konnte es ihr nicht sagen. Er konnte ihr nicht beichten, dass er ein Mörder war. Er konnte ihr gar nichts erzählen.

28

Als Lizzie die Klinik verließ, war es draußen noch warm. An den Tischen vor dem Café saßen Menschen, Gervaise unter ihnen. Sie nahm neben ihm Platz. »Was hättest du gern? Kaffee? Tee?«, erkundigte er sich.

»Meinst du, die haben hier ... äh, Alkohol?«

»In diesem Land«, erwiderte er, »bezweifle ich, dass ein Lokal existiert, wo es keinen gibt.«

Er behielt recht. Sie bat um Weißwein, die Sorte spielte keine Rolle. Dass er eine Tasse Tee bestellte, erschien ihr wie ein Tadel. Es wäre ihr viel lieber gewesen, wenn er auch Wein getrunken hätte.

»Du wolltest mich um Rat fragen«, begann er. »Worum geht es denn?«

»Nun, es ist vor einer Woche passiert, aber ich habe noch mit niemandem darüber gesprochen. Beinahe hätte ich es meinen Eltern anvertraut, doch dann dachte ich, dass sie die Polizei verständigen würden. Und die hätte mir Fragen gestellt – Fragen, die ich nicht beantworten wollte.«

»Was für Fragen könnten denn das gewesen sein?«

»Oh, tja, egal. Nicht weiter wichtig. Soll ich dir schildern, was geschehen ist?«

»Das ist ja Sinn und Zweck der Übung, oder?«

Sie berichtete ihm alles, angefangen bei der Begegnung

mit dem sogenannten Swithin Campbell und der Verabredung, er werde sie in Pinetree Court abholen. Sie erklärte, Swithin habe sie sicher für reich gehalten und Scotty und den Rotschopf damit beauftragt, sie zu entführen.

»Hat deine Mutter dir nicht gesagt, ein Mann habe angerufen und Lösegeld für ihre Tochter verlangt?«, meinte sie.

»Hätte sie das denn tun sollen?« Er wirkte beinahe amüsiert.

»Ich dachte, vielleicht hätte sie das. Jedenfalls haben die was verwechselt. Wir heißen beide Elizabeth, verstehst du? Und deshalb haben sie geglaubt, ich wäre die Reiche. Sie haben mich an verschiedene Orte verschleppt, mir Handschellen angelegt und mich geknebelt. Ich hatte keine Ahnung, wo ich war, jedenfalls nirgendwo, wo ich mich auskannte. Sie haben mir Brot und Wasser gegeben wie im Gefängnis. Schließlich haben sie mich in den Süden von London gebracht. Und während ich dort war, ist eine wunderschöne, riesengroße Taube ins Fenster geflogen und hat die Scheibe zerschmettert. Die schrecklichen Männer, die mich gefangen gehalten haben, sind weggelaufen und haben mich zurückgelassen. Wahrscheinlich dachten sie, dass die Polizei das Haus stürmt. Ich bin raus und mit einem Taxi zu meinen Eltern gefahren. So, jetzt weißt du Bescheid.«

Lizzie trank genüsslich einen großen Schluck Wein und nahm eine der beiden Pralinen von dem Glasteller, die die Kellnerin ihnen mit ihren Getränken serviert hatte. »Was soll ich deiner Ansicht nach jetzt tun?«

»Ich erinnere mich an die Zeit, als wir Kinder waren und deine Eltern neben denen von Stacey in Willesden gewohnt haben. Weißt du noch?«, fragte er.

»Natürlich. Aber was hat das mit der Sache zu tun?«

»Du bist zum Spielen zu Stacey gekommen und hast geschwindelt, dass sich die Balken bogen. So nannte man das damals. Erinnerst du dich auch noch daran?«

»Ich habe keine Ahnung, worauf du hinauswillst.«

»Oh, doch, Lizzie. Einmal war ich auch dabei, und dein Dad hat dich abgeholt. Ich habe gehört, wie er Staceys Mutter fragte, ob du – ich zitiere – wieder mal wie üblich Ammenmärchen erzählt hast. Die englische Sprache hat viele Wörter für ›lügen‹.«

»Ich habe nicht gelogen. Nicht jetzt. Es ist alles wahr«, protestierte Lizzie und dachte daran, welche Ängste sie ausgestanden hatte.

»Jeder, der dich nicht kennt«, erwiderte Gervaise, »würde dir die Geschichte vielleicht abkaufen, insbesondere wenn du die Stelle mit dem Zaubervogel weglässt.« Er hielt inne und lächelte sie an. »Das war nur ein kleiner Rat. Und den wolltest du doch von mir. Wenn du das nächste Mal mit dieser Geschichte anfängst, lass den Vogel weg.« Er ging hinein, um die Rechnung zu bezahlen.

Lizzie stand auf und marschierte in entgegengesetzter Richtung davon nach Maida Vale. Sie hatte diese Familie noch nie gemocht. Das lag nicht nur an Yvonne Weatherspoon, sie waren alle gleich. Wenn sie ehrlich mit sich war, hatte sie Mr Besserwisser Gervaise nur um Rat gefragt, weil sie auf ihn stand.

Tja, aus und vorbei. Da niemand ihr glaubte, war es wohl das Beste, wenn sie das ganze Erlebnis einfach vergaß. Es war eine Verwechslung, und sie war nicht gemeint gewesen. Sie hatte sich gefragt, ob sie die andere Elizabeth vor den beiden Männern warnen sollte. Aber inzwischen war es ihr gleichgültig. Sollte Elizabeth Weatherspoon doch auf sich selbst aufpassen.

Außerdem hatte Lizzie an diesem Abend eine Verabredung mit einem wirklich netten Mann, dem sie begegnet war, als er seinen Kongo-Terrier in die Tierklinik gebracht hatte. Nur auf einen Drink, doch vielleicht würde das zu größeren Dingen führen. Während sie auf den Bus Nummer 98 wartete, überlegte sie, welches von Staceys Kleidern sie zum Date anziehen sollte.

Tom saß ebenfalls im Bus – dem 18er – und grübelte über ein ernsthaftes Problem nach. Am Vorabend waren er und Dot bei der Geburtstagsfeier seiner Schwester Wendy gewesen. Wendys Nachbar hatte aufmerksam den Schilderungen seiner Busfahrten gelauscht und sich erkundigt, warum er nicht ein Buch darüber schreibe. Wenn Tom nur geahnt hatte, dass Trevor Vincent jedem, der ausführlich mit ihm über ein Hobby oder ein Anliegen sprach, diesen Vorschlag machte. Das tat er nicht etwa, weil ihn das betreffende Thema interessierte oder weil er darüber Bescheid gewusst hätte. Er hatte einfach keinen anderen Gesprächsstoff.

»Glauben Sie, dass ich das könnte?«, hatte Tom nachgehakt.

»Haben Sie einen Computer oder ein Tablet oder so?«

»Natürlich habe ich einen. Soll ich einfach mal loslegen?«

»Ja, tun Sie das«, erwiderte Trevor Vincent und machte sich auf die Suche nach seiner Frau, weil er nach Hause wollte.

An jenem Abend hatte Tom kaum einen Gedanken an diese Idee verschwendet. Doch am nächsten Tag fiel ihm das Gespräch wieder ein. Nun, warum nicht? Eine Beschreibung des heutigen Abenteuers würde vielleicht ein gutes Eröffnungskapitel für ein solches Buch sein. Der Zwischenfall in der Harlesden High Street zum Beispiel, als einige Chinesen sich geweigert hatten, auf Aufforderung den Bus zu verlassen, weil sie keine Fahrkarten hatten und unbedingt bar bezahlen wollten. Der Fahrer hatte versucht, sie rauszuwerfen, doch sie hatten sich nur auf die freien Plätze gesetzt und auf seltsamen Musikinstrumenten gespielt, die Tom noch nie zuvor gesehen hatte. Ein hochgewachsener, bulliger Mann (kein Chinese) hatte sich zu ihnen gesellt und sich ebenfalls dagegen gesträubt auszusteigen, als die Polizei erschien und es ihnen befahl. Leider hatte Tom selbst aussteigen müssen und bedauerte, das Ergebnis der Auseinandersetzung verpasst zu haben. All das konnte er in seinem Buch beschreiben. Vielleicht würde er ja morgen damit anfangen.

Mr Kongo-Terrier, der Adam Yates hieß, ging mit Lizzie in ein Lokal, das eher eine Weinbar als ein Pub war. Er schien ziemlich begeistert von Staceys wunderschönem cremefarbenem Kleid mit Jacke, obwohl Lizzie selbst es für die Unicorn Lounge ein wenig übertrieben fand. Da sie großen Hunger hatte, erntete Adams Vorschlag, im recht eleganten Restaurantbereich zu Abend zu essen, eine sehr erfreute Reaktion. Lizzie aß aus Prinzip nicht in Restaurants, wo es bebilderte Speisekarten – mit Farbfotos von Hühnchentikka und Fischpastete – gab, ganz gleich, wie schick und teuer das Lokal auch sein mochte. Hier war nichts dergleichen zu sehen. Das Essen war appetitlich angerichtet und lecker, und anders als der schreckliche Swithin Campbell mit seinem langweiligen Gerede an dem grässlichen Abend machte Adam keine Andeutungen, dass er mit hineinkommen wollte, als er sie nach Hause brachte. Er hauchte ihr nur einen Kuss auf die Wange und ging los, um den Bus Nummer 82 zu erwischen.

Am nächsten Morgen rief er an. Er habe Karten für ein Konzert. Ein berühmtes Orchester aus Ungarn spiele Werke von Mozart und Respighi. Habe sie Lust, ihn am Freitag zu begleiten? Natürlich sagte sie zu. Sie plante bereits, das grüne Kostüm mit den Perlen zu tragen. Lizzie hatte zwar noch nie von Respighi gehört. Doch wozu hatte man Google, um einem in Situationen wie dieser aus der Patsche zu helfen?

Lizzie war ein Mensch, der sich von zukünftigen Aufgaben unter Druck gesetzt fühlte. Außerdem war es keine sonderlich erfreuliche Aussicht, den Auftrag erfüllen zu müssen, den Caroline ihr erteilt hatte: Dermots ehemalige Habe zu Carl Martin in Falcon Mews zu bringen. Etwas anderes wäre es natürlich, wenn Carl sie hereinbat. Sie war neugierig auf sein Haus. Wahrscheinlich würde er sie nicht einmal wiedererkennen, denn es war ziemlich lange her, dass sie sich in ihrer Schulzeit gesehen hatten. Natürlich waren sie beide eng mit Stacey befreundet gewesen. Bis zu den Mews, die die Sutherland Avenue mit der Castellain Road verbanden, war es nicht weit. Angeblich war Dermot jeden Tag zu Fuß hin- und zurückgegangen. Nur, dass Lizzie keine Lust auf einen Fußmarsch hatte.

Während Caroline damit beschäftigt war, einem Cockerspaniel einen Nagel aus der Pfote zu ziehen, Darren einen Hausbesuch machte und Melissa eine Routineuntersuchung bei Spots, dem Dalmatiner, durchführte, warf Lizzie einen Blick in den Schrank, hauptsächlich, um das Gewicht der Hinterlassenschaft des verstorbenen Dermot einzuschätzen. Ein Paar Handschuhe aus Lammleder, ein gerahmtes Foto, das ein dunkelhaariges Mädchen mit Mondgesicht und breiten Schultern darstellte, zwei defekte Mobiltelefone, eine alte Bibel, drei Aktenkartons, einen gebundenen Straßenatlas von London, zwei Notizbücher und eine Schachtel Büroklammern brachten sicherlich eine Menge auf die Waage. Lizzie beschloss, die Angelegenheit auf nächste Woche zu verschieben.

29

An einem trüben Sonntag statteten Sybils Eltern der Wohnung in Falcon Mews einen Besuch ab. Es war später Vormittag, die Straßen waren menschenleer. Die wenigen Passanten waren mit Schirmen bewaffnet. Es regnete wie aus Kübeln, ein wahrer Wolkenbruch, der um neun angefangen hatte und offenbar so bald nicht aufhören würde. Einen ungeeigneteren Tag für Regen hätte man sich nicht vorstellen können, denn es war der zweite und wichtigste Tag des örtlichen Volksfests. Man konnte den Lärm, wenn auch ein wenig gedämpft, bis nach Falcon Mews hören. Ein Wummern und Vibrieren, Stimmengewirr und Rufe und dazu Musik.

Carl beobachtete, wie Mr und Mrs Soames eintrafen. Er erriet, wer sie waren, denn wer sollten sie sonst sein? Mrs Soames sah ihrer Tochter sehr ähnlich – oder besser umgekehrt. Von einem großen schwarzen Regenschirm geschützt, kamen sie die Mews entlang und klappten ihn erst zu, als Sybil die Tür öffnete.

»Sicher will sie, dass ich sie kennenlerne«, meinte Carl zu Nicola. »Wart's nur ab. Vielleicht trinken sie zuerst Tee, und dann bringt sie sie runter, um sie mir vorzustellen.«

»Spielt das eine Rolle?«

»Nun, da inzwischen nichts mehr eine Rolle spielt, ist es auch schon egal.«

»Carl, was ist los? Warum spielt nichts mehr eine Rolle? Wenn du Sybil nicht im Haus haben willst, warum hast du ihr dann erlaubt, hier zu wohnen?«

»Das kann ich nicht beantworten, Nic. Das werde ich niemals können. Ich würde es tun, wenn es möglich wäre. Aber du musst mir glauben, dass es unmöglich ist. Sie wohnt entweder für immer hier oder zieht freiwillig aus.«

Nicola schaute aus dem Fenster in den nicht enden wollenden Regen hinaus und betrachtete Mr Kaleejah und seinen Hund, die dahintrotteten, ohne sich um das Wasser unter ihren Füßen oder das, welches sich aus tief hängenden grauen Wolken über sie ergoss, zu achten.

»Weißt du, wie der Hund heißt?«

»Keine Ahnung, und es ist mir auch scheißegal.«

Nicola verließ wortlos das Zimmer.

Eine Weile hatte Carl sich eingeredet, dass seine Tat nicht weiter wichtig war. Doch allmählich schlichen sich Schuldgefühle und Scham ein. Außerdem Furcht, nicht so sehr vor Entdeckung, sondern vor einer irgendwie gearteten Strafe für seine Verderbtheit. Er wusste, dass sein Verbrechen ihn, ungeachtet Dermots bösartigen Verhaltens, sein Leben lang begleiten würde. Tag um Tag, Jahr um Jahr. Würde sich diese Angst legen, wenn der unwahrscheinliche, ja unmögliche Fall eintrat, dass er seine Straftat gestand und um Vergebung bat? Wenn er in ein Polizeirevier spazierte und dem, der gerade dort Dienst hatte, beichtete, dass er einen Menschen getötet hatte? Wenn seine Schuld bekannt war, wenn alle davon wussten, würde sie ihn vielleicht nicht mehr verfolgen.

Doch nun lastete sie auf ihm und ergriff Besitz von seinem Körper und seinem Herzen. Sie schlief mit ihm ein, wachte mit ihm auf und lebte in ihm wie ein Organ.

Er versuchte, sich von diesen zerstörerischen Fantasien abzulenken, indem er sich auf praktische Dinge konzentrierte. Auf die Arbeitssuche zum Beispiel. Er hätte seine Zukunft niemals auf dem Wunschtraum aufbauen dürfen, von der Schriftstellerei leben zu können. Danach hatte er sich darauf verlassen, seinen Lebensunterhalt als Vermieter zu verdienen, und das war nun nicht mehr möglich. Ein Mieter – und nun die grausige Nachfolgerin dieses Mieters – hatten einen Weg gefunden, ihm seine Miete vorzuenthalten und gleichzeitig die Vorzüge eines Zuhauses in einer der besten Gegenden Londons zu genießen.

Falls Dermot in seinem Grab gewusst hätte, was Sybil da trieb, wäre er dann stolz auf sie gewesen? Und was sollte Carl jetzt tun? Ein Abschluss in Philosophie stellte keine berufliche Qualifikation dar. Aber mehr hatte er eben nicht vorzuweisen, und deshalb musste er ihn als Ausgangspunkt nutzen. Vielleicht sollte er eine Fortbildung zum Lehrer machen und Englisch unterrichten.

Schwere Schritte polterten auf der Treppe. »Hallo, Carl«, rief Sybil. Vor Kurzem hatte sie aufgehört, ihn Mr Martin zu nennen. Vielleicht glaubte sie, dass sie als dauerhafte Hausbewohnerin mit ihm auf Augenhöhe war. »Darf ich meine Mum und meinen Dad reinbringen und sie mit Ihnen bekannt machen?«

Am liebsten hätte er geantwortet, sie solle sich zum Teufel scheren und nie mehr ein Wort mit ihm sprechen.

Doch er stand auf und öffnete die Tür. An dem Paar, das unten an der Treppe wartete, fiel ihm zuerst eines auf: Sie hatten Angst. Vor ihm oder vor Sybil?

»Das sind meine Mum und mein Dad«, verkündete Sybil. »Sie heißen Cliff und Carol. Das ist Mr Martin.« Carol Soames sagte, sie freue sich, ihn kennenzulernen. Cliff gab zunächst kein Wort von sich, sondern blickte sich stattdessen mit offensichtlichem Missfallen im Zimmer um.

»Und Ihnen gehört dieses Haus?«, fragte er und starrte Carl durchdringend an.

»Das habe ich dir doch schon erklärt, Dad.«

»Ich will es von ihm selbst hören. Es gehört also Ihnen, was? Einem jungen Mann, wie Sie es sind?«

»Ja«, erwiderte Carl.

»Sybil sagt, Ihr Dad hätte es Ihnen vermacht. Ein ganzes Haus, mit dem Sie tun und lassen können, was Sie wollen. Stimmt das?«

Carl fand das Verhalten dieses Mannes abstoßend. Ganz gleich, welche Macht Sybil auch über ihn haben mochte, so etwas musste er sich nicht bieten lassen. »Ja, ich kann damit machen, was ich will, und eines, was ich jetzt tun werde, ist, Sie vor die Tür zu setzen. Sofort. Verschwinden Sie und nehmen Sie Ihre fette Frau mit.«

Das »fett« bereute er augenblicklich. »Los, gehen Sie«, fuhr er fort. Er rührte Cliff nicht an, sondern schob Carol aus dem Zimmer. »Raus. Ich will Sie nie wieder hier sehen.«

Rasch und offenbar erschrocken über Carls Wutausbruch hasteten sie hinaus. Sybil starrte ihn an. »Glauben

Sie nicht, dass mich das irgendwie getroffen hätte. Mir ist es egal, ob ich sie jemals wiedersehe oder nicht.« Ohne ein weiteres Wort polterte sie die Treppe hinauf.

Nicola, die alles mitgehört hatte, kam leise aus der Küche und blieb in der Tür stehen. »Du warst sehr unhöflich«, sagte sie. »Aber wenigstens hast du seinen Vortrag zum Thema Kapitalismus versus Anarchie beizeiten gestoppt.«

»Mag sein.«

»Wollen wir rausgehen und etwas unternehmen? Es klart auf. Oder wenigstens hat der Regen aufgehört.«

»In Ordnung«, erwiderte Carl in demselben düsteren, bedrückten Tonfall. »Ich habe kein Geld. Wo kann man ohne Geld hingehen und etwas unternehmen?«

»In einer Woche kriegst du die Miete«, antwortete sie.

Während sie durch die Mews schlenderten, überlegte Carl nicht zum ersten Mal, was er Nicola erzählen konnte und sollte. Doch wie immer gab es keine Erklärung, die einen Grund darstellte, warum kein Geld hereinkam. Zum Beispiel, dass Sybil sich die Miete nicht leisten konnte. Dass er diese Finanzlücke duldete wie ein reicher Philantrop, war noch um einiges schwieriger zu vermitteln. Niemand würde ihm so eine Geschichte abnehmen. Nicola ganz sicher nicht, denn sie kannte ihn so gut und wusste, dass er Sybil verabscheute und ständig in Geldnöten steckte.

»Kann ich irgendetwas tun, um schnell Geld zu verdienen?«, fragte er unvermittelt. »Ich meine, mir morgen oder sehr bald einen Job besorgen, der etwa hundertfünfzig Pfund pro Woche einbringt?«

»Oh, Carl, du hast ja keine Ahnung von Gehältern, was? Woher denn auch? Aber das brauchst du auch nicht. Nächste Woche bekommst du zwölfhundert Pfund.« Er würde ihr die Wahrheit sagen müssen. Doch die Wahrheit war so schrecklich, dass er Nicola verlieren würde. Wenn es ihr schon schwergefallen war zu akzeptieren, dass er Stacey ein Medikament verkauft hatte – wie konnte er da von ihr erwarten, dass sie ihn als Mörder eines Menschen akzeptierte? Und was würde sie dann tun? Ihn zwingen, sich der Polizei zu stellen? Und würde dazu eigentlich viel Zwang nötig sein?

»Wo gehen wir hin?«, fragte er.

»Wohin möchtest du denn?«

»In einen Pub«, erwiderte er. »Auf einen Drink. Einen starken. Den brauche ich jetzt.«

Sie gingen ins Carpenter's Arms in Lauderdale, wo sie Will Finsford, den Inhaber der Stadtteilbuchhandlung, und seine Freundin Corinne trafen. Die beiden Frauen begrüßten sich mit Küsschen, freuten sich über das Wiedersehen. Obwohl es erst Mittag war, lud Will sie auf einen Wein ein, den Nicola nachdrücklich und erfolgreich, Carl hingegen halbherzig und vergeblich ablehnte.

Sie hatten einander seit Monaten nicht getroffen. Corinne und Will sprachen Carl ihr Beileid zu Dermots Tod aus, als ob sein Mieter ein Freund gewesen wäre. Außerdem wollten sie wissen, ob sie schon einen Nachmieter für die obere Etage gefunden hätten. Carl, dem vom Alkohol schon ein wenig schwummrig war, beobachtete Nicola beim Sprechen. Ihre Schönheit stellte alles in den

Schatten: die zarten, aber klassischen Gesichtszüge, die faszinierenden Augen und dass sie so blond war – helles, glänzendes Haar und ein wenig dunklere, eher goldene Brauen. Noch wichtiger als ihre Schönheit war ihr von Grund auf guter Charakter. All das würde er verlieren, wenn er ihr gestand, was er getan hatte. Und daran, dass er die Beichte in den nächsten Tagen hinter sich brachte, führte kein Weg vorbei. Sie hatte ihn schon einmal verlassen. Natürlich war sie zurückgekommen, doch dieses Mal würde es anders sein.

Nicola berichtete den anderen, dass Sybil Soames den Mietvertrag übernommen hatte, erwähnte jedoch Carls Reaktion auf ihr Äußeres und ihr Verhalten nicht. Sie war so reizend, dass sie über andere Frauen sprach, als seien diese ebenso schön und sanftmütig wie sie.

Als Carls Glas leer war, nahm sie seine Hand und flüsterte ihm zu, es sei Zeit zu gehen. Corinne hatte ihr bereits versprochen, dass sie anrufen und an einem der von Nicola vorgeschlagenen Tage zu Besuch kommen würde. Draußen hatte sich der Regen verzogen. Der Himmel war wolkenlos blau. In der letzten Stunde hatte Carl kaum ein Wort von sich gegeben. Doch nun fing er wieder mit seinem derzeitigen Lieblingsthema an, nämlich, dass er nichts bezahlen konnte und sich deswegen schämte. In den Schaufenstern der Läden in der Sutherland Avenue und der Clifton Road hingen oft Zettel, auf denen Supermarktverkäufer oder Kellner gesucht wurden. Er würde sich auf einen dieser Jobs bewerben müssen. Vielleicht morgen.

Inzwischen hatten sie die Rembrandt Gardens mit

ihren dicht belaubten Bäumen erreicht. Nicola ließ sich auf einer Holzbank nieder und bedeutete ihm, sich neben sie zu setzen. Von der Bank aus hatte man Aussicht auf den Kanal, der sich hier zu einem See verbreiterte. In der Mitte befand sich eine Insel, auf der es von Wasservögeln wimmelte. Nicola war klar, dass Carl unwirsch reagieren würde, wenn sie ihm sagte, dass ihm für körperliche Arbeit Erfahrung und Geduld fehlten. Um ihn aufzumuntern, erinnerte sie ihn stattdessen daran, dass er nächste Woche von Sybil einen Umschlag mit zwölfhundert Pfund erhalten würde.

Er wandte den Blick von der Vogelinsel ab und sah sie an.»Ich werde das Geld nicht kriegen«, erwiderte er.»Sie wird nicht zahlen. Lass uns nach Hause gehen.«

Nicola war den Tränen nah. Was war nun schon wieder mit Carl los? Was sollte das heißen, dass er die Miete nicht bekommen würde? Sybil würde doch sicher zahlen. Lag es daran, dass er mit seinem Buch nicht weiterkam? Oder einfach an Sybils Anwesenheit im Haus?

Nach Falcon Mews war es nicht weit. Als sie das Haus betraten, war von Sybil nichts zu sehen oder zu hören.

»Wollen wir einen Tee trinken? Ich habe die leckeren Kekse da, die du so magst, die runden mit weißer Schokolade.«

Nicola kochte Tee und arrangierte die Kekse auf einem Teller. Sie setzten sich auf Dads Sofa. Auf dem Heimweg hatte Carl einen Entschluss gefasst: Er würde ihr beichten, dass er Dermot getötet hatte. Aber als er nun neben ihr saß und sie – so wunderschön und liebevoll – betrachtete, wusste er, dass es unmöglich war. Er konnte nicht einmal einen Unfall vortäuschen. Keine Geschichte, die er sich ausdachte, würde erklären, dass er die Tasche mit der grünen Keramikfigur darin gehoben und sie auf Dermots Kopf hatte niedersausen lassen.

»Du wolltest mir doch erzählen, warum du befürchtest, dass Sybil nächste Woche die Miete nicht zahlen könnte, oder?«, begann Nicola.

»Sie glaubt, dass ich Dermot umgebracht habe, und droht, der Polizei zu sagen, sie habe mich dabei beobachtet, wenn ich sie zwinge zu zahlen. Das ist der Grund«, sprudelte Carl hervor, ohne Luft zu holen.

Entsetzen malte sich auf Nicolas Gesicht. »Das kann sie nicht. Sie ist nicht mehr ganz bei Verstand. So etwas kann sie doch nicht denken. Wie kommt sie auf die Idee, ausgerechnet dich, einen sanftmütigen Menschen wie dich, eines solchen Verbrechens zu verdächtigen?«

Er schwieg einen Moment und fragte sich, wie sie reagieren würde, wenn er ihr die Wahrheit gestand.

»Natürlich ist die arme Frau psychisch krank«, fuhr Nicola fort. »Aber dich wegen ihrer Wahnvorstellungen zu beschuldigen? Warum hast du mir das nicht schon früher erzählt?«

»Ich weiß nicht. Doch nun verstehst du sicher, warum ich nicht riskieren kann, dass sie mit ihrer Geschichte zur Polizei läuft.«

»Aber es ist nicht wahr, Carl. Niemand wird ihr glauben. Du sagst ihnen, wie es wirklich war, und dann kündigst du ihr die Wohnung. Du findest bestimmt einen anderen Mieter.«

»Nic, mein Liebling, das kann ich nicht. Lass es auf

sich beruhen. Jetzt kennst du die Situation. Wir warten bis morgen oder meinetwegen bis Mittwoch, und wenn die Miete kommt, wissen wir, dass sie es sich, was ihre Anschuldigungen angeht, anders überlegt hat, und alles wird gut.«

Nur, dass gar nichts gut werden würde. Das wusste er. Bis jetzt war er immer der Ansicht gewesen, eine Lüge, insbesondere eine unverfrorene wie diese, könne niemals dazu führen, dass man sich besser fühlte. Seltsamerweise jedoch war es diesmal so.

30

Am Montag – abgesehen von den unvermeidlichen ge-
legentlichen Schauern ein trockener Tag – machte sich
Tom mit dem Bus Nummer 55 auf den Weg nach Leyton
Green. Er fuhr mit dem 6er, seinem Lieblingsbus, von
Willesden zum Oxford Circus und stieg dort in den 55er
um. Der Bus ratterte durch Holborn und Clerkenwell
nach Shoreditch. Tom kannte diese Gegenden kaum und
fand sie heruntergekommener als erwartet, mit Ausnahme von Shoreditch, das ziemlich aufgemöbelt worden
war und sich zunehmend mit schicken Läden und Restaurants füllte.

In einer Stunde würden sich im Bus vermutlich die
Schulkinder drängen, doch nun war er halb leer. Nach
dem Gelächter und Gejohle zu urteilen, wimmelte es auf
dem Oberdeck von jungen Leuten. Allerdings stieg Tom
inzwischen nie mehr hinauf zum Oberdeck; er saß lieber
unten, ganz vorn rechts, wo die meisten anderen Fahrgäste Frauen und Mädchen waren.

Aber dann stieg ein junger Mann ein, als der Bus Hackney erreichte. Zumindest dachte Tom, dass es Hackney
war. Um sich in ihm fremden Stadtvierteln zurechtzufin-
den, orientierte er sich für gewöhnlich an den Schaufenstern der Zeitungsläden, an Postämtern oder an Polizeire-
vieren, wo die Inschrift über dem Eingang dem Betrachter
verriet, dass es sich um die *Clapton News* oder das Zen-

tralpostamt von Islington handelte. Doch während der Bus durch breite und durch schäbige schmale Straßen in unbekannte Richtung fuhr, konnte er keinerlei derartige Hinweise entdecken.

Der Mann, der an der mutmaßlichen Grenze zu Hackney eingestiegen war, blieb unten und ließ sich auf der linken Seite auf einem Fensterplatz nieder. Er hatte schwarzes Haar, keinen Bart und sehr weiße Haut. Auf dem Rücken trug er etwas, das für Tom wie ein Tornister aussah. Er nahm ihn nicht ab, als der Bus, wie Tom aus dem Schild an einem Postamt schloss, in Clapton einfuhr.

An der nächsten Haltestelle stiegen mehrere Frauen und Kinder ein, und der junge Mann verließ den Bus. Die meisten Mütter und Kinder gingen nach oben. Die übrigen begaben sich in den hinteren Teil des Busses, wo man einander gegenübersitzen konnte. In diesem Moment stellte Tom fest, dass der junge Mann seine Tasche, den »Tornister«, zurückgelassen hatte, und zwar in eine Ecke gezwängt auf dem Boden. Inzwischen wirkte sie nicht mehr einfach nur wie eine Tasche, sondern wie etwas Bedrohliches – so, als enthielte sie einen gefährlichen Gegenstand. Es war schwer festzustellen, was diesen Eindruck bei Tom auslöste; möglicherweise lag es an der Form, die auf ein schweres Objekt aus Metall hinwies. Die Tasche verfügte über einen dicken Metallreißverschluss, der um den gesamten Korpus herumführte. Tom gefiel die Sache gar nicht.

Er ging nach vorn zum Fahrer und berichtete ihm von der Tasche. Dann beschrieb er den jungen Mann, der ohne die Tasche ausgestiegen war.

»Das Ding kommt ins Fundbüro«, erwiderte der Fahrer.

»Ja, aber das dauert noch einige Stunden. Man sollte sich sofort darum kümmern.«

»Ich mache Ihnen einen Vorschlag: Ich lasse die Tasche abholen und im Depot abstellen, wenn wir in Leyton Green sind.«

Offenbar erwartete er, dass Tom sich damit zufriedengab. Doch das war nicht der Fall. Später räumte Tom ein, dass er genauso an seine eigene Haut gedacht hatte wie an die Kinder, die hinten im Bus Eiswaffeln schleckten, und an die lärmenden jungen Leute oben. Er entschied nicht bewusst, an welcher Haltestelle er mit der Tasche ausstieg. Es handelte sich zufällig um eine kleine Grünanlage, wo Menschen unter den Bäumen dahinschlenderten und jemand Chrysanthemen pflückte. Einmal hatte Tom eine Frau aufgefordert, die Blumen in Ruhe zu lassen, und sich einen Schwall von Verwünschungen eingefangen.

Er schleppte die schwere Tasche zum Geländer und stellte sie auf den Gehweg. Danach geschah alles ganz schnell. Er hatte sich nur ein kleines Stück entfernt und war wieder an der Haltestelle, wo er den Fahrplan an seinem Pfosten studierte, als die verdächtige schwarze Tasche mit einem gewaltigen Lichtblitz und donnerndem Krachen explodierte.

Als Tom wieder zu sich kam, lag er auf dem Boden. Neben ihm befanden sich ausgestreckt eine Frau und ein kleiner Junge. Die Frau blutete. Tom konnte nicht feststellen, wo, nur, dass sie noch lebte. Der Junge setzte sich mühsam auf und rappelte sich hoch. Blut strömte aus seinem linken Arm.

Tom tastete nach seinem Mobiltelefon. Doch das war überflüssig. Er sah, dass bereits drei andere Leute ihre Telefone gezückt hatten. Irgendwo heulte eine Sirene. Offenbar gehörte sie zu einem Krankenwagen, der mit quietschenden Reifen an der Haltestelle stoppte. Sanitäter stürmten heraus. Tom war verwundert, dass sie so schnell gekommen waren. Kurz darauf trafen ein weiterer Krankenwagen und dann ein Streifenwagen nach dem anderen ein. Plötzlich musste er sich am Pfosten der Bushaltestelle festhalten und beobachtete, wie die Polizisten die unverletzten Passanten vom Ort der Explosion zurückdrängten. Die Frau und der Junge mit dem blutenden Arm wurden bereits auf Tragen gelegt. Er wandte den Blick ab, als eine andere Frau auf einer Trage mit einem weißen Laken zugedeckt wurde, was hieß, dass sie tot war.

Gerade wies ihn ein Sanitäter an, sich in den ihm zugeschobenen Rollstuhl zu setzen, um sich ins Krankenhaus bringen zu lassen, als ein Polizist hinzutrat und Tom fragte, ob er beobachtet habe, was passiert sei.

»Er ist ein Held«, sagte die Frau, die mit dem kleinen Jungen zusammen gewesen war. »Ich habe gesehen, wie er die Bombe aus dem Bus gebracht hat. Er hat alle Leute im Bus gerettet.«

Tom war das Ganze schrecklich peinlich.

»Ist das wahr, Sir?«, erkundigte sich der Polizist.

»Nun, ja, wahrscheinlich schon«, erwiderte Tom. »Aber ich bin kein Held. Ich nehme einfach den nächsten Bus.«

»Noch nicht«, protestierte der Sanitäter. »Sie bluten am Bein, und Ihr rechter Arm macht auch keinen guten Eindruck. Setzen Sie sich in den Rollstuhl, und wir kümmern uns um Sie.«

Also wurde der Rollstuhl ausgeklappt und Tom trotz seines Widerstands hineinverfrachtet. Als er saß, bemerkte er eine Wunde an seinem Knie und Blut, das ihm aus dem Arm sickerte. »Das war sehr mutig von Ihnen«, meinte der Sanitäter, als er ihn zum zweiten Krankenwagen schob. »Wenn das Ding ein paar Minuten früher hochgegangen wäre, hätte es Sie ins Nirwana gepustet.«

Während Tom in den Krankenwagen gehoben wurde, warf er einen Blick zurück auf die Szene. Inzwischen waren die meisten Menschen vom Gehweg aufgesammelt worden, doch es waren noch Spuren und seichte Blutlachen zu sehen. Er wollte nach Hause.

31

»Aber ein Gutes hat es«, meinte Dot Milsom am Telefon. »Dank dieser grässlichen Bombe ist jetzt Schluss mit der dauernden Busfahrerei.«

»Du solltest stolz auf ihn sein.« Lizzie war noch immer in einem Alter, in dem man Spaß daran hatte, die eigenen Eltern gegeneinander aufzuhetzen. »Er ist ein Vorbild. Ein Held – so nennen die Leute ihn. Wo ist er jetzt?«

»Er wurde gestern Abend nach Hause gebracht. Wahrscheinlich möchtest du ihn besuchen kommen?«

»Morgen. Heute Abend bin ich zum Essen verabredet. Richte ihm ein Hallo von mir aus.«

»Ich weiß, dass dieses Wort modern ist, aber wären liebe Grüße nicht viel netter?« Doch Lizzie hatte bereits aufgelegt.

Adam Yates, ihr Kongo-Terrier-Date aus der Tierklinik, war nun schon einige Male bei ihr in der Iverson Road gewesen. Er fand die Wohnung hübsch und meinte, sie habe Glück, sie mit niemandem teilen zu müssen. Er selbst besaß eine Wohnung in Tufnell Park, und obwohl er nicht damit prahlte, konnte er sich dennoch nicht verkneifen, ihre beträchtliche Größe und die angenehme Lage im Grünen zu erwähnen. Lizzie dachte, dass er sie heute Abend nach Hause begleiten würde – aber würde er diesmal bleiben?

In einer halben Stunde wollte er sie abholen, um mit ihr ins Tricycle Theatre gleich am Ende der Straße zu gehen. Für das Tricycle warf man sich nicht in Schale, aber Jeans und ein T-Shirt von Primark waren auch nicht angesagt. Also zog Lizzie ihre beste schwarze Hose, eine weiße Bluse und eine Strickjacke an. Als sie an das Gespräch mit ihrer Mutter dachte, gefiel ihr die Vorstellung, Adam zu ihren Eltern zum Essen einzuladen. Doch zuerst musste sie Dermot McKinnons Hinterlassenschaften in seine alte Wohnung in Falcon Mews bringen. Vielleicht würde sie es ja in der nächsten Woche irgendwann abends schaffen, bevor sie ihre Eltern besuchte.

Genau zum verabredeten Zeitpunkt läutete es an der Tür. Keiner ihrer bisherigen Freunde war je so pünktlich gewesen. Das Problem war, dass sie sich nach ihrem Erlebnis mit Scotty und dem Rotschopf noch immer fürchtete, wenn es läutete.

Auf dem Weg zur Tür nahm sie sich vor, Adam zu gestehen, wie sie sich fühlte, und ihm die ganze Geschichte zu erzählen. Er würde sie nicht verspotten wie Gervaise Weatherspoon. Er würde ihr glauben.

In dieser Nacht schlief Carl gut. Doch als er am nächsten Morgen aufwachte, lastete das Grauen so schwer auf ihm, dass ihm davon übel wurde. Er konnte weder essen noch trinken, nicht einmal einen Kaffee. Mit angehaltenem Atem wartete er auf Sybils Schritte auf der Treppe. Erst kam ein schweres Gepolter, dann knallte die Haustür lauter als gewöhnlich zu.

Nicola ging zur Arbeit. Sie sagte, sie werde spät nach Hause kommen, da sie mit zweien ihrer früheren Mitbewohnerinnen und dem Freund der einen verabredet sei. Carl war gefragt worden, ob er mitkommen wolle, doch er hatte abgelehnt. Nein, es täte ihm leid, doch er sei nicht in der richtigen Stimmung. Als sie sich an diesem Morgen noch zärtlicher und liebevoller als sonst von ihm verabschiedete, war er sicher, dass das an seiner überzeugenden Lüge lag. Ob er sie öfter anlügen sollte? Aber nein, er hatte nur wenige Stunden Zeit, um sein Vorhaben in die Tat umzusetzen. Ihm blieb nichts anderes übrig.

Sybil bettelte genau wie Dermot regelrecht darum zu sterben. Das war eine weitere Gemeinsamkeit der beiden: eine Neigung, den eigenen Tod herauszufordern. Allerdings kamen ein Sturz auf der Treppe oder ein Fall aus dem Fenster nicht infrage. Stattdessen ging er, einem Impuls folgend, hinauf ins Bad und kramte in der alternativen Medikamentensammlung seines Vaters.

Die fünfzig Kapseln DNP, die Stacey nicht gekauft hatte, lagen vorn im Schränkchen. Dahinter befanden sich die Beutelchen mit der in Wasser aufzulösenden Pulverform. Auf der Schachtel hieß es, dass man den Inhalt der Beutelchen mit Wasser verrühren und trinken sollte. Genau das hatte Carl gesucht. Sybil das DNP-Pulver anzubieten war ebenso wenig Mord wie der Verkauf des DNP an Stacey. Nichts hatte ihm ferner gelegen, als Stacey zu töten. Doch nun wollte er, dass dieses Gebräu Sybil umbrachte.

Aber hatte Sybil den Bericht des Leichenbeschauers in der Zeitung gelesen? Wusste sie über DNP Bescheid? Vermutlich nicht. Sybil machte auf Carl nicht den Eindruck eines Menschen, der häufig Zeitungen las. Nicht einmal die Lektüre der Boulevardblätter traute er ihr zu.

Carl nahm die Schachtel mit den Beutelchen hinunter in die Küche, öffnete eines und gab den Inhalt in ein Glas Wasser. Das war sein Versuchsballon: Die Flüssigkeit verfärbte sich grellgelb. Jetzt wusste er, wie das Zeug reagierte. In der Schachtel entdeckte er einen Beipackzettel, auf dem stand, dass DNP zu raschem Gewichtsverlust führte. Dass es ein gefährliches Medikament war und in zu hohen Dosen tödlich wirkte, wurde nur am Schluss im Kleingedruckten erwähnt. Nun war sein einziges Problem, Sybil dazu zu bringen, es einzunehmen.

Wenn Nicola das DNP fand, würde sie es erkennen. Deshalb durfte sie es nie zu Gesicht bekommen. Allerdings würde sie heute Abend nicht vor zehn zu Hause sein, und bis dahin ließ sich die Sache erledigen. Sybil kam zwischen halb sechs und sechs zurück. Er musste sie im Flur abfangen, sie in ein freundliches Gespräch verwickeln und Nicolas Abwesenheit als Grund für sein ungewöhnliches Verhalten vorschützen.

Gegen Mittag ging er aus dem Haus. Nicola hatte ihm etwas Geld, einen Zwanzigpfundschein, hingelegt. Obwohl er wusste, dass er eigentlich etwas zu essen kaufen sollte, gab er es für zwei Flaschen Wein aus und ernährte sich von den Resten im Kühlschrank: einer Scheibe Brot, die er toastete, und einem Eckchen Käse. Bevor Sybil zu Hause erwartet wurde, legte er einige Beutelchen DNP und den Beipackzettel aufs Flurtischchen und beschwerte das Ganze mit dem Glas, das er benutzt hatte. Sie erschien um zehn vor sechs, und zehn Minuten später beobachtete er, dass sie vor dem Tischchen stand und den Beipackzettel studierte. Sein Herz klopfte.

»Schön, dass ich Sie erwischt habe«, sagte er. »Ich wollte Sie gern einladen. Haben Sie Lust, etwas mit mir zu trinken? Es muss ja kein Alkohol sein. Nicola ist heute Abend nicht da, und ich hätte gern ein bisschen Gesellschaft.«

Sie sah ihn verdattert an. »Tja, okay, habe nichts dagegen.«

»Ich dachte, es wäre schön, wenn wir beide Freunde werden könnten. Ich weiß, wir sind nicht gut miteinander ausgekommen, aber das sollte sich ändern, finden Sie nicht?«

Erstaunlicherweise schien sie ihm zu glauben. »Ich bringe nur rasch meine Sachen hoch«, antwortete sie.

Er kehrte zurück ins Wohnzimmer, ging aber nach einer Minute wieder in den Flur, um nachzuschauen, ob sie die Beutelchen vom Flurtisch mitgenommen hatte. Hatte sie nicht. Würde sie ihn danach fragen? Er konnte nur warten und hoffen.

Sie war schneller zurück, als er gedacht hatte. Statt T-Shirt und Strickjacke trug sie nun ein rosafarbenes Blüschen mit Rüschen am Ausschnitt und anstelle der Stiefel flache Pumps, aus denen ihre Füße herausquollen. Hatte sie sich für ihn hübsch machen wollen? Die Vorstellung widerte ihn an. Da er sonst nichts Alkoholfreies im Haus hatte, bot er ihr Nicolas Frühstücksorangensaft an.

»Sie trinken Wein, stimmt's? Ich hätte gern einen

Schluck«, erwiderte sie. Offenbar war sie weniger enthaltsam als der verstorbene Dermot.

Carl reichte ihr ein Glas des am Nachmittag gekauften Pinot Grigio. Sie nahm es wortlos entgegen. »Haben Sie etwas zum Knabbern da?«, fragte sie dann.

»Leider nicht.«

»Sie sollten sich etwas besorgen. Obwohl ich die Finger davon lassen sollte. Ich möchte nicht noch mehr zunehmen.«

Wieder spürte er, wie sein Herz klopfte. Sollte er die Beutelchen und den Beipackzettel im Flur erwähnen? Besser nicht. »Dann ist es aber keine gute Idee, zwischen den Mahlzeiten zu naschen.« Er fasste es kaum, dass er einen solchen Satz von sich gegeben hatte. »Machen Sie Diät?«, war die einzige Anspielung, die ihm zu dem Medikament und der Gebrauchsanweisung im Flur einfiel.

»Dazu esse ich einfach zu gern«, antwortete sie und trank einen großen Schluck Wein. »Wird man von Wein eigentlich dick?«

»Das weiß ich nicht, Sybil.«

»Sein Sie so gut und schenken mir noch etwas nach.«

Er tat es gern, denn er erahnte die Frage, die nun kommen würde. »Was ist das für ein Zeug im Flur?«

Er würde es ihr nicht anbieten. »Keine Ahnung. Nicola hat es dorthin gelegt.«

»Ich gehe besser rauf. Ich muss meinen Tee vorbereiten.«

Nicht »Dinner« oder »Abendessen«, sondern »Tee« – typisch Arbeiterschicht eben. Nicola hätte ihn als Snob bezeichnet, und vielleicht war er das auch. Er erhob sich, um sie zur Tür zu begleiten. Dann stand er im Zimmer und lauschte. Sie war wieder die Treppe hinuntergekommen und befand sich genau vor seiner Tür. Er hörte ein leises Geräusch, Glas, das klickend an eine harte Oberfläche stieß. Die Schritte wanderten wieder nach oben.

Noch nie im Leben hatte er so lange auf etwas gewartet wie darauf, dass die Schritte oben verklangen. Und dennoch hatte er es höchstens eine Minute lang aushalten müssen. Er ging hinaus.

Beutelchen, Beipackzettel und Glas waren vom Tischchen verschwunden.

32

Am Abend machte Carl sich Toast mit Rührei und einer
Dose weißer Bohnen in Tomatensauce. Er hatte noch einen kleinen Rest von dem Wein, den Sybil und er zusammen getrunken hatten. Nach dem Essen saß er da und
horchte, worauf, wusste er selbst nicht. Einen Schrei? Ein
Stöhnen? Ein Stolpern auf der Treppe? Doch es herrschte
Schweigen. Es zog sich endlos lange Minuten hin, die
ihm wie Stunden erschienen. Kurz vor zehn kam Nicola
nach Hause. Inzwischen bereute er, dass er Sybil gesagt
hatte, Nicola habe Beutelchen und Beipackzettel im Flur
liegen gelassen. Aber Sybil würde es Nicola gegenüber
sicherlich nicht erwähnen. Dennoch blieb eine kleine
bohrende Sorge zurück.

Am nächsten Tag ging Sybil zur Arbeit, und Carl wurde
klar, dass sie einige angenehme Stunden verbracht haben
musste, während er sich am Vorabend mit Grübeleien
zermartert hatte. Er hatte sich ausgemalt, wie sie das
gelbe Getränk anrührte, sich quälte und vielleicht an der
Schwelle des Todes stand.

Zufällig verließ sie an diesem Morgen gleichzeitig mit
Nicola das Haus, und die beiden zogen unter einem gemeinsamen Regenschirm los. Sie hätten Freundinnen
oder ehemalige Schulkameradinnen sein können, die lächelnd miteinander plauderten. Erzählt sie Nic jetzt davon?, fragte sich Carl. Erklärte sie, dass sie die Beutel-

260

chen ohne Erlaubnis an sich genommen und sie einfach
vom Flurtischchen stibitzt hatte? Wie hatte er nur so
dumm sein können, Sybil diesen Vorwand für das Vor-
handensein der Medikamente zu liefern?

Da er noch immer nichts in Sachen Job unternommen
hatte, schob er den Gedanken an Sybil beiseite und
machte sich daran, dieses Problem aus der Welt zu schaffen. Er sprach in einem Feinkostladen vor, wo man einen
Verkäufer suchte. Als der Geschäftsführer hörte, dass er
weder eine Ausbildung noch Erfahrung vorweisen
konnte, meinte er: »Leider nein.« Als Nächstes ging Carl
in eine Autowaschanlage, wo die Wagen per Hand gerei-
nigt wurden. Sie hatten zwar kein Stellenangebot ausge-
hängt, doch Carl fragte dennoch, ob sie jemanden gebrauchen könnten. Man sagte ihm, dass er im November
vielleicht eine Chance habe, da die Männer während der
Wintermonate nicht im Freien arbeiten wollten. Er solle
sich dann wieder melden. Weil er Nicolas Haushalts-
kasse geplündert hatte, reichte das Geld für einen Kaffee
und ein sehr spartanisches Mittagessen.

Sybil kam um fünf nach Hause, was für sie recht früh
war. Als er sie durch das Fenster im Erdgeschoss beobachtete, glaubte er, eine gewisse Zielstrebigkeit in ihren
schweren Schritten wahrzunehmen. Es war, als habe sie
sich auf dem Heimweg zu irgendetwas durchgerungen. Er
verlor sie aus den Augen, als sie das Haus betrat.

Nichts geschah. Carl machte sich eine Tasse Tee, das
Billigste, was er trinken konnte, wenn er auf die Milch
verzichtete. Warum war Sybil früher zurück? Vielleicht
hatte sie ja gesagt, dass sie sich nicht wohlfühlte. Eine

Kassiererin bei Lidl konnte nicht einfach mit der Ausrede, sie müsse etwas erledigen oder dem Stromableser die Tür öffnen, ein paar Stunden freinehmen. Doch das spielte keine Rolle: Sie war zu Hause, und zwar bestimmt, um das DNP zu schlucken.

Carl dachte daran, welche wichtige Rolle DNP in seinem Leben spielte. Erst hatte es Dermot einen Grund für sein Verhalten geliefert, ihn zum Erpresser gemacht und schließlich zu seinem Tod geführt; und nun würde es ihn, wie er hoffte, von Dermots erpresserischer Freundin befreien. Er saß auf Dads Sofa und lauschte, obwohl er nicht wusste, worauf. Er hörte nur, dass das Telefon läutete. Nicola.

»Eine Kollegin von mir hat zwei Kinokarten«, verkündete sie. »Der Freundin, die eigentlich mitwollte, ist etwas dazwischengekommen. Also hat sie mir die Karte angeboten. Es läuft *Before I Go to Sleep*. Es wird nicht sehr spät werden.«

Er war froh, dass sie nicht zu Hause sein würde. Vielleicht würde es ja still bleiben. Es konnte aber genauso zu Geschrei und Gekreische kommen. Möglicherweise erschien Sybil ja unten, klagte über Schmerzen oder weinte. Das erste Symptom würden Schweißausbrüche sein. Ihre Körpertemperatur konnte auf bis zu sechsundvierzig Grad steigen. Wenn sie nicht vorgehabt hätte, das Zeug zumindest auszuprobieren, hätte sie es nicht mit nach oben genommen, sagte er sich. Nur, dass man DNP nicht einfach so ausprobieren konnte; es ging um alles oder nichts. Er musste warten.

So wie er sich gerade fühlte – Anspannung, leichte

Übelkeit, Nervosität –, war an essen nicht zu denken. An trinken schon, und eine volle Flasche Wein erwartete ihn. Schraub deinen Mut bis zum höchsten Grad, dachte er, und wir werden nicht scheitern. Das war Macbeth, Macbeth, der plante, einen Mord zu begehen. So wie er. Er holte die Weinflasche, öffnete sie und leerte das erste Glas in einem Zug.

Von oben war noch immer nichts zu hören.

Lizzie saß vor einem Restaurant in der Clifton Road und las den *Evening Standard*. Auf der Titelseite prangte ein Artikel über die sogenannte Busbombe und die Rolle, die ihr Vater dabei gespielt hatte.

Wie alle aktuellen Zeitungen bezeichnete auch der *Standard* ihn als Helden, einen tapferen Mann, der eine tickende Bombe aus dem Bus Nummer 55 geholt und an einen verhältnismäßig sicheren Ort gebracht hatte. Keine der anderen Zeitungen hatte ein Ticken erwähnt, doch alle veröffentlichten ein Foto von dem nun berühmten Thomas Milsom, der (fälschlicherweise) als Pressefotograf dargestellt wurde. Der »glücklich verheiratete Buspassagier« und seine »schöne Tochter Elizabeth« wohnten (wieder falsch) in einem »hübschen frei stehenden Haus« im Nordwesten von London. Mr Milsom, von seinen vielen Freunden Tom genannt, würde sicherlich eine Tapferkeitsmedaille und möglicherweise einen Order of the British Empire von der Queen erhalten. Auf der zweiten Seite war ein weiteres Foto von Tom, diesmal mit Lizzie und Dot, und eines vom Schauplatz der Explosion und vom Abtransport der Opfer auf Tragen abgedruckt.

263

Lizzie freute sich für ihren Dad und sogar noch mehr darüber, dass sie selbst erwähnt worden war. Sie trank ihren Kaffee und verspeiste das dazu servierte Schokoplätzchen. Dann griff sie nach der großen Plastiktasche, die die Habe des verstorbenen Dermot McKinnon enthielt, und schulterte die daran befestigten Riemen. Es war zehn vor sieben. Sie ließ den *Standard* auf dem Tisch liegen und ging hinein, um zu zahlen.

Die junge Frau hinter der Kasse las auch den *Standard* und zuckte zusammen. »Das sind ja Sie! Und Ihr Dad! Bestimmt sind Sie sehr stolz auf ihn.«

Lizzie kam der Fußmarsch nach Falcon Mews endlos vor, insbesondere deshalb, weil sie schwer bepackt war und hohe Absätze trug. Adam rief an, als sie gerade in der Castellain Road war. Er war mit seiner Arbeit fertig und schlug vor, er werde sich dort mit ihr treffen. »Eine tolle Sache mit deinem Dad. Es steht in allen Zeitungen. Ein Foto von dir ist auch dabei.«

Lizzie erwiderte, sie habe es gesehen, und teilte ihm die Nummer des Hauses in den Mews mit, wo sie später sein würde.

Fünf Minuten später läutete sie an der Tür.

Carl schaltete den Fernseher ein und schaute sich den Bericht über die Busbombe an. Diesen Mr Milsom hatte er doch vor vielen Jahren gekannt; er glaubte, dass er in derselben Schule gewesen war wie dessen Tochter. Allerdings war es ihm unmöglich, sich zu konzentrieren. Er stellte den Fernseher ab und kehrte dorthin zurück, wo er die letzten anderthalb Stunden gesessen hatte: Fast ganz oben auf der Treppe und so nah wie möglich an der Wohnung. Und er war mit Geräuschen belohnt worden. Es waren zwar keine sehr lauten Geräusche, eigentlich konnte man sie gar nicht richtig bestimmen. Eigentlich nur ein Ächzen und Seufzen, nicht viel mehr. Er bemerkte, dass Sybils Wohnungstür einen Spalt weit offenstand.

Als es an der Tür läutete, erschrak er. Außerdem versetzte es ihn ziemlich in Rage. Es geschah nur selten, und wenn es doch passierte, empfand er es als Beleidigung, Störung und Aufdringlichkeit. Wer wagte es, *ausgerechnet jetzt* hier aufzukreuzen? Es läutete wieder.

Carl lief nach unten, um aufzumachen. Der Störenfried musste unbedingt verscheucht werden. Er riss die Tür auf.

»Ja? Was gibt es?«

Vor ihm stand ein Mädchen, das ihm ein wenig bekannt vorkam. »Hallo, Carl. Lange nicht gesehen«, sagte sie. »Ich habe aus der Tierklinik ein paar Sachen mitgebracht, die Dermot McKinnon gehört haben. Der hat doch im Obergeschoss gewohnt? Wir wussten nicht, was wir sonst damit anfangen sollten.« Eine große Tasche schwenkend, trat sie ein, ehe er sie daran hindern konnte.

»Du kannst da nicht rauf!«, rief er.

Doch sie war schon auf der Treppe, sodass er sie hätte festhalten müssen, um sie zu stoppen. Aus der halb offenen Tür im Oberschoss hallte ein schriller Schrei, gefolgt von einem heiseren Schluchzen.

Lizzie rannte weitere vier oder fünf Stufen hinauf und blieb dann stehen. »Was ist das? Was ist da los?«, fragte sie laut.

»Das geht dich nichts an«, entgegnete Carl und fügte ziemlich albern hinzu: »Das ist Hausfriedensbruch.«

Lizzie ließ die Tasche fallen und öffnete rasch die Tür. Ein Mädchen, etwa in ihrem Alter, wälzte sich auf dem Boden. Sie schwitzte so stark, dass ihre Arme und Beine aussahen wie mit Wasser bespritzt. Erbrochenes bedeckte den Teppich und den Lehnsessel, aus dem sie gekippt war.

Kurz schoss Lizzie der Gedanke durch den Kopf, dass sie nichts unternommen hatte, als sie selbst bedroht worden war. Ohne zu zögern, zog sie ihr Mobiltelefon aus der Manteltasche und wählte die Notrufnummer. »Krankenwagen!«, rief sie. »Falcon Mews elf, West neun.«

Sie erinnerte sich an Carl, an ihre gemeinsame Schulzeit und daran, dass er ein Freund von Stacey gewesen war. Offenbar hatte er sie vergessen, und sie würde seinem Gedächtnis nicht auf die Sprünge helfen, insbesondere nicht jetzt.

Zum Glück hatte er sich nach unten verdrückt. Sie kniete sich neben das Mädchen und sagte ihr, dass alles in Ordnung sei. Hilfe sei unterwegs. Man werde sie ins Krankenhaus bringen, vermutlich ins St Mary's.

»Wie heißt du?«

»Sybil«, stieß sie in einem heiseren Flüstern hervor.

»Ich höre schon den Krankenwagen.«

Ich habe aus dem Erlebnis mit Scotty und dem Rotschopf gelernt, sagte sich Lizzie. Früher wäre ich richtig in Panik geraten, aber jetzt nicht mehr. Jetzt bin ich stark.

»Lass mich nicht allein«, schluchzte Sybil.

»Ich muss die Tür aufmachen. Bin gleich zurück.« Lizzie stürmte die Treppe hinunter und öffnete die Haustür, als der Krankenwagen noch mit heulenden Sirenen durch die Mews brauste. Ein Mann und eine Frau sprangen heraus und rannten über das Kopfsteinpflaster. Sie hatten etwas bei sich, das wie eine Trage aussah.

»Oben!«, schrie Lizzie.

Sie ging ins Wohnzimmer, wo Carl bäuchlings auf dem Sofa lag. In der Küche schenkte sie sich ein Glas Wasser ein und trank es aus. »Was hast du mit ihr gemacht, du Mistkerl?«, fragte sie, als sie auf dem Rückweg an ihm vorbeikam. Oben hatten die Sanitäter Sybil auf die Trage gebettet und mit einer weißen Decke zugedeckt.

»Jetzt wird alles gut«, sagte Lizzie. »Du bist in Sicherheit.«

Sie marschierte wieder nach unten und zur Haustür hinaus. Carl musste sie aufhalten und alles erklären. Aber gerade in diesem Moment bog Adam um die Ecke und breitete bei ihrem Anblick die Arme aus. Lizzie fiel ihm um den Hals, und er drückte sie fest an sich.

»Können wir schnell verschwinden?«, meinte sie. »Ich will keine Sekunde länger hierbleiben. Es weckt zu viele schlimme Erinnerungen an etwas, das mir zugestoßen ist. Ich erzähle es dir. Es ist langsam an der Zeit dafür.«

Hand in Hand schlenderten sie die Castellain Road hinunter. »Ach, herrje«, seufzte sie nach einer Weile.

»Ich habe keine Ahnung, was ich mit Dermots Sachen gemacht habe. Wahrscheinlich habe ich sie fallen gelassen.«

»Ich bin sicher, dass das überhaupt nicht wichtig ist«, erwiderte Adam. »Es ist einfach so toll, mit dir auf der Straße spazieren zu gehen.«

33

Offenbar war der Akku von Carls Mobiltelefon leer. Nicola versuchte es auf dem Festnetz, doch niemand meldete sich. Eine Nachricht zu hinterlassen, wenn man nur mitteilen wollte, dass einem der Film nicht gefallen habe und dass man früher gegangen sei, war Unsinn. Der Krankenwagen war zwar auf dem Heimweg an ihrem Bus vorbeigefahren, aber sie hatte ihn nicht mit Falcon Mews in Verbindung gebracht. Warum auch? Obwohl es inzwischen dunkel wurde, brannte in Nummer 11 kein Licht. Jemand hatte ein zerknülltes Papiertaschentuch und einen Kugelschreiber auf den Vorgartenweg geworfen. Die Haustür war nur angelehnt. Ihre Einkaufstüten balancierend, schob sie sie auf und trat ein. »Carl?«, rief sie.

Keine Antwort. Er war weder im Wohnzimmer noch in der Küche oder oben. Sybils Wohnungstür stand weit offen. Die Luft im Haus war stickig, beklemmend und bedrückend. Nicola wurde von einem zutiefst mulmigen Gefühl ergriffen. Sie machte Licht im Flur, öffnete die Haustür und stellte sich auf die Vortreppe. Aus dem Haus strömte Licht und erfüllte den kleinen Vorgarten. Mr Kaleejah und Elinor Jackson von nebenan kamen gleichzeitig heraus, um sich zu erkundigen, ob etwas passiert sei.

»Ich gesehen Krankenwagen«, sagte Mr Kaleejah. »Und ich denke, jemand ist krank, jemand hat gehabt Unfall.«

Elinors Lebensgefährtin gesellte sich zu ihnen. Sie schlugen Nicola vor, auf einen Drink zu ihnen zu kommen. Habe sie die Polizei verständigt? Nicola verneinte alles. Vielen Dank auch, aber nein danke. Sie müsse zu Hause sein, meinte sie, für den Fall, dass das Telefon läutete. Mr Kaleejahs Hund legte den Kopf in den Nacken und fing an zu jaulen. Es war kein Gebell, sondern ein Heulen wie bei einem Wolf.

Zurück im Haus, machte Nicola Licht im Wohnzimmer und sah, dass sich in einer dunklen Ecke etwas bewegte. Beinahe hätte sie aufgeschrien, beherrschte sich jedoch, indem sie die Hand vor den Mund schlug. Sie setzte sich auf »Dads Sofa«, stand wieder auf und fragte: »Was machst du da?« Als keine Antwort erfolgte, schob sie ein »Was ist los?« hinterher.

»Warum bist du hier?«, sagte er.

»Carl? Erzähl mir, was passiert ist. Ein Krankenwagen war da. Was ist geschehen?«

Er schwieg so lange, dass sie schon dachte, er würde nicht mit ihr sprechen. Endlich erwiderte er mit einer Stimme, die sie kaum wiedererkannte. »Sybil. Sie haben sie abgeholt.«

»Was war mit ihr los?«

Sie betrachtete den Mann, der plötzlich wirkte wie ein Fremder. Nicola dachte an die Leute in den Büchern, die vor Schreck über Nacht ergrauten. Carl konnte durchaus das Gleiche zugestoßen sein; er sah ganz danach aus, obwohl sie eigentlich nie geglaubt hatte, dass das möglich war.

»Du musst dich setzen«, entgegnete er. »Dann erkläre

ich dir alles. Sie hat Gift genommen. Jemand war hier, hat sie gefunden und einen Krankenwagen gerufen.«

»Was soll das heißen?«

»Ich war in ihrer Wohnung. Es ist alles vollgekotzt. Sie wäre beinahe gestorben. Wahrscheinlich ist sie inzwischen tot.«

»Was für ein Gift?«, fragte Nicola mit einer Stimme, die auch nicht wie ihre eigene klang.

»Keine Ahnung. Es spielt keine Rolle.«

»Ich schaue nach.«

»Nein, lass das. Nicht. Es geht dich nichts an.«

Doch sie war schon auf der Treppe. Er folgte ihr taumelnd und war so schwach, dass er schließlich auf allen Vieren kroch. Das große Zimmer, in dem Sybil schwitzend mit dem Tod gerungen hatte, stank nach Erbrochenem. Carl krabbelte leise wimmernd auf dem Boden herum. Ihm war klar, dass die Sanitäter die DNP-Beutelchen mitgenommen hatten.

Nicola hielt sich eine Handvoll Taschentücher aus ihrer Tasche vor die Nase. »Es war das gleiche Zeug, das du Stacey verkauft hast, oder?«

»Sie hat es sich selbst im Internet besorgt«, murmelte er.

»Nein. Nein, Carl. Du hast es ihr gegeben. Ich habe es in unserem Bad gesehen. Ein Pulver in Beutelchen. Vermutlich hast du diesmal kein Geld verlangt. Lass uns runtergehen. Ich halte den Gestank nicht aus.« Am Fuß der Treppe setzte sie sich auf die unterste Stufe. »Ganz gleich, welche Macht sie über dich hatte und was Dermot getan hat, ich will es nicht wissen. Ich habe Angst vor dir, Carl.«

Als er an ihr vorbeikam und sich auf den Tisch stützte, bemerkte er, dass sie zusammenzuckte. »Du hast keinen Grund, Angst zu haben. Ich erzähle dir alles. Ich verheimliche dir nichts.«

»Du hast sie umgebracht, richtig? Ich hätte nie gedacht, dass ich das einmal zu jemandem sagen würde. Es ist das Schlimmste, was man einem Menschen sagen kann.« Nicola stand auf und zog den Mantel um sich zusammen, als fröre sie. Sie war bleich im Gesicht, und ihre Hände zitterten. »Ich kann nicht mehr hier bei dir bleiben.«

»Verlass mich nicht«, flehte er. »Bitte verlass mich nicht.«

Er nahm sie bei den Schultern und zog sie an sich. Jedes andere Mädchen hätte wahrscheinlich nach ihm getreten und sich gewehrt, aber Nicola erschlaffte nur in seinen Armen, befreite sich sanft und streckte die Hand aus, um die Haustür zu öffnen. Leicht beschämt wich er zurück.

»Lass mich gehen, Carl«, sagte sie mit ihrer klaren, klangvollen Stimme. »Lass mich gehen.«

Sie trat in die Dunkelheit hinaus. Schon seit ihrer Rückkehr regnete es, und gelbes Licht spiegelte sich schimmernd auf dem nassen Kopfsteinpflaster und den silbrigen Schieferdächern.

Er lief ihr nach und rief, sie solle zurückkommen. Doch als sie an der Castellain Road um die Ecke bog, gab er es auf. Leise stöhnend und wimmernd setzte er sich auf eine Vortreppe und stützte den Kopf in die Hände.

34

Stundenlang lag er wach, wohl wissend, dass einem nachts die Dinge stets so viel dramatischer erschienen. Doch die Erkenntnis, dass diese Ängste und Schrecken am nächsten Morgen sicherlich auf ihre normale Größe schrumpfen würden, konnte ihn nicht beruhigen. Er wälzte sich hin und her, dachte an Sybil, die irgendwo tot in der Pathologie lag, und zermarterte sich nutzlos das Gehirn wegen des Drecks und des Chaos oben und des Zimmers, das so übel stank, dass Nicola es hatte hinter sich lassen und fliehen müssen. Gegen drei, kurz vor Tagesanbruch, schlief er ein, und er wachte erst auf, als die hereinströmenden Sonnenstrahlen ihn weckten.

Erst dann wurde ihm die schreckliche Abfolge der Ereignisse bewusst, Schritt für Schritt, einer nach dem anderen, bis er von Furcht und einem körperlichen Schmerz ergriffen wurde, der ihm wie bei einer schweren Infektion den Magen zuschnürte. Da er nicht wagte, zusammengekrümmt liegen zu bleiben, zwang er sich trotz der äußerst schmerzhaften Krämpfe in beiden Beinen auf den Boden. Er hörte ein Geräusch, das er nicht einordnen konnte; für ihn war es das Seltsamste, was er je gehört hatte, bis er es schließlich als das Läuten des Telefons erkannte. Der Festnetzanschluss. Er ließ es läuten, bis es offenbar müde wurde und verstummte. Die darauf folgende Stille war so schön – er redete sich ein, sie sei schön –, dass er glaubte, es würde ihm ein glückseliges Nichts bescheren, wenn er sein Gehör verlor. Wie gern wäre er taub geworden.

In dem süßen Schweigen stemmte er sich auf alle viere und schließlich auf die Füße. Das dauerte eine kleine Weile. Sehr langsam ging er in die Küche. Zuerst fiel sein Blick auf die Einkaufstüte, die Nicola am Vorabend mitgebracht hatte. Darin befanden sich Äpfel, ein aufgeschnittener Laib Brot, Käsescheiben, ein halber Liter Milch, zwei Dosen Sardinen und sechs große Eier. Er nahm die Brotkante, legte eine Scheibe Cheddar darauf und setzte sich auf einen Hocker, um zu essen. Dann riss er den Milchkarton auf und trank einen kräftigen Schluck. Die erste Milch, die er seit seiner Kindheit getrunken hatte, dachte er. Es war zehn nach elf. Da er nun hellwach war, fühlte er sich viel besser und gestärkt. Die Frau war tot. Sie hatte sich umgebracht, genau wie Stacey, und zwar aus Eitelkeit und wegen der Bereitschaft, alles zu tun, um schnell und mühelos abzunehmen, und wenn es einen das Leben kostete. Natürlich hatte sie das nicht gewusst, das arme Dummerchen. Sie hatte nicht zu den Frauen gehört, die Warnhinweise lasen.

Ihm war klar, dass er die Wohnung im Obergeschoss wenigstens oberflächlich säubern musste. Also schleppte er sich, mit einem Eimer bewaffnet, nach oben. Im Zimmer stank es längst nicht so übel, wie Nicola behauptet hatte. Ein leicht säuerlicher Geruch, mehr nicht. In der Küche füllte er den Eimer mit Seifenwasser und kratzte das Erbrochene von Teppichen und Polstern, ehe er beschloss, die Polster in einem Plastiksack zu verstauen und diesen in den Mülleimer am hinteren Tor zu werfen. Die auf den verschiedenen Stoffen verbliebenen Flecke bearbeitete er mit einer Bürste, die er unter der Spüle fand. Wenn man sich richtig ins Zeug legte, dauerte die Arbeit gar nicht so lang, sodass um die Mittagszeit alles erledigt war. Erst als die Hinweise auf das Ereignis beseitigt waren, wurde ihm klar, was Sybils Tod bedeutete: Das Leben des zweiten ungebetenen Mieters der Wohnung im Obergeschoss von Falcon Mews 11 war vorbei.

»Es scheint ein schöner Tag zu werden«, sagte er laut. »Ich mache mir jetzt ein Mittagessen – zwei Eier, glaube ich, und eine Scheibe Toast. Dann unternehme ich einen Spaziergang zu meiner Mutter. Ich leihe mir genug Geld von ihr, um die Zeit zu überbrücken, bis ich einen neuen Mieter für die Wohnung habe. Das dürfte nicht lange dauern.«

Er schlug zwei Eier in einer Schüssel auf, rührte sie mit einer Gabel schaumig, gab die Mischung in eine Pfanne und röstete den Toast. Beinahe hatte er aufgegessen, als es an der Tür läutete. Er zuckte zusammen. Er schalt sich wegen seiner Albernheit, schließlich zwang ihn niemand aufzumachen. Aber als es erneut läutete, tat er es doch.

Sybils Vater stand vor der Tür. Er hatte einen Koffer bei sich. Bestimmt war er hier, um Carl mitzuteilen, was dieser bereits wusste: Sybil war tot.

»Am besten kommen Sie rein«, sagte Carl.

»Ich bleibe nicht lang«, entgegnete Cliff Soames. »Sybil ist jetzt wieder bei uns. Das Krankenhaus hat sie heute Morgen entlassen. Ich wollte nur ihre Sachen holen.«

Fühlte es sich so an, wenn man gleich in Ohnmacht fiel? Carl stützte sich schwer auf die Tischplatte. Cliff trat ein und knallte die Tür hinter sich zu.

»Sie haben den Großteil dieses Zeugs aus ihr rausgeholt und sagen, dass sie jetzt okay ist, aber hierher kommt sie nicht mehr zurück. Niemals wieder. Ihre Mum kümmert sich um sie und passt auf sie auf. Sie wird nicht einmal daran denken, uns noch einmal zu verlassen. Ich gehe hoch und packe ihre Sachen in den Koffer.«

Im Wohnzimmer setzte sich Carl auf Dads Sofa. Allmählich begriff er, was Cliff Soames gerade gesagt hatte. Sybil würde nicht zurückkommen. Sybil war nicht tot; nicht alle Leute, die DNP nahmen, starben. Nicht die, die vorsichtig waren. Er fing an zu zittern. Seine Hände bebten, und seine Beinmuskeln zuckten. Der nun volle Koffer, den Cliff nach unten brachte, polterte auf der Treppe. Er stellte ihn im Flur ab und machte einen Schritt ins Zimmer.

»Sybil will am Leben bleiben«, verkündete er drohend. »Sie werden sie in Zukunft nicht mehr belästigen. Schuldet sie Ihnen noch Miete?«

Carl wusste nicht, was er antworten sollte. Er wagte nicht auszusprechen, wie viel sie ihm in Wahrheit schuldete. Doch die Versuchung, zumindest einen kleinen Betrag zu nennen, war zu groß, um ihr zu widerstehen.

»Achtzig Pfund«, erwiderte er und fügte dummerweise hinzu: »Wenn es im Bereich Ihrer Möglichkeiten ...«

Cliff Soames zog ein Bündel Banknoten aus der Tasche, reichte es ihm und forderte eine Quittung. »Die Mieten, die Leute wie Sie verlangen ... Ich habe über euch gierige

Blutsauger in der Zeitung gelesen. Hoffentlich ersticken Sie dran.«

Carl stellte eine Quittung über achtzig Pfund aus und übergab sie wortlos. Nachdem die Haustür zugeknallt war, beobachtete er, wie Cliff den schweren Koffer die Straße hinunterschleppte. Als Erstes, dachte er, würde er einen Teil des Geldes, das er noch mit der Hand umklammerte, in ein paar Flaschen Wein investieren. Vielleicht auch in eine Flasche mit etwas Stärkerem.

Es war Samstag, es musste etwas passieren. Für Carl stand ganz oben auf seiner Liste, die Wohnungssuchanzeigen im Internet zu studieren und einen oder zwei vielversprechende Bewerber auszuwählen. Allerdings gab es Hunderte – vermutlich Tausende –, die alle irgendwo im Zentrum von London wohnen wollten. Wenn man sich näher damit befasste, wurde einem wirklich klar, wie verzweifelt die Wohnungsnot war.

Bald stellte er fest, dass er mit seinem Angebot – eine abgeschlossene Wohnung in der obersten Etage eines Hauses in den Mews in Maida Vale – in der obersten Liga spielte. Die Miete, die er verlangt (wenn auch nur selten erhalten) hatte, war ein Witz gewesen. Daran musste er etwas ändern. Zehn Minuten später hatte er sie erheblich erhöht und mit drei Kandidaten Termine vereinbart: ein Paar um zwei, ein alleinstehender Mann um vier und eine Frau um sechs. Er wusste noch nicht, was er tun sollte, wenn ihm bereits der erste Kandidat wirklich sympathisch war. Darüber würde er nachdenken müssen.

Nach einem Glas Wodka und einem mit Pinot Grigio begann er, seinen Teil des Hauses nach Nicolas Habe zu durchsuchen. Er glaubte, dass sie sicher eine Menge zurückgelassen hatte: Kleider, vielleicht Schmuck, obwohl sie nicht viel davon besaß, Make-up und Parfüm (wofür das Gleiche galt), Bücher, CDs und DVDs. Allerdings traf das nicht zu; nur ein wenig Unterwäsche, ein rotes und ein graues Kleid fürs Büro und Jeans, Pullis und T-Shirts für die Wochenenden. Das graue Kleid hing noch im Schrank, ebenso wie eine Jeans und ein blau-weiß gemustertes Oberteil, das ihm stets gefallen hatte. Es versetzte ihm einen Stich, die Sachen anzuschauen; es war, als wäre sie gestorben.

Während er sich noch fragte, was er jetzt tun sollte, läutete es an der Tür. Mr und Mrs Crowhurst, pünktlich auf die Minute. Sie wirkten sehr jung, etwa so alt wie er oder sogar jünger. Die Miete, die er verlangte – die neue Miete –, schien sie nicht abzuschrecken. Sie besichtigten die Räume. Im Wohnzimmer schnupperte Mrs Crowhurst ein wenig argwöhnisch, sagte aber nichts. Könnten sie den Garten nutzen? Carl, der sich an das letzte Mal erinnerte, erwiderte: »Leider nein.« Mr Crowhurst stellte sie als Jason und Chloe vor. Sie hätten sich als Mr und Mrs vorgestellt, weil Ehepaare einen seriöseren Eindruck machten.

»Also sind Sie nicht verheiratet?«

»Oh, doch, das sind wir.« Sie streckten die linken Hände aus, um ihre Eheringe vorzuzeigen. »Wir rufen Sie an und geben Ihnen Bescheid.«

»Ich habe noch zwei Interessenten, der eine kommt um vier, der andere um sechs. Also überlegen Sie nicht zu lange.« Carl hatte sich noch nie so mächtig gefühlt. Wie der Herrscher über alles, auf das sein Blick fiel. So hätte Dermot es vielleicht ausgedrückt.

Der nächste Bewerber erschien um zehn nach vier. Er war alt genug, um der Vater der Crowhursts zu sein, hochgewachsen, grauhaarig und mit einem Anzug bekleidet. Sein Name war Andrew Page, und ob er verheiratet war, kam nicht zur Sprache. Er war mit der Miete einverstanden, erkundigte sich nicht nach der Gartenbenutzung und meinte, er werde gern so bald wie möglich einziehen. Allerdings hatte er etwas an sich, das Carl an Dermot erinnerte. Er sagte, er habe noch einen Termin mit einem weiteren Interessenten. Mr Page solle später anrufen.

Als um fünf das Telefon läutete, vermutete Carl, dass Andrew Page anrief. Doch es war ein Mann namens Harry, der angab, ein Freund von Nicola zu sein. Er werde gern mit seinem Transporter vorbeikommen, um ihre Sachen abzuholen. Sofort, wenn das möglich sei. Carl entgegnete, der morgige Tag würde ihm besser passen, doch Harry war das nicht recht.

»Jetzt oder gar nicht«, beharrte er.

Carl konnte sich Harry so überhaupt nicht als einen Freund von Nicola vorstellen. Er trug einen farbbeklecksten Jogginganzug und hatte einen ausladenden buschigen Bart und schulterlanges Haar. Ein Glück, dass Nicola nicht modebewusst war, dachte Carl, denn Harry hatte zwei große mehr oder weniger weiße Kopfkissenbezüge mitgebracht, um alles zu verstauen. Er brauchte etwa fünf Minuten dafür, warf die Kissenbezüge hinten in seinen Transporter und fuhr so schnell davon, wie Carl noch nie jemanden über das Kopfsteinpflaster hatte rasen sehen. Er hatte versucht, Harry zu überreden, Nicolas grüne Gans mitzunehmen, doch Harry hatte nach einem Blick darauf den Kopf geschüttelt. Also stand sie noch immer auf dem Flurtischchen, eine missbilligend schweigende Erinnerung an alles, was Carl in den letzten Monaten zugestoßen war.

Kurz nach dem Verschwinden des Transporters fuhr eine zierliche Frau, die ihren Namen mit Mrs Hamilton angab, in einem silberfarbenen Lexus vor. Noch ehe sie das Haus überhaupt betreten hatte, saß sie schon wieder im Auto und brauste davon, denn Carl hatte ihr mitgeteilt, dass Falcon Mews 11 nicht über einen privaten Stellplatz verfügte.

Kurz vor acht kehrte Andrew Page in einem Taxi zurück. »Ich komme immer wieder, wie ein Stück Falschgeld«, verkündete er, was so nach Dermot klang, dass Carl erschauderte.

»Haben Sie es sich anders überlegt?«, erkundigte sich Carl, beinahe in der Hoffnung, dass das der Fall sein würde. Doch Andrew Page hielt an seinem Entschluss fest. Er wolle nur sichergehen, dass nichts geschehen sei, was ihn daran hindern könnte, die Wohnung zu mieten. Nein, nichts, erwiderte Carl ziemlich zögerlich.

»Ich würde morgen gern mit meinem Anwalt wiederkommen, um den Vertrag zu unterschreiben. Oh, und natürlich, um die Kaution zu hinterlegen. Es ist doch das Beste, alles offiziell zu regeln, finden Sie nicht?«

Carl hatte zwar noch nie gehört, dass jemand zu einer derartigen Transaktion seinen Anwalt mitbrachte, aber er besaß ja auch nicht viel Erfahrung als Vermieter. Beim letzten Mal hatte er ein ordentliches Durcheinander angerichtet. Es wunderte ihn, dass dieser Mann unaufgefordert eine Kaution bezahlen wollte. Während das Taxi wartete, verabredete er mit ihm, er solle am folgenden Tag mit Rechtsanwalt Mr Lucas Partridge wiederkommen.

Den restlichen Abend ließ Carl die zwei Redensarten Revue passieren, die Andrew Page so dermotähnlich von sich gegeben hatte. Spielte das eine Rolle? Er beabsichtigte, während der Mietzeit so wenig wie möglich mit ihm zu sprechen. Die Miete war in Ordnung und würde regelmäßig bezahlt werden – ohne Hindernisse, ohne Erpressung.

»Was würdest du tun«, fragte Adam, »wenn du jemanden wiedererkennen würdest, den du dabei beobachtet hast, wie er sich merkwürdig verhalten und möglicherweise ein Verbrechen begangen hat?«

Er und Lizzie schlenderten zwischen Cunningham Place und Lisson Green am Kanal entlang. Es war ein milder, sonniger Abend. »Was meinst du mit merkwürdig?«, erkundigte sich Lizzie.

»Setzen wir uns einen Moment.«

Sie ließen sich auf einer Bank am Ufer nieder. »Der Typ, der dein Vorgänger in der Tierklinik war – wie hieß er noch mal?«

»Dermot McKinnon. Er wurde ermordet.«

»Das weiß ich«, erwiderte Adam. »Es ist in einer Straße passiert, die irgendwas mit Jerome heißt. Jerome Crescent, glaube ich. Sie haben den Täter nie gefasst.« Er hielt inne. »Etwa um diese Zeit, ich bin nicht mehr sicher, was das Datum angeht, war ich unterwegs, um mich mit einem Freund in einem Pub in Camden auf einen Drink zu treffen. Ich bin mit dem Fahrrad auf dem Pfad gefahren, wo wir jetzt sind. Dann unter der Brücke an der Park Road hindurch bis zum Rand des Parks. Am anderen Ufer war ein Typ mit einem großen Rucksack. Weil es dunkel war, hat er mich nicht gesehen.«

»Was für ein Typ, Adam?«

»Der Mann, zu dessen Haus du McKinnons Sachen gebracht hast. Er stand in der Tür, als ich dir an diesem Tag auf der Straße entgegengekommen bin. Der Mann mit dem Rucksack. Ich habe ihn vom Ufer aus durch die Bäume beobachtet. Ich weiß, dass er mich nicht bemerkt hat, und war einfach nur neugierig. Er hat sich hingekauert, den Rucksack aufgemacht und einen großen, schweren Gegenstand herausgenommen. Dann habe ich gesehen, dass er zwar den Rucksack, aber nicht den schweren Gegenstand in den Kanal geworfen hat. Den hat er in den Armen gehalten. Das war alles sehr sonderbar.«

»Oh, mein Gott«, antwortete Lizzie.

»Bis vor Kurzem habe ich nicht weiter darüber nachgedacht. Ich kannte ihn nicht und wusste ganz sicher nicht, dass zwischen ihm und dem Ermordeten eine Verbindung bestand. Also bin ich bei seinem Anblick ziemlich erschrocken.«

»Carl Martin?«

»Ja. Und er und Dermot McKinnon haben unter einem Dach gewohnt. Ein merkwürdiger Zufall, meinst du nicht?«

35

Die Kaution, rückzuerstatten bei Beendigung des Mietverhältnisses, kam Carl unbeschreiblich gelegen. Außerdem hatte er so gar nicht damit gerechnet, dass er es noch immer kaum glauben konnte, als man ihm einen Scheck über zweitausend Pfund überreichte. Mr Partridge, der Anwalt, schien an dieser Transaktion nichts Sonderbares zu finden. Dass Carl keinen Mietvertrag vorbereitet hatte, sorgte für einiges Kopfschütteln. Doch es war nicht weiter schlimm, denn Page hatte unter Anleitung seines Anwalts selbst einen aufgesetzt. Für Carl sah alles sehr vielversprechend aus, ein weiterer Grund, um zu staunen und sich zu fühlen wie in einem glücklichen Traum. Beinahe erwartete er aufzuwachen und wieder in der Wirklichkeit zu sein – ohne Geld, Lebensmittel oder irgendeine Form von Absicherung.

Der Vertrag wurde unterzeichnet und bezeugt. Falls es Mr Martin, wie sein neuer Mieter ihn hartnäckig nannte, genehm sei, würde Andrew Page am folgenden Tag einziehen. Er werde einige kleine Möbelstücke mitbringen, wenn Mr Martin einverstanden sei. Carl, noch immer benommen von dem Geldsegen und der Aussicht auf weitere Einkünfte, erwiderte, das sei in Ordnung. Nachdem die beiden Männer fort waren, musterte er gründlich den Scheck. Er war tatsächlich auf zweitausend Pfund ausgestellt. Ironie des Schicksals war, dass er nun zwar so viel

Geld, aber keine einzige Banknote oder Münze besaß und auch erst wieder über Bares verfügen würde, wenn er den Scheck am nächsten Morgen einlöste.

Am liebsten hätte er gefeiert, indem er ins Restaurant Summerhouse ganz in der Nähe oder ins neu eröffnete Crocker's Folly ging, um sich mit Austern, Steak und einer Flasche Champagner zu verwöhnen. Da fiel ihm seine Kreditkarte ein, die er schon seit Monaten nicht benutzt hatte – er hatte es nicht gewagt, und nun wusste er nicht mehr, wo er sie hingelegt hatte. Er brauchte eine halbe Stunde, um sie in der Tasche einer Jacke aufzuspüren, die er so gut wie nie trug.

Es war Abendessenszeit, genau halb acht. Er schlenderte die Sutherland Avenue entlang und über die Edgware Road zum Aberdeen Place. Von außen sah das Crocker's Folly prächtig aus, das Innere wirkte nach umfangreichen Umbaumaßnahmen sehr hübsch und elegant. Es gab zwar keine Austern, doch Steak und Champagner waren kein Problem. Carl hatte schon so lange keinen Champagner mehr getrunken, dass er ganz vergessen hatte, wie er schmeckte. Er gab sich Mühe, sein Essen nicht hinunterzuschlingen, sondern gemütlich zu speisen, hin und wieder am Champagner zu nippen und sich die Röstkartoffeln auf der Zunge zergehen zu lassen. Nach dem köstlichen Hauptgang gönnte er sich noch eine Nachspeise mit drei verschiedenen Schokoladensorten und Eiscreme aus dicker Sahne. Erst dann gestattete er sich, über sein Leben und darüber nachzudenken, was daraus geworden war.

Vielleicht würde Nicola ja zurückkommen, da er nun

einen neuen Mieter und Geld hatte. Allerdings hatte Geld sie nie interessiert. Er konnte sich wieder mit seinen Freunden treffen, sie anrufen, sie besuchen und sie zu sich einladen. Er würde sich wieder an seinen aufgegebenen Roman setzen und feststellen, dass das Schreiben ihm genauso viel Freude bereitete wie früher. Er würde seine Kreativität neu entdecken. Seine Sorgen gehörten nun der Vergangenheit an, und er musste nur darauf achten, sich keine neuen Probleme zu schaffen, indem er ein übertrieben vertrauliches Verhältnis zu Andrew Page zuließ. Vielleich war »Mr Martin« und »Mr Page« ja die beste Lösung. So bestand keine Verpflichtung, sich gegenseitig auf einen Drink oder auch nur eine Tasse Tee einzuladen.

Auf dem Heimweg nach Falcon Mews musste er erneut an Dermot McKinnon denken. Nun, da sein neues Leben endlich Gestalt annahm, würden die Erinnerungen an Dermot sicher verblassen. Mitleid und Reue waren überflüssig. Seine Tat war eigentlich eher als ein Unfall einzustufen, denn schließlich hatte er kaum gewusst, was geschah, bis alles vorbei gewesen war. In einem Jahr, einem Jahr, in dem er sich an seinem neuen Mieter mit seiner förmlichen Art und seiner kühlen Steifheit erfreut hatte, würde er Dermot völlig vergessen haben und sich gewiss keine Vorwürfe mehr wegen seines Todes machen.

»Wirst du in der Sache etwas unternehmen?«

»Ich weiß nicht«, erwiderte Adam. Er und Lizzie saßen allein im Empfangsbereich der Sutherland-Tierklinik. Die Klinik war schon geschlossen, doch ein Patient, ein

King-Charles-Spaniel nebst Frauchen, hielt sich noch im Gebäude auf. Sie waren in Carolines Behandlungszimmer, wo der Hund, Louis Quatorze, seine Impfungen bekam. »Ich könnte zur Polizei gehen. Das ist mir klar. Ich könnte denen dasselbe erzählen wie dir: Dass ich um die Zeit, die nach grober Schätzung die Tatzeit war, glaube, beobachtet zu haben, wie Carl Martin den Gegenstand, mit dem er Dermot McKinnon ermordet hat, in der Hand hielt.«

»Und wirst du zur Polizei gehen?«

Adam seufzte auf. »Ich habe gesehen, wie ein Mann etwas in den Kanal geworfen hat, und zwar dort, wo er in den Regent's Park fließt. Ich habe mich nicht eher gemeldet, weil ich mir nichts dabei gedacht habe, bis ich dich in Falcon Mews abgeholt habe, und derselbe Mann – daran besteht kein Zweifel – aus dem Haus auf die Vortreppe trat. Du hast mir gesagt, Dermot McKinnon habe dort in der Wohnung im Obergeschoss gelebt. Nicht sehr ergiebig, was?«

Ehe sie antworten konnte, erschien Caroline mit Louis Quatorze und seinem Frauchen. Lizzie überreichte dem Frauchen die Rechnung und tätschelte Louis den Kopf. Sie und Adam verließen das Gebäude gleichzeitig mit Frauchen und Hund, damit Caroline abschließen konnte.

»Glaubst du wirklich, er könnte Dermot umgebracht haben?«, fragte Lizzie. Sie erinnerte sich an Carls Gleichgültigkeit, als Sybil oben erkrankt war. Aber war ihm deshalb ein Mord zuzutrauen?

»Keine Ahnung, Lizzie. Gehen wir in den Prince-Albert-Pub und trinken einen. Draußen ist es zu kalt.«

Im Pub setzte sich Lizzie an einen der kleinen Tische, während Adam zwei Gläser Weißwein holen ging. »Am liebsten würde ich mit Carl darüber reden«, sagte er. »Herausfinden, wie er reagiert. Mich würde sein Gemütszustand interessieren.«

»Ach ja, du bist ja als Psychologe tätig«, erwiderte Lizzie.

Adam lachte. »Ich habe einen Abschluss in Psychologie, mehr aber auch nicht, das weißt du doch. Ich möchte ihn einfach nur sprechen. Ich glaube, ich werde ihm sagen, dass ich nicht vorhabe, zur Polizei zu gehen. Doch nachdem ich ihm zugehört habe – vorausgesetzt, er redet mit mir –, schlage ich ihm vor, es selbst zu tun.«

»Was? Er soll sich stellen?«

»Darauf läuft es im Großen und Ganzen hinaus.«

»Aber so was macht niemand, Adam. Nicht freiwillig. Und was, wenn er gewalttätig wird? Falls du recht hast und er Dermot ermordet hat, was hindert ihn dann daran, wieder zu töten?«

36

Der letzte Winter war nicht kalt, sondern verregnet gewesen. Wer in der Nähe der Themse oder in den Somerset Levels wohnte, hatte ernsthaft mit einem überfluteten Keller rechnen müssen. In diesem Jahr hatte das warme Wetter weiter angehalten, doch als der Herbst in den Winter überging, setzte eine beißende Kälte ein. In London war es schon immer wärmer gewesen als im restlichen Großbritannien, und in Maida Vale wurde es eher später kalt als anderswo. Dennoch glitzerte in Falcon Mews Ende November der Raureif in den Büschen, die das Kopfsteinpflaster säumten, und überzog die kahlen Äste der Bäume mit einer silbrigen Schicht.

Im Haus Nummer 11 wurde bald die im letzten Jahr nicht eingeschaltete Zentralheizung benötigt und für ungenügend befunden. Zumindest nach Carls Ansicht. Oben aus der Mietwohnung kamen keine Klagen, doch als Carl eines Abends zufällig in der Vorhalle war, erschien Andrew Page mit zwei großen elektrischen Heizstrahlern, die er aus dem Kofferraum eines Taxis hievte.

»Ich bin ein wenig verfroren«, erklärte er. »Mit der Heizung ist bestimmt alles in Ordnung.«

Die Heizstrahler wurden nach oben geschleppt, und wie immer schloss sich leise Andrew Pages Wohnungstür. Carl konnte nur herausfinden, ob sein Mieter zu Hause war, indem er auf die Straße oder in den Garten hinaustrat und hinaufschaute, um festzustellen, ob in den oberen Fenstern Licht brannte. Allerdings war auch das nicht unbedingt ein sicherer Hinweis, denn sehr viele Leute ließen das Licht an, wenn sie ausgingen, und Andrew Page war vielleicht einer von ihnen. Doch Carl wollte es gar nicht so genau wissen. Da jeder einen Fernseher besaß, hatte Andrew vermutlich auch einen. Die meisten hatten ein Radio, eine Stereoanlage oder beides, also traf das wahrscheinlich auch auf ihn zu. Aber selbst wenn es sich so verhielt, aus der oberen Etage war nie ein Geräusch zu hören. Kein Wasser lief, nichts fiel auf den Boden, kein Schalter klickte, kein Telefon läutete und kein Computer fuhr hoch. Andrew Page schien in absoluter Stille zu leben. In dieser Hinsicht, ja, eigentlich in *jeglicher* Hinsicht, war er der optimale Mieter. Die Miete traf ohne Verzögerung an jedem Monatsletzten auf Carls Konto ein. Manchmal dachte Carl, dass Andrew Page zu gut war, um wahr zu sein. Doch er sagte sich, dass er deshalb so empfand, weil sich die Menschen, denen er in jüngster Zeit begegnet war – da wollte er kein Blatt vor den Mund nehmen –, als geisteskrankes Gesindel entpuppt hatten.

In Carls Leben war also alles bestens, nur dass ihm Nicola fehlte. Er hatte in Erfahrung gebracht, dass sie nicht mehr in der Ashmill Street wohnte, was hieß, dass sie sich eine andere Unterkunft besorgt hatte und dass er die Adresse nur herausfinden konnte, indem er ihr Büro in der Gesundheitsbehörde anrief. In anderen Worten: indem er *sie* anrief, und davor scheute er zurück. Er musste den Tatsachen ins Auge sehen. Wenn sie ihn hätte treffen und wieder mit ihm zusammen sein wollen, hätte sie sich bei ihm gemeldet. Er erinnerte sich an ihren Abschied und an den Mann, der mit seinem Transporter erschienen war, um ihre Sachen zu holen. Als er an einem Spiegel vorbeikam – außer dem im Badezimmer der einzige im Haus – blieb er stehen und zwang sich hineinzulächeln. Wie befürchtet, hatte sich sein Lächeln in eine Gesichtsverzerrung verwandelt, eine Maske, eine Fratze, ohne Wärme und Freundlichkeit.

Morgens und manchmal auch abends arbeitete er an seinem Roman. Mechanisch, fast wie auf Autopilot, tippte er Wörter, die alle etwas bedeuteten und Ereignisse, Menschen oder Handlungen schilderten. Da er sich an Raymond Chandlers Rat an Schriftsteller erinnerte, wenn ihnen nichts mehr einfiele, sollten sie einen Mann mit einer Pistole ins Zimmer kommen lassen, verfasste er Gewaltszenen, um seiner Geschichte mehr Tempo zu verleihen. Als er schon beinahe beschlossen hatte, den Roman aufzugeben und sich damit abzufinden, dass er eben ein Autor mit nur einem einzigen Buch bleiben würde, kam Andrew Page die Treppe hinunter. Anstatt das Haus zu verlassen, klopfte er an Carls Wohnzimmertür.

Carl saß am Laptop; seine Hände waren reglos, und er starrte auf den leeren Bildschirm und die grünen Hügel in weiter Ferne. Er rief »herein«, worauf Andrew das Zimmer betrat. Er hatte eine Ausgabe von *An der Schwelle des Todes* bei sich.

»Entschuldigen Sie die Störung«, sagte er. »Aber ich habe gehofft, Sie würden es mir signieren. Ich habe es heute Nachmittag in dem kleinen Buchladen an der Ecke gekauft.«

Nur Carls Verleger und ein Freund seines Verlegers hatten je diese Bitte an ihn gerichtet.

»Selbstverständlich.« Carl fragte sich, ob das Lächeln, das diese Zustimmung begleitete, ebenso bedrohlich und gekünstelt wirkte wie die zähnefletschende Grimasse, die ihm vorhin vor dem Spiegel gelungen war. Falls ja, schien Andrew Page keinen Anstoß daran zu nehmen. Er reichte ihm das Buch mit aufgeschlagener Titelseite, und Carl unterschrieb. Offenbar inspirierte ihn ein Instinkt aus der Vergangenheit, denn er wiederholte das gekünstelte Lächeln und bat seinen Mieter zu bleiben und einen Schluck mit ihm zu trinken. Inzwischen war die Wohnung stets gut mit Wein und Spirituosen bestückt.

»Danke, sehr gern.«

Carl holte Gin, eine Flasche Tonic, Weißwein und einige Bierdosen, alles entsprechend gekühlt. Er bereute seine Einladung bereits, nicht, weil es ihn kümmerte, wie viel Andrew Page trank, sondern weil ihm kein Gesprächsthema einfiel. Allerdings erwies sich das als problemlos, weil der sonst so stille Andrew den Großteil der Unterhaltung bestritt. Wie sich herausstellte, war er ein examinierter Anwalt in Ausbildung, der bald sein Anerkennungsjahr hinter sich haben würde. Nach Carls Ansicht vermutlich der Grund, warum er zur Unterzeichnung und Bezeugung des Vertrags einen Anwalt mitgebracht hatte. Andrew Page erklärte, seine Eltern seien beide Anwälte, sein älterer Bruder sogar Kronanwalt. Er fügte hinzu, er habe solches Glück gehabt, eine Wohnung in einer so hübschen Straße zu finden, und wohne sehr gern hier. Außerdem sei er verlobt und wolle heiraten, sobald er seine Zulassung in der Tasche habe. Offenbar hielt er Carl für einen erfolgreichen Autor, der einige Bestseller vorweisen konnte. Carl wollte das gerade richtigstellen, als das Telefon läutete.

Es war ein Mann namens Adam Yates, von dem Carl noch nie gehört hatte. Er hatte eine angenehm gebildet und zivilisiert klingende Stimme, was nichts zu bedeuten hatte. »Sie kennen meine Freundin Lizzie Milsom.«

Wirklich? Der Name erschien ihm vertraut. Eine Schulfreundin, dachte er. Von damals, als Stacey und er Kinder gewesen waren. Das war schon so lange her.

»Ich werde Sie nicht lange aufhalten«, sprach Adam Yates weiter. »Ich möchte nur ein paar Minuten mit Ihnen reden. Ich könnte gegen acht vorbeikommen.«

Konnte er es auf morgen verschieben?, überlegte Carl. Doch in diesem Fall würde er sich die ganze Nacht und den halben nächsten Tag mit Sorgen zermürben. Also schlug er neun vor.

Adam Yates antwortete, neun sei in Ordnung. Carl legte auf und entschuldigte sich bei Andrew Page. Sie plauderten noch ein wenig. Sein Gast lehnte einen weiteren Drink ab, aber als er ging, meinte er: »Wenn ich Ihnen behilflich sein kann, scheuen Sie nicht, mich zu fragen. Ich habe schon seit einer ganzen Weile den Eindruck, dass Sie möglicherweise Hilfe brauchen.« Er verließ das Zimmer und schloss leise die Tür hinter sich. Carl fühlte sich ziemlich gedemütigt. Gleichzeitig war ihm unwohl.

Merkte man ihm seine Probleme oder die Erinnerung daran so deutlich an, und zwar nicht nur wegen seines fratzenhaften Lächelns?

Jetzt musste er zwei Stunden auf diesen Adam Yates warten. Ein Freund von Lizzie Milsom, hatte er behauptet. Adam Yates würde kommen, um mit ihm über irgendetwas zu reden. Nur, dass der Anruf ihn in den letzten Sommer zurückversetzt hatte, als Schmalhans Küchenmeister gewesen war. In die Zeit, als sein Alkoholkonsum in die Höhe geschnellt war, während er nichts anderes mehr heruntergebracht hatte. Auch jetzt wollte er nichts essen, doch noch ein Glas Wein wäre leichtsinnig gewesen, insbesondere wegen der drei, die er bereits mit Andrew getrunken hatte. Schließlich musste er in der Lage sein, sich zu verteidigen.

Verteidigen? Der Mann hatte nichts gegen ihn in der Hand, um anzudeuten, dass er sich etwas hatte zuschulden kommen lassen. Ganz sicher nichts, was eine Verteidigung nötig machte.

Um zehn vor neun ging Carl nach oben und bezog Posten an dem Fenster, das Blick auf die Mews hatte. Würde Adam Yates mit dem Auto eintreffen? Oder mit dem Taxi? Wenn er Londoner war, würde er aller Wahrscheinlichkeit nach zu Fuß gehen. Er saß in der Dunkelheit und hielt Ausschau zum Gehsteig hin, den er im Schein der Straßenlaterne vor Mr Kaleejahs Haus beobachten konnte. Die Mews waren menschenleer, in den meisten Häusern brannte Licht. Es war eine schöne Nacht. Der Mond war noch nicht aufgegangen, doch ein einziger Stern leuchtete hell und ohne zu flackern. Der Polarstern? Immer wieder sah Carl auf die Uhr. Eine Minute vor neun trat Mr Kaleejah, seinen Hund mit Gummiknochen im Maul an der Leine, aus seinem Haus. Langsam und zielstrebig marschierte er in Richtung Castellain Road. Um Punkt neun erschien ein Mann, etwa in Carls Alter, am anderen Ende der Mews. Carl ging nach unten, um aufzumachen. Zum ersten Mal seit Monaten war ihm übel. Er befand sich wieder in dem ihm vertrauten Zustand der ständigen Angst.

Er öffnete die Tür. »Adam Yates«, verkündete der Mann, den er vom Fenster aus beobachtet hatte.

Carl nickte. Er trat zu Seite, und Adam Yates kam herein. Er war ein wenig größer als Carl. Sein dunkles Haar war kurz geschnitten, und er war so glatt rasiert, dass er beinahe offiziell wirkte. Carl erinnerte sein Äußeres, die ordentliche Jacke mit passender Hose, an einen Detective Inspector in einer Fernsehserie. Er folgte Carl ins Wohnzimmer, wo dieser ihm einen Drink anbot.

»Das ist kein Freundschaftsbesuch«, entgegnete Adam. »Es dauert nicht lang.«

Carl, wieder gefangen in seiner alten Welt aus Furcht und Grauen, sehnte sich nach etwas zu trinken. Auf dem Tisch neben Dads Sofa standen zwei Flaschen Wein, eine Weiß, die andere Rosé. Er gierte zwar heftig danach, allerdings nicht so sehr, dass das Verlangen stärker gewesen wäre als die Scheu, die damit im Widerstreit lag. Er forderte Adam auf, sich zu setzen, und ließ sich auf dem Sofa nieder, so als wäre die Nähe der Flaschen ein Trost. Aber es traf eher das Gegenteil zu.

»Was haben Sie mir zu sagen?«

»Der Vorfall, über den ich sprechen möchte, hat sich im letzten September ereignet«, begann Adam. »Am Kanal.«

Hab ich es doch gewusst, dachte Carl. Noch ein Erpresser. Wie hatte er nur glauben können, dass alles in Ordnung war und dass er nichts mehr zu befürchten hatte? Er nickte langsam. »Stört es Sie, wenn ich etwas trinke?«

»Falls Sie es nötig haben. Das merke ich Ihnen an.«

Carl schenkte sich ein Glas aus der Sauvignon-Flasche ein. Der Wein war warm geworden, doch das war nicht weiter wichtig. Noch nie hatte er ihn so gebraucht, und noch nie hatte er ihm so gut geschmeckt.

»Ich war am Kanalufer zwischen den Bäumen«, fuhr Adam Yates fort. »Ich habe gesehen, wie Sie sich unter mir ans Ufer gekniet und einen schweren Gegenstand aus Ihrem Rucksack genommen haben. Den Rucksack haben Sie dann in den Kanal geworfen. Natürlich habe ich mich nach dem Grund gefragt, aber keinen Zusammenhang mit dem Mord an Dermot McKinnon hergestellt. Von dem Mord habe ich sogar erst einige Zeit später erfahren. Ich hatte keine Ahnung, dass zwischen Ihnen und Dermot eine Verbindung bestand, bis ich nach Falcon Mews kam, um Lizzie abzuholen, und beobachtet habe, wie Sie aus der Haustür getreten sind.«

Carl antwortete nicht. Es war zwecklos. Dieser Mann, der aussah wie ein Detective, aber eindeutig keiner war, war offenbar bestens informiert. Er stürzte die Hälfte seines Weins hinunter.

»Ich möchte Ihnen mitteilen, dass ich weiß, was Sie getan haben«, fuhr Adam fort.

Carl lehnte sich zurück. Plötzlich war er völlig klar im Kopf. »Tja, glauben Sie jetzt nicht, dass Sie da der Einzige sind«, erwiderte er. »Dermot McKinnon war über das erste Mädchen im Bilde, das starb, und hat mich erpresst, indem er die Miete zurückgehalten hat. Nach seinem Tod ist seine Freundin hier eingezogen, hat mich wieder erpresst und einfach keine Miete bezahlt. Das wird bei Ihnen nicht klappen, denn Sie zahlen mir keine Miete.«

Adam schien überrascht. »Sie haben schwere Zeiten hinter sich«, stellte er leutselig fest.

»Und was noch schlimmer ist als all das: Meine Freundin hat erraten, was geschehen ist, und mich verlassen. Jetzt habe ich die Wohnung oben an einen vernünftigen Menschen vermietet. Aber vielleicht zieht er ja aus, wenn Sie ihm die Geschichte erzählen, denn ich werde Ihnen kein Erpressungsgeld bezahlen. Ich bezahle Sie nicht für Ihr Schweigen. Ich gebe Ihnen weder die Miete, die ich von meinem Mieter bekomme, noch lasse ich Sie mietfrei hier wohnen.«

»Ich verlange nicht von Ihnen, dass Sie mich in Ihrem Haus wohnen lassen«, entgegnete Adam. »Ich verlange überhaupt nichts.« Er füllte Carls Glas nach. »Ich will nicht einmal Ihren Wein.«

Bei diesen Worten zuckte Carl zusammen. Der Mann war so ruhig. So gelassen und dennoch vorwurfsvoll. »Was soll das dann alles?«

»Ich wollte nur, dass Sie wissen, dass ich es weiß«, antwortete Adam. Er beugte sich vor. Sein Tonfall war noch immer ruhig, ja, sogar beschwichtigend. »Was ich wirklich will, ist, dass Sie zur Polizei gehen und Ihre Tat gestehen. Dann wären Sie Ihrer Sorgen ledig. Alles wäre vorbei. Sie würden ins Gefängnis wandern, aber ein Geständnis würde sich strafmindernd auswirken.«

Kurz hatte Carl das Gefühl, als würde eine gewaltige Last von seinen Schultern genommen, als er sich ein Leben frei von Ängsten und Bedrohung vorstellte. Doch schon im nächsten Moment stürzte die Wirklichkeit wieder über ihn herein. »Warum sollte ich?«, fragte er. »Ich führe jetzt ein friedliches Leben. Ich habe mein Auskommen, für mich hat sich alles zum Guten gewendet. Warum, zum Teufel, sollte ich gestehen?«

»Weil ich es weiß«, erwiderte Adam. »Und weil Sie wissen, dass ich es weiß. Schauen Sie, ich habe kein Interesse an Rache oder Strafe. Ich verspreche Ihnen, dass ich es nie einer Menschenseele verraten werde, und ich halte meine Versprechen. Aber wieso sollten Sie mir glauben? Schon jetzt erkenne ich an Ihrem Gesichtsausdruck, dass Sie es nicht tun.«

Er stand auf. »Ich richte Lizzie freundliche Grüße von Ihnen aus, soll ich? Sie sagt, Sie seien zusammen auf der Schule gewesen. Doch daran haben Sie sich bestimmt erinnert, als sie mit Dermots Sachen hier ankam.« Er drehte sich um und blickte Carl an. »Ich merke Ihnen an, dass Sie leiden, aber es gibt einen Weg, diese Sache zu beenden, und Sie kennen ihn.«

37

Natürlich glaubte er Adam Yates kein Wort. Man glaubt keinem Menschen, der einem ein Versprechen gibt und sagt, dass er es nicht brechen wird. Das konnte jeder behaupten. Nachdem Carl wochenlang gut geschlafen hatte, lag er nun wieder die ganze Nacht wach. Er ließ Adam Yates' Äußerungen Revue passieren, wiederholte sie ein ums andere Mal, grübelte über das Versprechen des Mannes nach und tat es ab. Er würde reden. Die Polizei würde eins und eins zusammenzählen. Es war nur eine Frage der Zeit.

Doch es vergingen erst Wochen und dann Monate. Andrew Page zahlte weiter an jedem Monatsletzten die Miete. Mr Kaleejah führte täglich drei- bis viermal seinen Hund aus. Carls Nachbarn begrüßten ihn mit »Guten Morgen«, »Hallo« oder »Wie geht es Ihnen?«, wenn sie ihm begegneten.

Eines schönen Tages kam Nicola vorbei. Inzwischen trank er wieder so viel wie in den Tagen, nachdem Sybil zu ihren Eltern zurückgekehrt war. Nicola lehnte den Alkohol ab und fragte, ob sie sich eine Tasse Tee machen könnte. Sie kochte den Tee und förderte die weißen Schokoladenplätzchen zutage, die er immer so gern gemocht, aber seit ihrem Auszug nicht mehr gegessen hatte. Nicola erzählte ihm, sie habe einen anderen Mann kennengelernt, lebe mit ihm zusammen und werde bald heiraten. Die Themen Dermot, Sybil, Stacey oder Geld wurden natürlich nicht erwähnt. Nach einer halben Stunde ging Nicola wieder.

Carl beobachtete sie durchs Fenster und blickte ihr so lange nach, bis sie aus den Mews in die Sutherland Avenue eingebogen war. Während ihres Besuchs hatte er die ganze Zeit getrunken. Inzwischen sparte er sich die Mühe, Gästen und Freunden seine Angewohnheit zu verheimlichen. Von allen Menschen, die er kannte, hielt ihm nur seine Mutter seinen Alkoholkonsum vor. Nicola hatte dazu geschwiegen. Er glaubte, ihrer Miene entnommen zu haben, dass es sie nicht mehr interessierte.

Nun, da sie fort war, öffnete er die dritte Weinflasche des Tages und schenkte sich ein großes Glas voll ein. Stärkerer Alkohol wie Whisky, Gin oder Wodka sorgten dafür, dass er schnell einschlief, während Wein ihn nur in einen ziemlich benebelten Zustand versetzte; so, als ob nichts mehr eine große Rolle spielte. Für kurze Zeit vertrieb er die anklagenden Sätze, die ihm ständig im Kopf herumgeisterten: *Du hast Dermot ermordet, du hast ihn getötet.* Und auch die Worte von Adam Yates: *Es gibt einen Weg, die Sache zu beenden, und Sie kennen ihn.* Gemeinsam ergaben diese Zeilen eine Art Mantra.

Seit Dermots Tod war ein knappes Jahr vergangen. Sechs Monate war es nun her, dass Adam Yates ihn aufgesucht hatte, um ihm mitzuteilen, was er wusste. Carl hatte seine Angewohnheit beibehalten, lange Spaziergänge zu unternehmen. Inzwischen schwärmte er immer weiter aus, streunte durch den Regent's Park und erkundete Primrose Hill. Das Frühstück begann mit einem großen Glas Wein, kein Weinglas, sondern ein Wasserglas, das nachgefüllt wurde. Deshalb war ihm schwindelig vom Alkohol, wenn er sich auf den Weg machte, sodass er sich auf eine Bank am Straßenrand setzen musste, wo er manchmal einschlief. Das Schreiben hatte er aufgegeben. Die wenigen Versuche, die er unternommen hatte, um etwas Neues zu verfassen, hatte er nach einem oder zwei Absätzen eingestellt. Aber die Miete floss weiter, und selbst nachdem er die Energierechnungen, die Grundsteuer und das bisschen Einkommensteuer bezahlt hatte, wurde das Geld immer mehr.

Dennoch kaufte er den billigsten Wein, weil es nichts brachte, viel Geld für das teure Zeug auszugeben. Er stürzte ihn ohnehin nur hinunter, ohne ihn zu schmecken, und schluckte ihn schnell, um ein paar Stunden lang vergessen zu können. Dabei wurde er immer dünner und dünner. Seine Mutter, die er hin und wieder sah, weil sie, da er sich nicht mehr bei ihr blicken ließ, stattdessen ihn besuchte, sagte, er werde seinem Vater immer ähnlicher. Als er zum ersten Mal seit Monaten in den Spiegel schaute, blickte ihm ein Skelett von einem Mann mit starren Augen und vorstehenden Knochen entgegen.

Inzwischen kreisten seine Gedanken zunehmend nicht mehr um den Mord an Dermot, sondern darum, dass Adam Yates davon wusste. Er erhielt nur selten Besuch, eigentlich erschienen nur noch der Postbote oder jemand, der einen Zähler ablesen wollte. Carl bildete sich ein, dass sie auf den schütteren Bart, den er sich hatte stehen lassen, und auf seinen ausgezehrten Körper starrten.

Noch lange Zeit nach Adams Besuch war Carl jedes

Mal, wenn es an der Tür läutete, sicher, dass es die Polizei sein musste. Natürlich hatte Adam ihn angezeigt, sagte er sich. Natürlich. Sein Versprechen war nichts wert. Manchmal verbrachte er den ganzen Tag damit, über nichts anderes als über Adam und seine Worte nachzugrübeln. Über seinen beruhigenden Tonfall, als er gesagt hatte, seine Sorgen würden bald vorbei sein. Er dachte auch darüber nach, was als Nächstes geschehen und welche Schritte er unternehmen musste, um den Seelenfrieden wiederzufinden, der ihm vergönnt gewesen war, bevor er Dermot die grüne Gans über den Schädel gezogen hatte. Er träumte von damals, und obwohl er wusste, dass er sich ständig mit Ängsten und Reue gequält hatte, erinnerte er sich an diese Zeit als ruhig und sorglos.

Adam Yates hatte recht: Wenn er sich dieses friedliche Leben zurückerobern wollte, hatte er nur eine einzige Möglichkeit.

»Er ist ein sehr ernsthafter junger Mann«, verkündete Dot Milsom. »Er verhält sich eher, als wäre er doppelt so alt.«

»Wen meinst du?«

»Lizzies jungen Mann Adam.«

»Er spielt in einer höheren Liga als alle ihre bisherigen Freunde.« Tom blickte von seiner Zeitung auf. »Und er ist sehr klug. Außerdem recht sympathisch, findest du nicht?«

Tom, der sein Herumgegeistere mit Bussen – wie Dot es nannte – an den Nagel gehängt hatte und sich stattdessen einer abgemilderten Form des Querfeldeinfahrens mit dem Motorrad auf einem gepflügten Feld widmete, blätterte zur Kriminalberichterstattung um und stieß einen leisen Pfiff aus.

»Was ist, Tom?«

»War Lizzie nicht mit einem Jungen namens Carl Martin auf derselben Schule?«

Dot nickte. »Was hat er denn angestellt?«

»Offenbar hat er einen Mord gestanden«, erwiderte Tom. »Erinnerst du dich an den Burschen, dem jemand im Jerome Crescent den Schädel eingeschlagen hat? Tja, das war Carl. Der Täter, meine ich. Hier steht, er sei in ein Polizeirevier gegangen und habe gestanden. Stell dir das mal vor! So was zu machen ...«

»Das würde ich mich niemals trauen«, antwortete Dot.

Mehr bedrückt als verärgert schüttelte Tom den Kopf.

»Es nicht zu gestehen ist sicherlich beängstigender«, entgegnete er. »Vielleicht ist es sogar eine Erleichterung. Denk nur, wie es für ihn gewesen sein muss, so etwas auf dem Gewissen zu haben.«

Er legte die Zeitung weg und lehnte sich zurück. »Und jetzt«, sagte er, »jetzt ist alles vorbei.«